报告文学集

水乡铁警

吴开岭 著

北京燕山出版社

图书在版编目（CIP）数据

水乡铁警 / 吴开岭著. — 北京：北京燕山出版社，2022.4

ISBN 978-7-5402-6469-7

Ⅰ. ①水… Ⅱ. ①吴… Ⅲ. ①纪实文学—中国—当代 Ⅳ. ① I25

中国版本图书馆 CIP 数据核字（2022）第 051689 号

水乡铁警

著　　者：吴开岭
责任编辑：杨春光
装帧设计：陈　姝
出版发行：北京燕山出版社有限公司
社　　址：北京市丰台区东铁匠营苇子坑 138 号嘉城商务中心 C 座
邮　　编：100079
电话传真：86-10-65240430（总编室）
印　　刷：北京军迪印刷有限责任公司
开　　本：710 × 1000　　1/16
字　　数：240 千字
印　　张：18
版　　次：2022 年 4 月第 1 版
印　　次：2022 年 4 月第 1 次印刷
ISBN 978-7-5402-6469-7
定　　价：81.00 元

自序：弘扬铁军精神　逐梦盐阜警营

——写在报告文学集《水乡铁警》付梓之际

2009 年年底，我从部队转业到盐城工作。

十一年光阴弹指而过。这座快速发展的沿海城市，早已将我融入其中，使我实现了从军营到警营的大步跨越。

盐城，她与我的家乡高邮同属里下河地区。这块鹤舞鹿鸣的土地，虽然是一处水乡，但却与“铁军”的名字紧密相连。

1941 年，新四军在盐城重建军部，并在这片土地上生根、成长、壮大，为民族的独立、人民的解放立下了不朽战功。也正是在这里，百折不挠、敢于胜利的“铁军精神”诞生、发展并浸润着盐阜人民。

走得再远，也不能忘记来时的路。盐阜公安的肌体里，始终流淌着红色铁军的血液。他们时刻将“忠诚熔铸于灵魂、为民根植于血脉、荣誉镌刻于心中、担当彰显于行动”，在薪火相传中锻造成一支现代精锐盐阜铁警。

岁月的长河悠悠流淌，榜样的精神代代相传。不忘初心，英雄辈出的盐阜公安，汇聚起新时代砥砺前行的磅礴力量，涌现出了许许多多可歌可泣的警营故事。一位又一位优秀的盐阜公安民警，以自己对公安事业的执着追求，赤诚奉献，在老百姓的心中铸就了一座又一座不朽的丰碑。他们感动社会，感动群众，也时刻感动着我。

梦从警营起，风从文化来。盐城地处南方吴越文化与北方齐鲁文化的交汇地带。这里淮盐文化、戏剧文化、红色文化相互汇聚，繁荣昌盛，为盐阜公安文化建设提供了天然沃土，正适宜谱写盐城公安警营文化建设新篇章。

“唱响公安工作主旋律，讲好盐城民警暖故事，展示精锐铁警新形象，凝聚平安建设正能量”是盐阜警营作家的一份责任。鉴于此，我于2018年至2020年陆续采访了网警陆立海、刑警钟旭、机关民警谢栋华、信访民警刘婵、巡特警徐志良、社区民警张红霞，以及即将退休的老交警季自发等七位民警，形成文字并汇成这本公安报告文学集《水乡铁警》，旨在以纪实的手法展现他们执法为民水一样的柔情和执法如山铁一般的作风。同时，我也真切地希望，通过我的这本书，能够达到“榜样凝聚力量，典型引领前行”的目的。

当然，盐阜公安还有许多扎根警营、立足基层、执法为民的优秀民警，无法在本书中一一记录，谨致以深深的歉意。同时，笔者囿于才疏学浅，书中肯定有一些瑕疵，恳请读者朋友们批评指正。

在报告文学集《水乡铁警》付梓之际，一并感谢知名警营作家赵长国老师为本书撰写书评和创作指导！

吴开岭

2020年11月18日

目　录

儒警神探

黄海，辽阔苍茫。

海面上涌起层层波浪，汹涌澎湃的海水击打着岩石发出阵阵声响，喷溅出雪白的泡沫，好似在演奏一首气势磅礴的交响曲。

滨海，就是这首交响曲中一个美妙的音符。

滨海县隶属江苏省盐城市，因东濒黄海而得名。漫步静静的海滩，吹着温柔的海风，聆听大海的声音，使人的心灵得到净化。海纳百川，有容乃大，却也难免龙蛇混杂。

滨海县公安局刑警大队，担负着全县刑事案件侦破、保民平安的重任。一群身穿藏青蓝的公安刑警，手中的正义之剑时刻高高扬起。

刑警钟旭，他的名字极似民间传说中能打鬼驱邪的钟馗，但彼“钟”非此“钟”。钟馗，是一个民间传说中的神话人物，膀大腰圆，满脸虬须，面相威严，被百姓贴在家门上祈求平安。本文主人公钟旭，是一位现实生活中的公安刑警。他身材瘦高，戴副眼镜，斯斯文文，看上去不像威武神勇的刑警，更像一位满腹经纶的书生。

人物档案：钟旭，男，滨海县人，1977 年 1 月出生，1997 年 7 月毕业于江苏警官学院，历任滨海县公安局交警大队中队长、法制科科长、乡镇派出所所长、县公安局刑警大队大队长。先后 4 次荣立三等功，被誉为盐阜警营中的“儒警神探”。

赌鬼杀人夜遁逃　狡狐输招落法网

儒，柔也，术工之称。

钟旭骨子里是个文化人，不仅仅是他的学历证书。其实，为适应职业需求而博览群书，一直是他的一种生活方式。这不仅让他思维缜密，睿智过人，而且由此获得“儒警”美称。

2016 年 1 月 30 日深夜，夜黑风寒，四野寂静。

突然间，滨海县陈涛镇郭集村吕某的住宅浓烟四起，烈焰升腾。从熟睡中被惊醒的村民们，纷纷起来救火。

大火被熄灭，现场一片废墟，人们发现村民吕某在火灾中丧生。

县刑警大队大队长钟旭来到现场。

吕某的外甥无奈地说：“我舅舅 70 多岁了，平时喜欢躺在床上抽烟。前段时间，他抽着烟睡着了，烟头把被子都烧掉了。说了他几次，就是不听。这回，出大事了。”

闻听这话，钟旭眉头微皱：难道这是一起普通失火案？随即，他又摇了摇头：不能这么武断，定论为时太早。

现场，有不少围观的群众，钟旭心中一动。他走近一位正在大发感慨的群众，给他递了根香烟，随意地问道：“你跟吕某是什么关系啊？他的家庭情况，你了解吗？”

“了解啊，我是他邻居，他是孤老头子，手头还是有点钱的，不少钱借给了别人，这下，老头子人死了，钱估计是要不回来了。”这位邻居接过香烟后，随口答道。

孤老头子是一个有钱人？钟旭很奇怪，又随口追问了一句："很有钱吗？"

"是的，你不知道吧！欠他钱的人多呢……"说到这，这位邻居打住了，欲言又止。

钟旭又递了一根香烟，这位邻居四下看了看，轻声说道："吕老头不太学好，爱赌博，还放贷，能没有钱吗？"

说完这话，这位邻居走了。钟旭陷入了沉思，他心中不断地念叨着：死者好赌，放贷为生……

站在消防救火留下的积水中，钟旭对现场进行了仔细勘查。

他发现，死者卧室东侧的窗户有破损。盯着窗户，钟旭脑中想起了古人的那句"月黑杀人夜，风高放火天"，眼中闪现出一个画面——

一个神秘的幽灵，在夜色中悄悄地从卧室东侧窗户潜入。房屋着火，幽灵遁走。火烧现场，企图掩盖杀人事实？

"这，只能是推断，还得找到有价值的线索。"钟旭边想，边沿着屋内外四下打量起来。

现场没有监控，一片废墟。没有目击证人，怎么寻找到有价值的线索呢？

钟旭弓着身子，在废墟中耐心检索，弄得浑身灰头土脸。

忽然，他眼睛一亮，在一个没有被烧毁的床头柜里，发现了一个特殊的账本。

账本有破损，还被撕掉了一张。但，上面清晰地记录了399个与死者生前有债务关系的人员名单。399个人？其中，会不会有作案嫌疑人呢？钟旭苦苦思索，细细琢磨。

人物关系、家庭背景、经济情况、性格特征、活动轨迹、地域文化、行业常识等，甚至，案发现场的一个不在意的角落，都是钟旭反复"磨"的对象。

钟旭破案的理念是：假相永远是局部的，只要抓住真的部分，用相互联系的思维，从不同角度去思考琢磨，离真相就不远了。

盯着手里的账本，思考片刻，钟旭对一起办案的侦查员说："看来这个事情不简单啊！必须扩大排查范围。"

"账本上的名单全不全？会不会被撕掉的那张有秘密？这起案件，极有可能是一起有预谋的命案。"钟旭心中闪过了这个念头。

不久，尸检结果出来了，吕某属他杀。

人命关天，全力侦查。

上午，案件会办。排查民警汇报："钟大，有居民反映本镇的一个男子黄某爱好赌博，向死者吕某借过钱。但，黄某并不在账本所列的欠债名单中。这，又是什么原因呢？"

钟旭一听到"黄某"这个陌生的名字，立刻警觉了起来。他决定，查一查。

一起办案的重案中队中队长赵海伟对钟旭的记忆力很佩服，他说：每次专案组领导听汇报，我在电脑里调取 399 个债务关联人名单时，坐

在我旁边的钟旭，不用看电脑，就能熟悉每个人的情况。因为，钟旭把有关这 399 人的信息，早已装进了自己的脑子里。

春节，钟旭放弃休息。他带领民警赶赴苏州、无锡等地开展核查工作。侦查期间，累计提取检验检材 3000 余份，调阅视频监控 5700 多个小时，排查核查目标对象 3100 余人，核查通信号码 8000 余个，建立重点人员档案 600 余份……

功夫不负有心人。通过大量的筛选核查工作，以及对重点核查对象档案分析碰撞，钟旭发现重点核查人员黄某活动轨迹与其描述轨迹自相矛盾。

2016 年 3 月 19 日，犯罪嫌疑人黄某在苏州吴江落网。

审讯中，黄某有点想不通，他问："你们是怎么怀疑我的？"

钟旭看了他一眼，扬了扬手里的账本，说："你以为撕了账本里的名单，就万事大吉啦？你自己看看账本。"

究竟，是什么原因导致黄某杀人焚尸呢？

事实印证了钟旭的推断。黄某交代：他因赌博，导致债务缠身，无力偿还，债主吕某向其逼债，遂产生杀人劫财赖账的歹念。他偷偷地从苏州吴江返回滨海，趁着夜色，爬窗进入吕某家中，杀人放火后连夜回到吴江。为掩人耳目，他第二天照常出现在工地上。

这一招障眼法，有点小聪明。在先期排查中，办案民警考虑到黄某在外地，就没有把他作为重点排查对象。但黄某在作案后，为了撇清自己的嫌疑，把写有他名字的那页纸从账本里撕掉了。

这一欲盖弥彰的举动，又怎么逃得过钟旭的火眼金睛？

其实，这种因赌博引发的命案，还有一起！

四年前，钟旭上任刑警大队大队长，办公桌上出现了一本泛黄的卷宗。卷宗磨损得卷起了边角，但钟旭看得非常认真。

是什么样的卷宗，让钟旭如此重视呢？

在滨海县历任的刑警大队长心中，都有一颗“钉子”不时地刺痛他们的心。这颗“钉子”就是1993年滨海县陆集乡发生的涉赌杀人命案。警方久侦未破，但从未停止对此案的侦查。如今，这根沉甸甸的接力棒，传到了钟旭的手上。

大清早，县公安局出入境大队大队长薛凡的办公室来了位客人。这位客人一进门，就口称：“师父，我来向您讨教了。”

薛凡一看，乐了，自己在刑警大队工作时的小同事钟旭来了。那时，钟旭年轻，爱思考，爱学习。薛凡很喜欢他，教给他不少破案的业务技巧。

“哪阵风把你这个新上任的刑警大队长吹来啦？”薛凡打趣地说道。

钟旭刚上任，很忙。因此，他屁股一落座，就顺着薛凡的话题，直接说明了来意。

给钟旭倒了杯茶，薛凡笑着问道：“你真想破1993年的那起命案？”

钟旭接过茶杯，很诚恳地回答道：“对，请您给我指点迷津。”

薛凡对钟旭很了解，这个儒雅内敛的小同事，是个爱较真的人。他有一种预感，说不定钟旭就能把这个尘封多年的案子破了。他用希冀的眼神看着钟旭，竖起了右手大拇指，嗓子眼里蹦出了一个字：“好！”

那是1993年1月9日深夜，滨海县陆集乡20岁的孙某某来到曹某某家讨要赌债。但讨要未果，孙某某一怒之下要了对方的命。随后，孙某某开始了逃亡生涯。现在，问题的焦点在于……

薛凡面授机宜。钟旭回到了大队，动开了脑筋。他琢磨：孙某某长期无踪迹，是不是已经死亡？或者已经变换身份呢？

“年纪轻轻，死亡一般不大可能。不行，一定要弄清楚。”钟旭暗暗下定决心。

“周宣春，从现在开始，由你负责孙某某网上数据研判，每天都要进入人脸识别系统。有结果，赶紧告诉我……”钟旭叫来了侦查员周宣春，做了详细的交代。

漫长的搜索，没有掀起任何浪花，周宣春和另外一位民警有点失去信心。

这一切，钟旭看在眼里。

说来似乎不可思议，也许一切的结果都在冥冥之中。

2018 年 4 月初的一个清晨，钟旭一觉醒来，推开阳台上的窗户，发现小区风景不错，随手用手机拍了几张照片，但感觉效果不好。

他暗想："要是用高清相机，照片效果肯定好。"

突然，钟旭陷入了沉思。他想起了孙某某案：高清相机？孙某某的比对照片，是案发时翻拍的。25 年前的相机分辨率怎么能满足现在的搜索技术要求呢？

破案，有时候需要灵感。钟旭的灵感，来源于经验的积累，更多地来源于深层次的文化积淀。这，就是"儒警"的特质。

钟旭研究过人脸识别系统，懂得相机的像素不够会影响比对。想到这，钟旭决定：一定要试一下。

他立即回到大队，找出 25 年前那起案件的卷宗，用高清相机重新翻拍卷宗上的照片，并重新输入识别系统……

"钟大，好消息！"周宣春高兴坏了。

钟旭一愣，问道："什么好消息？"

"哈哈，比对成功了！"周宣春掩饰不住自己的兴奋劲，有点失态。

果然不出钟旭所料，高清照片进入系统后，一名身份可疑人员出现了——

孙某某与镇江市的"潘某某"相似度高达 98%。此人，极有可能就是在逃的孙某某。

2018 年 5 月 10 日，在确认嫌疑人孙某某身份及落脚地后，钟旭带队前往镇江开展抓捕工作。

后来的一切证明了钟旭的判断，潜逃25年的犯罪嫌疑人对自己当年犯下的罪恶供认不讳。

有人认为，钟旭很“神”，神在细腻、谋划、缜密。其实，除了上述特点，可否认为钟旭很睿智呢？！

投毒杀夫谋房产　慧眼识破蛇蝎心

钟旭创造的破案奇迹，有很多是神来之笔。

2018年5月24日，天才麻麻亮。

滨海县滨淮镇村民卢某家中，忽然传来阵阵哭叫声和凄凄惨惨的哀乐声。

究竟是谁撒手人寰呢？村民们很快就得知个中原委。

23日夜，邻居发现卢某躺在离家不远的路边，仔细一看，呼吸停止，人死了！邻居大吃一惊，“是不是被车子撞的？”于是赶紧报了警。

50多岁的卢某是个帕金森症病人，平常走路东倒西歪，丧失了劳动能力和部分生活自理能力。在家人和邻居眼中，他就是个跌跟头就爬不起来的“病秧子”。村民们对于卢某的去世，止不住摇头惋惜，但并未感到十分意外。

接警后，交警赶到现场，认定不是交通事故，但也没有发现其他不正常情况。

家人和邻居认为，可能是卢某走路摔了一跤，跌死了。

次日早晨，在刑警大队的警情研判会上，配合交警勘查现场的技术民警孙恒向钟旭汇报了昨夜发生的这起警情，

“孙恒，死者家庭什么情况？”钟旭问道。

询问死者的家庭背景和经济情况，是钟旭的一种习惯，因为这样可以更全面周详地了解案情。

孙恒想了想，说："死者卢某和妻子刘某年龄相差近10岁，是先离婚再复婚。据邻居讲，夫妻感情不是很好。"

听完孙恒的汇报，钟旭马上站起身来："走，同我再去一趟现场，把法医一起叫上。"

见到警察又来了，披麻戴孝的刘某（死者卢某的妻子）一副悲痛欲绝的样子，主动迎了上来，抽泣着介绍丈夫的死因。

钟旭安慰了她几句，试探性地提出："最好还是把尸体检验一下吧？"

话没说完，刘某一口拒绝。她说："不用了，肯定是他自己跌死的，怨不得别人。"

这起案件看起来没什么异常，是不是钟旭有点小题大做呢？钟旭爱看书，对帕金森症有所了解。此病，并不像心脏病、脑血栓那样有"摔跤死亡"一说，这种推论根本站不住脚。

于是，钟旭把注意力放到了死者家中的各类物件上。在一个垃圾桶里，他意外地发现了一根带血迹的棉签。

"这根棉签是谁使用的？"钟旭板着脸，询问死者妻子刘某。

刘某愣了愣神，慌忙解释道：丈夫长期服药，有药物过敏反应。因为牙龈有时会出血，所以用了棉签止血。

"服用帕金森药，会引起牙龈出血？"钟旭对此话心存疑惑，他用手机上网翻找答案，但找不到类似解释。

钟旭不动声色地用手机短信咨询了县医院的医生，得到的答复是：不会。

卢某死亡的疑点越来越多，刘某越来越慌，她焦急地说：为了让丈夫早日入土为安，明天一早必须要火化。

钟旭板下了脸，答复道："不忙火化，送去尸检！"

刘某一听，哭着阻拦说："尸检是对丈夫的'大不敬'，不能尸检！"

钟旭冷眼看着刘某表演，突然转身走了。

钟旭做通了卢某直系亲属的工作，取得了他们理解。法医顺利地对卢某的尸体进行了解剖，并立即将提取的物证送省公安厅检验。惊人的结果出现了——

死者体内竟含有 2 种剧毒成分。此后，钟旭在死者家中后院池塘里，打捞出 5 个装有剧毒物质的瓶子!

刘某愣住了，不哭了，她终于承认：是她毒死了卢某，并且趁着夜色，把尸体拖到离家不远的路边，造成摔死的假象。这么做，就是因为她想继承房产，让一个早就相好的男子长久住进来。这个阴谋，她从复婚前就开始酝酿了。

有刑警好奇，忍不住惊问："一个原本似乎已有结论的帕金森病人摔死事件，为什么你能发现其背后的阴谋呢？"

钟旭扶了扶眼镜，平静地说："离婚又复婚，本就有些蹊跷。面对垃圾桶里的那根带血棉签，刘某的说法显然是经不起推敲的。"

不放过任何一个细节，对每一句话保持警觉，是钟旭在案件侦破中保持多年的习惯，也是他解开很多命案的"钥匙"。

一桩命案，稍迟半步就会永远石沉大海。这种侦探小说中才会出现的离奇情节，却真切地在滨海县这个小城发生了。

案件侦破后，队员们都夸钟旭"神"。但在钟旭看来，"案磨百遍，真相必见"跟"书读百遍，其义自见"是一样的道理。

扫黑除恶担道义　降妖除魔震宵小

数九隆冬，天寒地冻，世界被冰封着。环球冷暖，周而复始，所有的季节更替都无法阻止罪恶的发生。

2018 年腊月初一，一个匿名报警电话打进了滨海县公安局"110"指挥中心。

"城北境内多人斗殴，伤者潘某在医院救治。钟大，这会不会是报的假警？"出警民警疑疑惑惑地问钟旭。

"看看才知道，不能武断。"钟旭回答道。

赶到医院，值班医生说：确有个叫潘某的人在此住院，头面部及上身有多处刀伤，属危重病人，正在重症监护室救治。

钟旭心里"咯噔"一下，暗想：看来报警电话，并非空穴来风。

病房内，潘某躺在病床上，头部用纱布包裹着，面部多处被缝合、包扎。

钟旭简要说明来意，但意想不到的事情发生了。潘某矢口否认，再三说："哪个坏怂造谣？我是夫妻吵架，老婆一时失手将我砍伤，不是斗殴呀！"

钟旭闻听，用异样目光看了潘某一眼，离开了病房。

在县城某住宅小区，钟旭见到了潘某的妻子。

潘某妻子已身怀六甲。她信誓旦旦地说："潘某绝不可能打架斗殴，是我们夫妻二人口角，一时情急砍伤了他。"

一番解释，二人可谓异口同声。可是，钟旭心中疑云更浓：一个身怀六甲的妇女，其身手必然迟钝，怎能砍伤一个健壮的男子呢？

谎言！但谎言想掩饰什么样的事实呢？

钟旭决心，探个水落石出。他连夜调出了案发时段的监控录像——

1月15日23时15分，潘某驾驶一辆绿色福特翼虎车；23时40分左右，绿色福特翼虎车开往医院，但驾驶员不是潘某。

那么，这个驾车人又是谁呢？钟旭猜测：这驾车人可能就是知情者。

"找到知情者，案子就会有进展。"钟旭看着录像，心里暗暗想着。

"钟大，送潘某去医院的驾驶员找到了，叫蒋某，是潘某的密切关系人。"民警李明刚给钟旭带来了这个好消息。

一听是蒋某，钟旭笑了。这个蒋某，他打过交道，不是一个省油的灯。

钟旭喜形于色，一拍桌子大声说："走，会会他去！"

1 月 26 日上午，钟旭带领侦查人员出现在蒋某的家门前。

"咚咚咚"，钟旭在敲门。

门开了，睡眼惺忪的蒋某一见是钟旭，浑身一激灵，眼睛也睁圆了："钟大，您找我？"蒋某很紧张，他当然认识眼前这位当地大名鼎鼎的刑警大队大队长。

钟旭用双眼死死盯着蒋某的眉心，缓缓说道："潘某的事情，怎么回事？"

一听是潘某的事情，蒋某脸色变了，知道纸包不住火，他低着头说："潘某被砍，跟我没有关系啊！"

"那跟谁有关系？"钟旭不紧不慢地追问了一句。

面对文质彬彬的钟旭，蒋某有种大山压顶的感觉，双腿止不住发抖。

他一边看着钟旭，一边竹筒倒豆子：发案当晚，他应朋友所邀参加聚众斗殴。到达现场后，发现斗殴双方他都认识，但劝阻不住。潘某被砍伤后，蒋某心中害怕，就驾驶潘某的车将他送到医院抢救治疗。

看着钟旭离开的背影，蒋某猛然想起了啥，他一拍脑袋，说道："钟大，我是坦白啊，要从宽……"

次日，钟旭和侦查员再次出现在潘某的病房里。

事实胜于诡辩。潘某见瞒不住了，不得不说出实情：因朋友需要用车，潘某为了撑面子，于2017年12月27日向一熟人借路虎车使用。但对方没有买账，一口拒绝。羞恼之下，潘某与对方"约架"在滨海县东坎镇坎北医药工业园区。

2018年1月15日23时30分左右，潘某带5个"小兄弟"驾驶绿色福特翼虎车出现在现场。但对方有备而来，潘某被砍成重伤。

这个涉恶案件很快就破了。

有人比喻：刑警是警中利剑。此话，颇有一番道理。

神探布网捕蛇鼠　真情留在百姓家

年，在中国人的心目中太重要了。农历年末，人们欢天喜地准备过大年。然而——

清晨4点多钟，滨海县八滩镇的李某半夜醒来，却傻了眼。他发现裤兜里装有3000元现金的裤子、连同上面一串家门钥匙不翼而飞。

瞬间，李某的脸色变了。这笔钱，是他的血汗钱，是准备用来过年的啊！

事情远非如此简单，紧接着——

滨海境内苏北灌溉总渠以北一带（简称"渠北"）多个乡镇发生了入户盗窃案，涉案人家有30多户，失窃金额累计20多万元。

渠北老百姓有个习惯，喜欢把钱装在衣服和裤子口袋里。然后，把衣服盖在被子上睡觉。过年了，外地务工人员回家，衣服里就装有现金。窃贼真贼，专挑这类家庭下手。

接到警情，钟旭焦急不安。他在想：群众辛辛苦苦在外打工，攒了一年的血汗钱一夜之间就这样突然没了，他们心里该是什么滋味啊！案件不破，怎么向老百姓交代？为民破案，是咱刑警的天职啊！可是，破案谈何容易！

案情分析会上，有民警提出："钟大，会不会是不同的人作的案？"

钟旭沉吟了一下，摇摇头说："种种迹象显示，作案人作案手段基本相同。发生在渠北一带的案件，基本可以断定是同一个人所为。不过，这是一个职业大盗，反侦查能力很强。注意，现场要仔细看，图侦工作要跟上。"

图侦民警为难地说："钟大，被盗的都是民宅，老百姓家里没有监控，工作难以深入。"

钟旭点了点头，想了想说："这样，你们把每个案发现场周边的监控全部拷下来，我和你们一起看。"

接下来，就是两个不眠之夜。

凌晨时分，钟旭猛然睁大布满血丝的眼睛，用手一拍桌子，笑了，说道："就是他！"

民警们一听，"哗啦"一下围了过来。

钟旭指着电脑上的画面说："你们发现没有，每次发案时这个家伙都会出现。"

民警看着画面中被定格的"戴着帽子、口罩，骑红色摩托车的男子"，信服地点了点头。

中队长高颂忍不住轻声嘀咕了一句："钟大，你怎么发现的？"

钟旭听了，瞪了他一眼，故作生气地说："多动脑，多琢磨，你也会想到的。抓人！”

一张大网迅速张开，民警日夜蹲守在嫌疑人活动频繁的区域……

凌晨4时左右，目标出现在守伏民警的视野里。

“就是他，抓！”钟旭一声低吼。

抓捕工作很顺利。犯罪嫌疑人名叫刘某，之前多次因盗窃被打击处理过，有一定的“抗药性”。到案后，刘某摆出一副死猪不怕开水烫的模样，对自己干过的坏事矢口否认。但在无法自圆其说的情况下，刘某不得不招了。

此案，带破了盐城市公安局挂牌系列入户盗窃案件80余起。之后三个月，渠北乡镇发案数量下降超过50%。

拿到失而复得的钱，老百姓惊喜万分。他们对钟旭的到来夹道欢迎，掌声响起。一位年过花甲的老人，流着泪，拉着钟旭的手说：“谢谢你，好警察。”

看着这些纯朴的群众，听着这些感激的话语，钟旭心中久久不能平静。此情此景，他不由得又想起了几个月前的一起流窜至射阳、响水、滨海三地的电动自行车盗窃案。

那起案件，受害群众达47人。当案件被钟旭成功告破、当滨海警方对3个犯罪嫌疑人追赃挽损、受害群众每人得到几百至上千元不等的赔偿金时，车主徐某在朋友圈发了8个字的肺腑之言：“警方给力，破案神速！”

看过电视剧《亮剑》的人都知道，李云龙和赵刚是一对黄金搭档。队员们说，钟旭是这二人的结合体，既勇猛又细腻，从他身上真地能够感受到一种为民的情怀。

色魔行凶小树林　刑警破案大智慧

繁事做于细，难事做于易。钟旭心细如发，从不放过任何蛛丝马迹。心思缜密的他，总能从细微之处发现犯罪嫌疑人留下的罪证。

2018 年 5 月 21 日上午，滨海县某工业园大门南侧、204 国道东侧树林内惊现一具女尸。

很快查明，死者是当地村民周某某，单独居住的精神病患者。系机械性窒息死亡，有被性侵迹象。

“究竟是何人作案，手段如此残忍？”钟旭赶到了现场，初步勘查下来，一连串问号萦绕于脑际。

案件有难度！案发现场位于 204 国道路边，来往车辆较多；现场无明显搏斗痕迹，不能确定是否为第一现场；死者生前与别人无明显矛盾。

案件侦查方向不明。

钟旭组织民警进行走访、反复踏勘，结合技术侦查，发现死者于前一天的下午 2 时许，从现场北侧的华泰路与 204 国道路口，步行向南。据此，钟旭判断发现现场应该是第一现场。

案件的侦破有条不紊地进行——

对中心现场及周边进行反复勘查、比对，发现从死者左胸、右手指甲提取的 DNA 与现场遗留的一个 125 毫升装劲酒瓶口处的 DNA 一致。该 DNA 在全国数据库中比中“2007·5·22”河北省宣化县刘某某被杀命案的积案。

对现场南侧 200 米范围内的施工人员调查走访，发现 5 月 20 日下午 3 时许，一个 50 岁左右的男子在工地路边与死者有短暂接触。调取工地监控发现该男子着保安制服、背双肩包，手拿与案发现场同类的酒瓶。结合技术人员提取到一男性嫌疑人 DNA 等情况，确定该男子有重大作案嫌疑。

江苏省公安厅高度重视，发布全省协查通报。

钟旭对参与破案的侦查员进行了分工：一组以现场为起点，向上游回溯，寻找嫌疑人活动轨迹；二组从现场出发，向下游追踪，查找嫌疑人去向行踪。

一组侦查员李明刚报告："嫌疑人于5月19日晚出现在阜宁县城，后在阜宁协鑫大桥下过夜；20日上午，沿老204国道步行至滨海境内。且已获取到相对清晰的正面图片。"

二组侦查员高颂报告："嫌疑人于5月20日下午6时许离开案发现场，沿204国道步行向北，当晚7时许在204国道与327省道交叉口附近过夜；21日凌晨4时许，出现在204国道果林境内，继续步行向北进入响水境内；22日上午6时许从响水出城，沿204国道继续向北行走，进入灌南境内。嫌疑人没有交通工具和通信工具，均沿204国道步行，昼行夜伏。"

听完侦查民警的案情汇报，钟旭心里愈发有底了。他手一挥，轻声说道："注意隐蔽，继续追踪。"

5月22日晚7时许，嫌疑人突然消失在灌云县城204国道与324省道交叉口附近。

"嫌疑人凭空消失，人去哪了？"办案民警们有点紧张，每个人心里都多了个大大的问号。

"案犯在逃，心急火燎；案件不破，心里难过。案子破不了，人没抓住，再去案发现场都难为情。"这些话，是钟旭经常挂在嘴边的。此刻，侦查员们都拿眼睛看着钟旭。钟旭很冷静，他判断嫌疑人是在寻找地点落脚过夜。

钟旭很自信，重新布下天罗地网——

20余名警力，对嫌疑人消失地点周边公园、桥梁涵洞、废弃厂房等场所开展地毯式秘密搜捕；

在嫌疑人继续向北的行走路线上设立两道查缉关卡；

组织 4 组力量开展流动观察搜索……

23 日凌晨 5 时 18 分，天亮了。至此，侦查员们已经连续奋战 38 小时，终于发现嫌疑人出现在灌云 204 国道东门河大桥上。

出人意料的是，嫌疑人被抓捕归案后，民警惊讶地发现此人有点智障和聋哑。

“难道是抓错人了？”侦查员们很纳闷。

“不可能。”从嫌疑人闪闪烁烁的目光中，钟旭觉得此人不简单！

“人身检查后，把他的照片输入人脸识别系统。”钟旭对侦查员说道。

不查不知道。一查，钟旭的脸上布满阴云：嫌疑人系山西省天镇县公安局“2007·5·11”刘某某被杀案的上网逃犯雷某，曾经服过刑。

讯问在继续进行，雷某继续装聋作哑，钟旭当机立断：加大审讯力度，派人赶赴雷某山西老家、原工作单位和服刑监狱调查了解。

去山西调查的民警电话汇报：“雷某有一定文化程度，但家庭、亲情观念淡薄，性格孤僻、冷漠、冲动，嗜酒，有性瘾、性变态倾向。”

摸清了雷某的底细，案情越来越清晰。钟旭据此重新制订审讯方案，连续发问出招。

讯问室，雷某耷拉着眼皮，低着脑袋。

“还是你自己说吧！”钟旭的语气冷冷的。

雷某的脸色阴晴不定，不吭声。

“机会给你了，看来你是不想说了。这几样东西，你会感兴趣的吧。”钟旭边说，边指着桌上的卷宗和物证、视频资料，以及其他佐证材料。

雷某还是不吭声。

钟旭笑了笑，胸有成竹地说：“看来我的话，你听不懂，换个人交流一下？”

钟旭一示意，早已坐在旁边的山西籍民警小孔开腔了。雷某一听到熟悉的乡音，瞬间抬起了头。随后又深深低下了头。他知道亡命天涯十几年，这一次是混不过去了，看来一切尽在警察掌握之中。

接下来的一切，顺理成章。雷某交待了其真实身份及强奸杀害周某某的犯罪事实，又相继供述了由他所为的山西天镇“2007·1·5”故意杀人案、“2007·5·11”故意杀人案，以及河北宣化“2007·5·22”故意杀人案。

历时38小时，抓获犯罪嫌疑人雷某。网友称钟旭是“罪犯克星”“滨海百姓的守护神”。

铁骨柔情一儒警　不忘初心是神探

保障群众安全和维护社会稳定，人民公安义不容辞。打击犯罪，成功破案是刑警的天职。

有这样一句话，深深地烙印在钟旭的脑海里：“打击犯罪是公安机关永恒不变的主责主业，要始终坚持以人民为中心，切实增强人民群众的安全感、获得感和幸福感……”

钟旭是位刑警，他将自己的职责牢牢记在心里。他担任滨海县公安局刑警大队大队长以来，共组织侦破各类案件2300多起，抓获犯罪嫌疑人1300余名，八类案件破案率达96.8%。2017年，钟旭所领导的滨海县刑警大队被盐城市人社局、盐城市公安局联合表彰为“盐城市优秀警队”，2016年至2018年连续3年在全市刑事考核中位列第一。钟旭个人先后荣立三等功4次，2018年1月被表彰为“盐城最美警察”，2019年1月荣获“江苏省最美警察”提名奖。

成绩的背后是一份沉甸甸的责任！

很多人说，钟旭的记忆力很好。其实，是钟旭责任心太强，他经常在心里反复琢磨，所以记得比别人清楚。

同事陈文华是钟旭的“老搭档”了。他说：“每当夜深人静的时候，钟旭办公室的灯总是亮着，也许这是他思维最清晰的时候。因为，没有多少人打扰他，很多破案灵感也是从这里产生的。”

成绩的背后，是一种无私的奉献！

俗话说得好：一个成功男人的背后，一定有个静静支撑的女性。钟旭的妻子袁海丽一直默默支持丈夫的工作，长期包揽了家中的大事小情，她说：“钟旭以前在乡镇派出所工作时，每周还能见到他两次。我以为他到了刑警大队工作，上班地点在县城了，回来的次数肯定会多些，可结果是见面的次数更少了。孩子从小到大，他接送的次数不超过一只手。”

钟旭自己也感觉对家人是愧疚的。他和同事谈心时说：“白天，妻子几乎不打电话给我。因为，她知道我肯定在忙案子。家里上有老，下有小，她辛苦了。去年搬家，是她一手操持的。”

都说男人的宽阔肩膀是女人的依靠，而袁海丽最担心的是丈夫的人身安全。有一件事，袁海丽越想越害怕，她说：“钟旭生活中从来不跟我提案件，穿防弹衣追持枪逃犯这件事，我是事后听别人说起才知道的。”

刑警追持枪逃犯，在影视剧中不足为奇。但静下心来想一想，危险系数有多大！

那是一个经历生死考验之夜——

2017 年 3 月 7 日晚，3 名持枪绑架犯罪嫌疑人，驾车进入滨海境内后失去踪迹。钟旭依托公安信息系统，准确掌握嫌疑人拆卸车牌后，沿 G204、S327 高速逃窜的轨迹，迅速调集警力形成包围圈。8 日凌晨，3 名嫌疑人全部落网。

在追击过程中，面对黑洞洞的枪口，钟旭始终挺起胸膛冲在最前沿。

那一刻，按照钟旭的话说：“当时，我什么也没有想，只知道一定要把坏人抓到手。”难道在那生死瞬间，钟旭忘记了自己的安危？忘记了家中那白发苍苍、每日盼儿平安归来的双亲？忘记了与他相濡以沫的枕边人，以及聪明可爱的小棉袄？

不，钟旭不会忘记，他是一个懂得感恩的人，他永远不会忘记自己的亲人。但，那一刻，钟旭必须记得他肩扛着神圣的职责，头顶着庄严的警徽，身穿着威武的藏青蓝警服！

作为警察，尽管陪伴家人的时间很短，但在女儿秒秒心中，钟旭是一个好爸爸。女儿每次见到他，都要缠着他问东问西。

秒秒说："爸爸知识面最宽，学法律、懂历史、知文学，什么都懂。有这样一个刑警老爸，就算很少见面，内心也是满满的自豪。"

是的，孩子应该感到自豪！

同事们说："钟旭是位儒警，也是位神探。他除了学习业务知识外，对社会知识也广泛涉猎。在他的家里，整面墙的书橱里摆放着的尽是他买来的书籍。"

钟旭说："当刑警，就是要当一个杂家，不仅要掌握业务知识，其他方面的知识也要懂一点，说不定在关键时候就会成为破案的钥匙。如今信息化时代，对刑警的要求更高。不学习，早晚要被淘汰掉。"

钟旭的这种好学精神，深深地影响了他身边的每一个人。尤其是刑警大队的同事们。

"只要我们出去执行抓捕任务，他都要求我们无论凌晨几点，一定要给他打个电话，报告一下情况。仔细算起来，他没睡过几个整夜觉。"这是刑警大队民警们的肺腑之言。

然而，日复一日无规律的作息，使40岁刚出头的钟旭一度患上严重的失眠症。

自2010年担任单位主官以来，钟旭把每年除夕夜的值班全留给了自己。8年来的每一个跨年钟声响起的时候，钟旭都是在出警、蹲守、抓捕中度过的……

新形势下，随着道路交通发展和通信网络技术的飞跃，刑事犯罪动态化、职业化、智能化特征日趋显现，刑事侦查发现犯罪、证明犯罪难度显著增加。

针对这些难题，钟旭认真思考，大胆创新。他主导建立的合成作战模式实现了信息力、打击力、机动力的高度聚合和精准释放，促进了理念更新、模式优化和流程再造，推动了滨海县公安局刑事侦查工作实现了“四大转变”。钟旭的创新理念和系列举措，在与省内外同行交流中获得高度评价。

滨海县副县长、县公安局局长于宽，是一位老刑警出身的领导干部。他是这样评价钟旭的：“钟旭同志具有爱岗敬业、善于思考、成熟睿智、创新开拓的特点，并且能够把创新理念和警务实战相结合。在刑事案件侦查中，创新了一系列战法、打法。在钟旭的带领下，滨海县刑侦团队已逐渐成长为一支能征善战、敢于亮剑的队伍。”

黄海，涛声依旧。

钟旭和他的战友们，勇立潮头，始终奋战在打击刑事犯罪斗争的第一线，用自己的行动丈量刑侦工作的艰辛和快乐，成为黄海之滨广袤土地上一根当之无愧的“定海神针”。

注：写于 2019 年 1 月。文中涉案人员均为化名，插图由钟旭提供。

季自发从警记

十月的秋天，是一幅诗意浓郁的水彩画。

一片又一片金黄色的稻菽，手挽着手在秋风中婆娑起舞，丰盈中积蓄了几许深沉，低调地展示着秋的辉煌和温煦。

盐城市大丰区刘庄镇良好村。一户农宅周边土地上呈现成熟景象，弥漫着收获的味道。

一条东西走向的大河，从农宅前经过，默默携带着东流之水沿小村昼夜流淌。这终年不息的水流同样轻缓、低调，清澈而绵长，而沿岸肥沃的土地，也因为这水流吟唱的旋律，记忆了村里人所有的逝水年华。

盐城市大丰区公安局交警大队城区二中队二级警长、年近花甲的季自发，就是这户农宅的主人。

有道是“喜看稻菽千重浪，遍地英雄下夕烟”。季自发从警以来的故事，就犹如这色彩斑斓、五谷丰登的秋季，挂着沉甸甸的果实，酷似生命的行囊，包裹着甜酸苦辣；又像村前那条滋润两岸的大河，荡漾着清凌凌的碧波，数十载人生沧桑真实地倒映其中……

冬青树，无论是寒流摧残，还是烈日炙烤，它始终四季常青，并保持着旺盛的生命力。季自发如同冬青树——

夕阳西下。

余晖洒在川流不息的车辆上，也落在正在执勤的老交警季自发的身上。此刻，汗水顺着他的帽檐直往下滴落，警服前襟后背湿漉漉的，由浅蓝色变成了深蓝色。

这样的工作场景，在季自发的职业生涯里不知重复了多少次。

季自发脚下的这块土地，是盐城市大丰区。这里是黄海港城、上海“飞地”、麋鹿故乡，拥有大丰港海洋世界、知青馆、恒北梨园、荷兰花海等著名景点，总是让游客们流连忘返。

与此同时，大丰区公安局交通警察的工作压力也随之而来。

季自发，1.78 米的身高，背微驼，话不多。他的日常执勤点，是一个路况复杂的十字交叉路口。这个路口，南往 S226，东去大丰港口，西为 G343 与 S226 复合段奔向 G204，是一条重要交通要道。尤其是夏季，车辆超员违法多发，隐患多多。

季自发常常中午不休息，顶着烈日，对途经车辆出现的各类交通违法行为及时查纠，全神贯注守卫交通安全。每到旅游旺季，他还主动请缨，到景点周边"疏堵保畅"，每天要站上八九个小时，而且一站就是几天，从不脱岗。

说来也巧，在这条路口附近，我遇到当地一位年近古稀的老大爷。

"大爷，您认识那位交警吗？"我指着远处执勤的季自发，笑着问道。

老大爷抬头看了看我，脱口而出："这位交警年纪不小了，我不知道他叫什么名字，但每天看到他工作时汗水直淌，很辛苦哩。有时，我们还会给他送一些水喝。"

多么真切的警民鱼水情！多么好的人民群众啊！

短短的几句话，令听者感慨万分。

1978 年 3 月，那是个万物复苏、春暖花开的季节。时年 18 岁的季自发成为海南某部一名海军战士，并很快在部队光荣地加入了党组织。

1985 年 1 月，季自发退役返乡，被安置在原三圩乡乡政府工作。在乡政府工作倒也稳定，每天按部就班，没有高强度的训练，也没有意外和风险。可是，七年的军旅生涯培养了季自发闲不住的性格，他总觉得生活里缺少点什么，就像炒菜没放盐一样。

一晃，两年多的时间悄然而逝。

那天，有人告诉季自发，大丰县（现为大丰区）公安局正在招警。说者无心，听者有意。季自发眼睛猛地一亮，心想，若能从军营迈到警营，真是太棒了！

有志者，事竟成。1987 年 9 月，季自发通过考核被大丰县公安局招录，如愿以偿地成为一名人民警察。从此，他踏上了长达 30 多年的从警之路。

穿上了警服，季自发将部队那种“见红旗就扛，站排头不让”的作风带到了警营。他开始认真思考如何“补短板”，把自己从一个“门外汉”变为“业务通”，满足党和人民对公安工作的要求。

季自发学以致用。他经常利用空闲时间学习公安业务知识，总结办案中的经验和教训，遇到不懂的业务，谦虚地向有丰富基层经验的同事们拜师学艺。由于业务全面，他成了工作上的“多面手”，干过刑警、治安警、片警、交警。在派出所工作期间，担负过国保、消防、特种行业，以及场所、驻所交巡警等工作，先后侦办治安、刑事案件上百起，调解处理各类纠纷 300 余起。

每一个岗位，季自发都能很快地适应并进入工作角色。

日历翻到 2018 年 8 月，季自发被调到新组建的交警大队城区二中队工作。然而，在别人眼里，他已进入退休倒计时，理应回家享受天伦之乐了。可是，季自发不是这么想的，他与岁月较劲，从不服老，就像一棵四季常青的冬青树。

中队警力少，任务重。工作中，季自发主动作为，与年轻民警一样参加日常值班备勤。虽然他家住农村，距单位约 40 公里，但他每天提前半小时到班。清明、“五一”长假，旅游旺季等时间段，他经常连续参加路面执勤。

去年全国“两会”期间，季自发主动请战，参加高速卡口执勤。在执勤中，他查捕冒充人民警察的犯罪嫌疑人 3 名。

2019 年夏季，蝉鸣声此起彼伏。

由于高温天气执勤，站马路时间过长，季自发患上了严重的热伤风。中队领导得知情况后，安排其他民警替换季自发。

季自发“不领情”，头直摇，对中队领导说：“中队人手紧张，我去医院开点药，应付一下就可以了。实在坚持不了的话，你再安排其他民警替换我。”

顶着像蒸笼般的高温，承受着身体的极度不适，季自发带病坚守岗位，完成了工作任务。事后，他到医院挂了两瓶水，第二天又出现在工作岗位上。

有人说，快到60岁了，可谓是船到码头车到站。但是，季自发依然忘我工作，始终坚守在工作一线。他说，这可能是自己热爱工作的一种习惯吧。

热爱工作成为习惯，成为自然，这更加难能可贵！

季自发的徒弟申建锋说：“我刚工作的时候，跟老季在一个中队，是他的徒弟。从处理交通事故到查处交通违法，以及法律法规运用都是跟在他后面学的。那个时候，我们工作干劲特别足。看年轻人在努力工作，老季比年轻人更拼，处理事故、查纠违法、进村入户宣传，他样样都要争个第一。”

盐城市劳动模范、中队长颜平介绍：“还有几个月，老季就退休了，但他仍然兢兢业业地坚守在岗位上。在岗时总比别人忙，主动执勤，接受群众求助，好多群众把感谢他的锦旗直接送到了单位。在我的心目中，他就是一位勤勤恳恳、兢兢业业的老同志，更是我们学习的好榜样。”

中队指导员浦祝祥评价：“处理交通事故时，老季总能设身处地为群众着想，巧妙化解矛盾纠纷。在回访中，老季处理的交通事故，群众满意度最高。从事交警工作12年来，从未有过任何投诉。”这番话，是可以证实的。

2019年4月15日晚，在中队值班的季自发接到一起警情：G343大丰区丰华街道朝荣村路段发生交通事故，一辆南通牌照的货车与一辆电动自行车相撞。

季自发抵达现场后了解到：这起交通事故，导致骑电动自行车的妇女张某大腿骨折。在勘查现场的同时，季自发迅速联系“120”将伤者张某送往医院救治，并连夜将货车驾驶员王某带回中队调查事故原因。

然而，正当他紧锣密鼓地投入到案件侦查时，一件意想不到的事情发生了——

没过多久，交警中队门前聚集了十几个男男女女。他们怒气冲冲，吵吵嚷嚷，有人提出要找货车驾驶员王某算账，有人提出要索取高额赔偿。这些来者不善的人，与伤者张某是什么关系呢？

原来，被撞的妇女张某是朝荣村村民，这些人都是她的家人。当接到电话，得知张某在回家途中被货车撞伤了，她的丈夫、孩子、兄弟姐妹等人情绪激动，赶到交警中队“讨说法”。

面对压力干扰，季自发没有乱。他考虑了片刻，劝家属们冷静下来，他说：“有法可依，有理可据。既然是来协调的，派个家庭代表来谈，有话好好说。”

听了季自发的话，伤者一家人情绪逐渐稳定。他们留下两个人参与事故协调，其他人赶往了医院。

“交警大哥，我是外地车，他们是本地人，你可不能偏心啊，我一家老小可指望着我养活呢。”货车驾驶员王某一见这个架势，慌了神，内心开始忐忑不安。

“你放心，我们一定公正处理，依法办案。”季自发轻拍了下王某的肩头，语气坚定地答复他。

三天不到，案结、事了、人和。季自发通过多方调查取证，准确认定了事故责任，并且约上保险公司共同谈妥了赔偿事宜。最终，双方当事人对事故责任认定毫无异议。

作为交警，依法认定事故责任，按理说就已尽到责任。但为了化解双方矛盾，季自发嘴皮磨破了，腿也跑细了。这一切，事故双方全看在眼中，记在了心里。

“季警官工作认真耐心，对我们实心实意，我们对赔偿很满意。”

“季警官没有因为我们是外地人就拿捏我一把，事故处理公平公正，让我尽快拿到了车，我太感谢他了。”

事后，事故双方都抢着来握季自发的手。

季自发忘我工作的动力，究竟是什么？他是这样说的：“当初我选择了公安工作，是公安工作给了我人生最辉煌的成就感和事业感，现在即将退休了，我还能够继续与大伙们一起战斗在公安战线上，为群众的平安出行贡献自己的一份力量，值！群众满意了，我就感到满足了。”

59岁，季自发人生无悔。他挺直腰杆坚守岗位，与年轻民警共同战斗在工作一线。

一次次认真的摆臂指挥，让道路畅通无阻；一次次认真的车辆检查，让归途平安无虞；一次次认真的事故调解，让群众满意而归。季自发就像一棵有着旺盛生命力的冬青树，他在风雨中坚守，在车流中屹立，守卫着一方安宁。

一颗小石子很不起眼，甚至微不足道，但千万颗小石子聚在一起，就能铺就一条宽阔平坦的大道。季自发甘当铺路石——

“人的生命是有限的，可是为人民服务是无限的，我要把有限的生命投入到无限的为人民服务之中去。”这是雷锋同志写在日记里的一段话。其实，这也是一种崇高的人生境界。

季自发说，这么多年来，对他从警生涯影响最大的是雷锋精神和雷锋同志讲的这句话。

群众说，有困难，找警察。季自发认为，群众愿意来找他帮助解决问题，是对人民警察的信任。

2005 年的一个冬夜，外面天寒地冻。刘庄镇境内 G204 边上，有一位 80 多岁的老奶奶迷路了。季自发知道后，非常担心夜黑天冷老人会出意外，他和同事在夜色中四处寻找老人。

所幸，老人找到了，但却无法进行正常交流沟通，季自发发现老人患有老年性痴呆。同时，她身上也没有任何有效证件。怎么办？

季自发一边安抚老人，一边努力从她的衣着打扮，以及只言片语中搜索到少许有价值的信息。

通过几个小时的东打听、西探问，季自发终于找到了老人的家。而老人的家人心急如焚，正到处寻找她。正当家人准备报警的时候，没想到老人被警察送回来了。

老人的儿子很激动，他一把握住季自发的手，眼泪都快流出来了。

季自发说，这只是举手之劳，应该做的。

次年，季自发在一次进村入户的走访中得知：刘庄镇三圩小街一位孤寡老人金老汉，手臂和腿脚有残疾，至今还住在一间草棚里。

回家后，季自发心情很沉重。因为，金老汉的境况牵动了季自发的柔软内心，他觉得应该伸出援助之手。他想了想，从家中拿了衣物和粮食送给金老汉。同时，他跑到村镇部门协调解决老人的生活问题。

季自发了解到，金老汉仅靠几分地度日，又没有文化，平日出行不便，想办个低保都没有办法。如何解决他的后顾之忧？

季自发帮金老汉代写了低保申请，并多次到民政等部门协调，终于为他申请了低保名额。金老汉感恩季自发，托人给他捎来自己养的两只鸭子。

按理说，千里送鹅毛，礼轻情意重。可是，金老汉送来的鸭子不但被送还，季自发还给他带去一些生活用品。

2017 年 10 月。一天下午，季自发在刘庄车站一带巡逻执勤。

忽然，季自发发现路面上有一个黑色物品，很显眼。他下车捡起来打开一看，原来是一只钱包，内有现金数千元，军人证件、驾驶证等。

季自发心想，丢了这么多的现金和证件，失主一定很着急。于是，他根据包内证件上的信息，通过打电话询问等方式寻找失主。当晚，在刘庄镇友谊村找到了失主蔡某。

原来，蔡某从部队回家探亲，在刘庄车站下车时不慎丢失钱包。正当他和家人着急万分到处寻找时，钱包完璧归赵了。

蔡某是位军人，性格豪爽，重情重义。他从钱包里抽出几百元现金塞给季自发表示感谢，但被季自发婉言拒绝了。

季自发对他说："我曾经是一名军人，现在是一名警察，这是我应该做的。如果我贪图你的回报，就不会把钱包还给你了。希望以后出门在外，你能妥善保管好自己的物品。"

一番话，合情合理，语重心长。蔡某非常感动，他说："家乡好，家乡的警察值得我点赞！"

红旗桥，位于大丰区草堰镇境内。这座桥连接南北 G204，跨过东西走向的六甲沟河。大桥下的河面宽约 20 多米、深 2 米多，河宽、水深、浪急。

2008 年 10 月，一场秋雨一场凉。30 日傍晚，出警返队途中的季自发，接到"110"指令：在 G204 草堰镇境内的红旗桥下，一辆轿车坠入河中，车内有人。

警情就是命令。季自发当即开着警车、拉响警报，以最快的速度向事发地赶去。到达现场时，已接近晚上 6 点，天色已经黑下来了。

现场，有很多群众围观，但不敢下水。大伙都说，这车仅尾部有一点露在水面上，闷在水里好一会了，车里面的人肯定凶多吉少。

生命攸关。

身为人民警察，季自发绝不会放弃救援。因为，他知道生命是宝贵的，而迅速救援就能挽救生命！

来不及脱掉警服，季自发“扑通”一声，一个猛子扎入河中。他脑中的唯一念头就是“救人！”

当过海军的季自发，水上功夫没有白练。此刻，季自发的游泳技能有了用武之地，他快速游到车旁。然而，由于水压大，他奋力试了几次，都没法打开车门。岸上，几名围观群众见警察救人，帮忙找来绳子和木棍扔给季自发。

季自发将绳子系在木棍上，并扣在车门上用力拉。不久，几位群众也跳入河中，和他一齐用力。

生命救援，争分夺秒！

车门终于开了。凭着感觉，季自发摸到车内人员所在位置，艰难地救了两个人上来，一个是5岁左右的孩子，另外一个是妇女。

冰凉的河水，直往骨子里钻。此时，季自发虽然冻得有些发抖，但他又再次游向驾驶室位置，将车内的驾驶员拉了出来。

回到岸边的季自发，精疲力尽。他没有沉浸在围观群众的赞扬声中，而是赶紧协助医护人员，将救出的落水者抬上救护车送往医院。

那一天季自发救人的情景，村民王兴忠至今记忆犹新。他说，老季，好警察，了不起！

悠悠岁月事，件件为民情。其实，季自发下水救人，还有两次。

1997年秋季，28岁的陈某醉酒失足掉进了刘庄镇竞赛村胡家滩水塘。胡家滩水塘是个蓄水塘，长约80米、宽约50米、深约4米。

当地村民朱雨平目击了季自发救人的经过：刘庄派出所的前身叫刘庄分局，离胡家滩水塘不远。季自发是分局民警，那天他出警回来刚好路过，见有人失足落水。他二话不说，不假思索地跑了过去，跳进了冰冷的水塘中，奋力救起了陈某。回家后，季自发感冒发烧，打了3天点滴。

事后，当他的爱人问他时：“那么深的河，你就往下跳？你就不能想想再干？”

季自发急了，涨红着脸，激动地说：“能想吗？想多了，人就没了……”

这句话，绝不是什么豪言壮语，但道出了季自发的心中装着别人，唯独没有自己。

他人第一、群众第一，生命关天、人民至上，这是做人的一种高尚情怀！

现在回想起来，季自发感叹不已，他说：“真是多事之秋！”

究竟是什么事，让季自发对秋季如此感慨呢？！

季自发无意中讲起了20年前的那个秋天，有位20来岁的姑娘在串场河跳水轻生的情形。

当时，季自发接警后，下河救人。但由于时间间隔长，且水流湍急，结果只是在河的下游水底打捞出姑娘的遗体。

提起这件往事，季自发的心情明显痛苦起来。他觉得自己是名警察，却没能挽回这条年轻的生命。

据熟悉季自发的同事介绍，季自发心系群众，乐善好施，是位热心肠的人。他除了3次下河救人，还曾经参加大小抢险救灾10余次。

从警之后，季自发牢记使命，以军人的特有情怀，全身心地投入到公安事业中。他就像一颗微不足道的小石子，扎扎实实地铺垫在执法为民的基脚下。

斩妖剑，是传说中的神器，拥有着斩妖除魔的神力，凡阴邪之物闻之丧胆。季自发就是这把剑——

古代剑客们在与对手狭路相逢时，无论对手有多么强大，就算对方是天下第一剑客，明知不敌，也要亮出自己的宝剑，即使倒在对手的剑下，也虽败犹荣，这就是亮剑精神！

干公安，有风险！尤其是抓捕穷凶极恶的犯罪嫌疑人时，很多的不确定因素往往导致抓捕行动的失利，或者造成自身的伤亡。这样的事情，在季自发的从警生涯中也遇到过。

“抓住他……”

1998年7月10日上午，骄阳悬空，乾坤朗朗。正在刘庄街道上为赶集的群众维护秩序的季自发，突然听到不远处这一与赶集群众嘈杂声不一致的声音。

远远看去，许多群众围在了一起，听起来还有不少谩骂声。

难道是有人因为买卖发生了争吵？季自发迅速地向事发地跑去。

走到近前才从七嘴八舌中听清，是群众发现了一名在市场内进行扒窃的“三只手”。

季自发推开人群走进去的时候，发现“三只手”是名男子。此时，“三只手”正快速地从人群空档处夺路而逃。

季自发脚下发力，立即转身追赶。一场警匪大追赶，就在人车如流的集市里开始了。

在追了近百米后，季自发冲进一处人群空隙里，抄近路追到“三只手”身前，一个抱膝顶腹，将其摔倒在地并压在了身下。

“三只手”就是过街的老鼠，人人喊打。在群众的帮助下，季自发控制住嫌疑人。

经审查，嫌疑人夏某，42岁，建湖县上冈镇人，因流窜盗窃被公安机关处理过2次。这次刚到大丰开始实施作案，一下就失“手”了。

案件审讯后，季自发感觉到手掌部位疼痛。后来，到医院拍片检查，才发现是在控制嫌犯的时候，手掌部位骨折。

季自发手臂打上了石膏，但为了坚持工作，他没有请假休息，每天搭乘离他家较近的一位同事的便车上下班。

当我采访季自发，问及他为什么带伤工作？

季自发几乎不假思索地说道：“单位忙，我手受伤了，值班室电话我还可以用左手去接。”

季自发的爱人智通风，一旁接过了话题。她说：“为了怕我担心，他回家后用一条毛巾裹在手臂上挡住。纸能包住火吗？”

我知道，智通风那是看在眼里，疼在心里。

虽有危险，但季自发都会主动亮剑，为社会安宁斩妖除魔。他先后抓捕“三逃”人员 10 多名，两次成功抓捕杀人抢劫犯。其中，原三圩乡幸福村人郑某在浙江抢劫杀人后潜回大丰，妄图逃出法网，但却被季自发绳之以法。季自发抓获的另一起杀人抢劫犯的情景更是充满智慧和勇敢。那一天——

夏日，天空中飘着细雨，季自发和 3 名联防队员出现在串场河畔。每天忙忙碌碌的季自发为什么出现在这里，难道是他偷得半日闲吗？

答案：当然不是。

事情是这样的：1995 年 7 月 5 日晚，苏州市浒关新区内一个出租司机被歹徒乱刀砍杀后抛尸路边，一辆红色桑塔纳轿车被劫走。当苏州警方大举搜捕嫌疑人之时，劫车歹徒已驾车越过长江，向苏北逃去……

次日上午，三圩派出所接到大丰公安局指挥中心的指令：两名犯罪嫌疑人，都是 20 来岁，滨海口音，一高一矮，现沿 G204 向北逃窜，要求民警沿 G204 串场河畔迅速布控搜索。

季自发闻讯，主动向所领导请缨捉拿案犯。所领导便指派他和 3 名联防队员沿串场河搜索。

时间在雨中流逝。犯罪嫌疑人究竟藏身哪里？串场河岸边生长的低矮灌木枝丫横生，季自发全然不顾，深一脚、浅一脚地踩着淤泥沿线仔细搜索。

当季自发搜索到东联村五组渡口时，可疑目标出现了——

一高一矮两个年轻人正准备过河。此刻，这两人赤着脚，手中拿着一条蛇皮袋，身上穿着不合体的衣服，四处张望，鬼鬼祟祟，形迹十分可疑。

这两个人，让季自发脑中猛然跳出了嫌疑人的基本特征：20来岁，一高一矮，滨海口音。

“有点像！”季自发轻轻地嘀咕了一声。他手一挥，同行的3名联防队员不动声色地包抄了上去。

“我们是警察。你们是干什么的？带身份证了吗？”季自发亮明身份，对那两人进行盘问。

两个年轻人一见是警察，脸色瞬间变得不自然了。高个子迟疑了片刻，操着浓郁的滨海口音敷衍道：“没带身份证，我们出来捕龙虾的，准备到对岸收虾网。”

“捕龙虾的？家住哪里？”季自发连续发问，不给对方思考和作出反应的机会。

“……”

当询问两人的家庭住址时，他们支支吾吾地回答不上来。并且嘴里说着话，脚下却没有停留，试图脚底抹油，溜之大吉。

若要人不知，除非己莫为。这两人符合苏州潜逃犯罪嫌疑人的特征，穿的是不合身的老年人的衣服，讲的话明显漏洞百出。季自发心中愈发肯定。于是，他示意随行的联防队员控制两名嫌疑人，同时通过对讲机请求警力增援。不知不觉间，渡口周边的群众也围了上来，那两人自然插翅难逃。

经审讯，确认两人的身份为苏州作案犯罪嫌疑人王某、郑某，系滨海县獐沟人。同时，搜出赃款400多元，数码BP机一台，蛇皮袋中是两套潮湿衣服。

据犯罪嫌疑人交代：7月5日夜，王某、郑某等4人作案后，于次日晨5时许逃到刘庄北闸口汽车站附近。由于做贼心虚，郑某一下子将车撞到了大桥的护栏上。4人见车子发动不了，车站又有许多人围观，心虚地弃车逃跑。逃跑中，两名同伙落入警方法网，王某、郑某侥幸逃脱。两人到通榆河边后，又折返了回来，偷了一个工棚里面的两套衣服换上，湿衣服放在蛇皮袋里。一路如同丧家之犬，鞋子跑掉了，赤脚行走。两人计划从东联村五组渡口过河，上G204继续向北逃窜。

殊不知，他们撞上了季自发，注定栽了。

若把王某、郑某比作两只凶残的狼，那么季自发抓获的另一个盗窃作案者就是一只自作聪明的狡猾狐狸。他妄想通过找人顶包躲过法律的打击，可是，狐狸再狡猾，也斗不过好猎手。

2009年，季自发在交警大队草堰中队工作。

一天晚上，季自发在中队值班。接到一起报警：在草堰镇丁溪村G204的路口一辆大货车与摩托车发生碰撞，人员受伤。

接警后，季自发带领队员火速前往。货车驾驶员在现场。一辆无牌的摩托车倒在了路上，摩托车驾驶员受伤被送到了东台人民医院。

现场勘查结束，回到中队不久，一名年轻男子急匆匆地找到季自发。他声称，自己是摩托车驾驶员，伤势没有大碍，已经与货车驾驶员商量好了，这起交通事故不需要中队处理了。

按规定，这是一起简单的交通事故，人员没有大碍，当事人可以自行协商处理。可是，季自发想了想，觉得不放心，他要求驾驶员提供摩托车的行驶证等证件。

年轻男子一听，忙说："证件忘记在家中了，车牌之前掉了，正在补办之中，请季警官照顾处理。"

面对年轻男子的要求，季自发没有表态，而是对驾驶员说："你提供了车辆的手续后，如果情况属实，无需我照顾。"

奇怪的是，年轻男子出去打电话让人送证件，随后再也没有出现在中队。

第二天早晨，中队接到一起摩托车被盗的协查通报。这起事故发生的当天，东台发生了一起摩托车被盗案件。案情反映的车辆特征与这起事故车辆极其相似。只是，这个事故车辆少了牌照而已。

随后，季自发通过对事故车辆发动机车架号的检查发现，号码与被盗车辆一致。这辆车应该就是被盗的那辆摩托车，找到驾驶员就能使案情水落石出。可是，驾驶员在什么地方呢？事故发生后，驾驶员先是被送到了东台医院救治，后来不请自来，又不辞而别，没有留下联系方式和姓名，怎么办？

在派出所工作的经验告诉季自发，驾驶员目前应该还在东台医院，他决定：去查。

季自发深知“迟则生变、兵贵神速”的重要性。他换上了便服，坐车来到了东台人民医院。在入院登记处，他向医护人员询问前一天从大丰草堰送来医院就诊的交通事故伤者信息，并在每一个病房前仔细观察。

这时，一个熟悉的身影从一间病房中走了出来。季自发一眼认出，这就是昨晚到中队自称是事故摩托车驾驶员的那个年轻人。

季自发不动声色，等这个年轻人走开后，他漫不经心地走到病房里，看到另外一个年轻人正躺在病床上输液，床头登记着他的姓名。

季自发默默地记下名字，走到一个无人的角落，拨通了中队的电话。从查询中获知，病床上的年轻人竟然是一个网上在逃人员。

一瞬间，季自发明白了这起交通事故案件背后的隐情。随即，他通知当地公安机关并成功地将嫌疑人抓获。

刘庄镇周二水产收购门市，位于 G204 路西。2000 年 7 月，这家水产门市连续发生两起特种水产品被盗案件，涉案损失约两万余元。

这简直是赤裸裸的挑衅，因为大丰公安局刘庄分局就在 G204 路东不远处。群众看公安，关键看破案。作为民警，季自发深感责任重大。他暗暗发誓，一定要生擒窃贼。

季自发通过信息收集、分析作案手段和时间规律等，认为应该系同一人所为。于是，季自发与联防队员主动放弃夜间休息的时间，在周二水产门市周边进行蹲点设防。

夏天的夜晚，天气闷热，蚊虫肆虐。

为了不影响蹲点，季自发他们穿着长衫裤，裸露出来的地方还是免不了被蚊子叮咬，只能用手掌在被咬的地方搓揉一下，而不敢发出一点响动。就这样，连续蹲守了5个夜晚。

功夫不负有心人。

凌晨3时许，一个男子驾驶摩托车，在周二水产收购门市附近下车后，直奔水产品门店的院墙，熟门熟路地翻墙而入。

鱼儿入网了。季自发悄悄打开对讲机拨出预设的信号，通知所里值班人员前来增援。

当男子带着蛇皮袋从院内翻墙出来时，季自发和同事们立即冲上去实施抓捕。

周二水产门市紧邻G204，嫌疑人发现被围后，不断地挣扎着向国道方向冲去，企图逃离。季自发冲在最前面，差点被一辆路过的大货车撞到，但他全然不顾个人安危，凭着年轻时在部队打下的基础，第一个冲上去将盗贼摁住。

人赃俱获。蛇皮袋里装有甲鱼、黄鳝等水产品，价值上万元。

经审查，犯罪嫌疑人王某系流窜作案的东台籍人，先后在刘庄等地作案数十起。本想着最后再做一次就换个地方，没有想到被抓了个现行。

这次水产盗窃案件的成功告破，为当地的个体水产门市挽回了经济损失，受到了群众的一致好评。

时隔近20年，当我和季自发出现在周二水产门市时，老板周二夫妻俩一眼就认出了当年生擒窃贼的季自发。

季自发抓逃犯，擒盗贼，好故事精彩纷呈。他就像一把锋利的斩妖剑，剑锋指处所向披靡。

篱笆是人与人之间一道必要的界限，不是为了把人分开，而是为了使人相安。季自发筑起铁篱笆——

陈毅元帅在《七古·手莫伸》中写道："手莫伸，伸手必被捉。党与人民在监督，万目睽睽难逃脱。汝言惧捉手莫伸，他道不伸能自觉，其实想伸不敢伸，人民咫尺手自缩……"

公安工作责任重大，既要严格执法，还必须牢记情为民所系，权为民所用，利为民所谋，自觉抵制社会不良风气的侵袭，严格把好"人情关""金钱关"。实践证明，没有正确的从警观，必然会导致"千里之堤，溃于蚁穴"。

季自发深深懂得这样的道理。

2007 年 8 月，季自发调到交警大队草堰中队工作。

屁股还没坐热，有人对季自发说，草堰镇人员复杂，交管工作不好做，个体运输车辆多，有些驾驶员不服从管理，比较难缠。

季自发听了，愣了愣，目光愈发坚定。他暗暗地想，我就不信这个邪。

一天上午，季自发和同事在 G204 草堰镇丁溪村路段巡逻，发现一辆行驶的重型半挂牵引车有超载嫌疑。随后，他示意驾驶员靠边停车并接受检查。

"您好，请出示驾驶证、行驶证。"季自发等驾驶员停好车后，依法要求驾驶员出示证件。

"证件？没有。这一带，谁不认识我？到家门口了，还要证件？笑话！"驾驶员不但不出示证件，而且还摆起了谱。

“我是依法执法，请您配合，必须接受检查！”季自发虽性格温和，但语气坚定。

“告诉你，我叫房某，草堰丁溪村人。不接受检查，你能把我怎么样？”见季自发文静有礼，驾驶员房某气焰愈发嚣张。季自发劝说教育无果。

时间一分钟一分钟地过去了，房某不仅拒绝接受检查，还对季自发百般辱骂，甚至扬言要报复他。

执法不是儿戏，因为法律是有尊严的。

季自发的脸色愈发严肃，他斩钉截铁地说：“依法执法，执法必严，违法必究。”

说完后，季自发果断采取措施。他请求派出所支援，依法对房某进行传唤。最终，房某因阻碍执行公务，被拘留 5 日。通过此次整治，交警树立了严格执法、规范执法、文明执法的形象，受到当地群众赞誉。

个别驾驶员见硬的一套不行，就来软的。有些亲朋好友受托上门“打招呼”、说情送礼，都被季自发一一谢绝。

在刘庄交警中队工作期间，一个拥有几辆大货车的个体运输老板，与季自发的亲家有亲戚关系。于是，请其出面说情打招呼，表示要对季自发“意思意思”，希望以后能多多关照，遭到季自发婉言谢绝。直到现在，这个老板遇到季自发，眼皮还往下一耷拉。

熟人也就罢了，季自发最揪心的是违法亲属对他的不理解。

2017 年 10 月的一天中午，季自发和同事在三圩中心路润民路段查酒驾。

无巧不巧。一个长辈驾驶小型轿车刚好路过，季自发和同事依法检查。经酒精仪器检验为：醉驾。

这个长辈，想要季自发放他一马。季自发当即拒绝，并语重心长地对他说，酒驾是高压线，碰不得。

后来，这位长辈被依法处理，心里一直对季自发疙疙瘩瘩的。

对此，季自发认为："在正义和法律面前，人人都是平等的。我选择了维护法律尊严的道路，那就应当以身作则。亲人的不理解，我没有怨言，时间会告诉他们，我当初的选择是正确的。"

认识季自发的人都说，别看季自发执法很严，拒收"红包"，但遇到确有困难的驾驶员，他却尽可能地提供帮助。

2019年夏天，大约清晨6点，路边的树上挂着晨露。

季自发和同事们迎着晨曦，走向路面开始巡逻执勤工作。在工作近两个小时后，天气越来越热，季自发汗流浃背。同事们见了，心疼他，劝他到路边阴凉处歇息。

季自发看了一下时间，对同事们说，"马上就到早高峰了，等过了这一段时间再休息吧。"

说话间，季自发发现迎面驶来一辆运载活鸡的货车，行驶有些异常。从事多年的交管工作，季自发早已练就了一双识车、识证、识人的"火眼金睛"，他觉得这辆货车有问题！

随即，季自发快步上前，示意车辆靠边停车并接受检查。

经查，果然不出所料。这辆货车车辆年审过期，且不能出示保险凭证。

驾驶员杨某在得知将要受到处罚时，不断地恳求季自发通融照顾一下。他说："交警同志，我家庭困难，车子是我贷款买的，卸货点不远，请您帮帮忙。"

说完这番话，杨某从车内拿出皮包，悄悄抽出几张百元大钞准备给季自发"意思意思"，希望他能抬手放行。

季自发一见，当即拉下了脸，严厉批评了杨某："你挣钱不容易，而且很辛苦，我都能理解。但你怎么能搞这一套呢？这是拉人下水。"

杨某一听，脸腾地一下红了，尴尬地收起了钱。

季自发见达到了教育的效果，沉思了一下，请示了中队领导后，从实际情况出发，对其违法行为进行了处理。

事后，驾驶员杨某对中队领导说:“请转告季警官，谢谢他‘善’治交通，在严格执法的同时，想着群众的利益，想到我们的实际困难。今后，我一定严格守法，保证安全。”

篱笆，又叫栅栏、护栏，是用木条、竹子、树枝、板皮、芦苇、秫秸、玉米秸或向日葵秸等编成或夹成埋在地上阻拦人或动物通行的障碍物，作用与院墙或校园周围的铁栅栏相同。

铁篱笆，顾名思义。季自发给自己筑起了一道拒腐防变的铁篱笆，结实、牢固。

家，是一个温暖的港湾。需要有人守望和付出，还需要相互信赖和扶持。季自发岂能不爱家——

“些小吾曹州县吏，一枝一叶总关情。”从警32年，季自发不忘使命，履职尽责，把真情留给群众，把青春献给警营，把对亲人的深爱埋在心底。

对于即将退休的季自发来说，还有什么事情令他遗憾呢？回答是：有，真有！

那年，季自发在三圩派出所工作，6岁的儿子季明星上小学一年级。每到放学时，可爱的儿子总是蹦蹦跳跳地来所里找警察爸爸一起回家。

那天，出警忙活了一天的季自发，直到晚上8点才回到所里。这时，忽然想起儿子还在所里等他一起回家，他快步来到自己的宿舍。宿舍内漆黑一团，他连忙打开门，轻轻地叫了声儿子的小名“存子”。没有人回应，打开灯一看，儿子不在房里，办公室没有，房前屋后大声呼叫着，也无人答应。

季自发脸色变了，心咚咚直跳。他询问同事，说是傍晚时看到他儿子到所里的，以为在宿舍等他，后来就没有注意到。

听到这些话，季自发心如乱麻。他慌里慌张地推出自行车，沿着离家十多里经常和儿子走的那条乡村小道寻去。一路上季自发脚下使劲地蹬着，嘴里不停地喊着儿子的小名。

"存子……存子，你在哪？"

随着自行车渐行渐远，泪水慢慢地模糊了季自发的双眼，叫唤声也渐渐地变得低沉起来。季自发的心被揪得紧紧的，心中不断地重复着："存子，你千万别出什么事啊！存子，你千万别出什么事啊……"

当骑行到离家还有六七里的一片田野旁，在一处草垛的后面传来了一个小孩的哭声："爸爸、妈妈，我怕……"

啊，是存子的哭声！

季自发从车上跳了下来，推倒自行车，冲到儿子面前，将儿子搂在怀里，不停地重复说着："儿子，是爸爸不好，爸爸对不起你……"

都说：百年修得同船渡，千年修得共枕眠。又道：执子之手，与子偕老。季自发有一个贤惠的妻子，她叫智通凤。

智通凤与季自发结婚前，在一家乡镇集体企业工作。生了儿子后，智通凤为了照顾家庭，离开企业达 8 年之久。因此，她也中断了 8 年的养老保险。如今，她退休后，每月只有 700 多元的退休养老金。

每当智通凤提起这件事，心里不舒服时，季自发就安慰妻子说："钱多钱少一个样，只要一家人平平安安比什么都幸福。我的工资卡交给你。"

然而，天有不测风云，人有旦夕祸福。

2016 年 4 月份，智通凤感到头痛得厉害。实在受不了了，她到医院一检查，发现脑内长了一个肿瘤，已经压迫到了血管，必须马上动手术。

而在本地做手术，面临着很大的风险。为了安全起见，医生建议她到上海治疗。

可是，季自发面临着重大安保活动的开展。他带着爱人到了上海，当天就进行了手术。由于送医及时，手术很成功。在术后的第三天，季自发惦记着工作，他打电话给儿子和儿媳，说："妈妈手术很成功，医生检验后没有发现问题，爸爸现在单位工作很忙，我和你妈商量，剩余的几天想请你们小两口来照顾一下。"

从上海临走前，季自发握住智通凤的手，对她说："对不起，我又不能好好地陪伴你了，现在单位的工作需要我。等我退休了，回农村老家，我一天也不离开你，天天陪伴着你。"

智通凤叹了一口气，说道："你去忙吧，这也不是第一次了。我现在没有什么问题，孩子们照顾我，你就安心工作吧。"

嘴里说着让季自发走，可握着他的手却迟迟不愿松开。直到儿子说："爸爸，你走吧，晚了赶不上汽车了。"

这时，季自发狠下心来轻轻地推开了爱人的手，头一低、眼一红走出了病房，离开了上海。

病魔总算赶走了，智通凤恢复得很好，没有留下后遗症。提起大忙人季自发，往事就如潮水般涌上智通凤的心头，她对我讲述了 1991 年夏季发生的故事——

那年夏季，一场特大洪涝灾害降临江苏大地。那一晚，电闪雷鸣，风雨交加。"呼啦"一声，季自发家的屋顶被狂风刮掉了。季自发没有回家，在单位值班，怎么办？智通凤灵机一动，拉着儿子躲到了桌子下面，娘俩胆战心惊地熬到了天明。

第二天，暴雨还在肆虐。

"我在所里值班，回不来。你花点钱，请个师傅帮忙修一下房顶，好吗？"电话里，季自发歉疚地对智通凤说。

第三天，仍然大雨倾盆。

“大水漫了我们家的鱼塘，鱼快跑光了，你回家看看？”

“我在出警。鱼跑了就算了，来年再放鱼苗……”

洪水退了，季自发家的鱼全跑了，棉花也被淹死了，因此补种了玉米。收了玉米后，地里准备种小麦。牛耕地的年代早已过去，拖拉机出现在地里。可是，地里玉米根太多，拖拉机马力不足耕不动地，只能在拖拉机前系根绳带把力。

男人是家中的牛，拉地义不容辞。可是，季自发家拉地的一直是他的妻子智通凤，因为季自发总在执行任务。他这头牛，也在拉地。

风雨之后是彩虹。儿子结婚成家，小夫妻工作顺心，小孙女也已5岁。2019年农历六月初六，季自发60大寿（虚年龄），家中洋溢着喜气。

晚上，万事俱备，只欠东风。家里买了一个大生日蛋糕，就等“老寿星”回家吹蜡烛许个愿。可是，说好回家过生日的，但左等右等，就是不见他的人影。这时，小孙女着急了，闹着要吃蛋糕。

实在没办法，智通凤拨通了季自发的电话。可是，智通凤万万没有想到的是——

季自发说：“今天，单位突然有急事，正忙着呢。这样吧，你让孙女代替我吹蜡烛许愿，然后赶快吃蛋糕。”

还没等智通凤反应过来，季自发就匆匆挂了电话。第二天，季自发回家与家人合拍了一张“全家福”，算是“将功补过”了。

就在前不久，季自发应战友邀请，约定国庆期间去海南文昌聚会叙旧。说好的事，带智通凤一起去玩。可是，忙于国庆70周年大庆安保，结果不能成行。

如今，季自发继续战斗在工作一线。闲暇时间，他帮助年轻民警提高实战水平，毫无保留地向他们传授工作经验，为他们今后的工作夯实基础。据了解，多年来许多与季自发共事过的年轻同志大多挑起了重担、扛起了大梁。如：交警大队综合中队副中队长申建锋，交警大队大桥中队中队长王虎，经济犯罪侦查大队中队长顾西兵，城南派出所所长陈峰……

“几度风雨几度春秋，风霜雪雨搏激流。”季自发在大丰公安的平凡岗位上走过了32个春秋，他先后十多次被市、区表彰为“优秀共产党员”“先进工作者”等。

习近平主席于2019年9月29日在中华人民共和国国家勋章和国家荣誉称号颁授仪式上的重要讲话中指出：“伟大出自平凡，平凡造就伟大。只要有坚定的理想信念、不懈的奋斗精神，脚踏实地把每件平凡的事做好，一切平凡的人都可以获得不平凡的人生，一切平凡的工作都可以创造不平凡的成就。”

“莫道桑榆晚，为霞尚满天。”秋意绵绵的季节，当我听季自发从警故事时，想到最多的一个词就是“礼赞”。事实上，平凡的老民警季自发也该得到人们的“礼赞”！

注：写于2019年10月。文中涉案人员均为化名，插图由季自发提供。

一“网”情深
——网络神探陆立海成长记

随着网络社会化的到来，网络安全直接影响着社会的政治、经济、文化、军事、意识形态和社会生活等各个方面。在网络世界里，群众的价值追求多元多样多变，各种思想文化交流交融交锋。然而，一些别有用心的人却潜藏在网络空间里，使网络空间发展管理变得复杂严峻，网络安全已经成为重大民生问题和社会关注的焦点。

一

江苏省建湖县宝塔镇。

高高瘦瘦的陆立海，看起来文质彬彬，给人的第一感觉，不像派出所所长，更像一位教书育人的人民教师。这段时间，忙中偷闲的陆立海未雨绸缪，调研了兄弟单位已侦破的网络案件，初步掌握了网络违法犯罪的作案特点。对于这种非面对面，靠键与键较量的网络案件，陆立海产生了浓厚的兴趣，他在思考：随着社会的网络化，网络犯罪的对象从个人隐私到国家安全，从信用卡密码到军事机密，已经无所不包。而其隐蔽性高，警方侦破、取证的难度要比传统型犯罪大得多。这些网络案件，若由我来侦破，怎么侦破？

有人说，成功属于有准备的人。此话不假。在有意识地研究网络案件的同时，陆立海开始牛刀小试，凭借扎实的刑侦经验和专业知识，成功侦办了建湖县第一起网络赌博案件。

2011 年，初秋。晚风轻拂着四野，温柔地抚慰着喧闹了一天的城市，美丽的水乡在夜色里显得格外静谧。华灯初上，倦鸟归林，看不见摸不着的网络在辛勤工作，它覆盖在千家万户之中。

时任江苏省建湖县副县长、公安局局长徐成文在不断思考：面对日益严峻的网络安全形势，筹建县局网络安全保卫大队势在必行，刻不容缓！

选谁来挑这副担子呢？县局党委会上，大家你一言我一语，最后意见集中在一个人身上——宝塔镇派出所所长陆立海。

这年 10 月，陆立海被任命为县公安局网络安全保卫大队大队长。对陆立海而言，打击网络犯罪还是一项全新工作，更是从警之路上的又一次大考，他感到一副沉甸甸的担子压在肩头。从未有过的压力，使工作上比较自信的陆立海，变得有点不自信了。

此刻，陆立海思绪飘飞……

1987 年，电视连续剧《便衣警察》在全国热播。看完后，刚上小学的陆立海，特别崇拜警察，更爱唱电视剧中的主题歌《少年壮志不言愁》。

从那时起，陆立海幼小的心灵中，便种下了从警之梦。

1996 年高考，陆立海毫不犹豫地报考了江苏警官学院，并被该校择优录取。从此，陆立海迈出了他从警之路的第一步。虽说心想事成，但也留下了一丝遗憾。因为，陆立海在警校学的专业，不是他所钟爱的刑侦专业，而是当时别人比较羡慕的计算机专业。虽然有点失望，但陆立海并没有气馁。为了圆刑警梦，陆立海在完成学业的同时，在刑侦学科上又下了一番苦功。

陆立海，这位喝里下河河水长大的水乡小伙子，既有水的柔性，也有钢的韧性。他在南京市公安局秦淮分局双塘派出所实习时，遇到不懂的案情就向老民警请教。勤奋好学，谦虚低调，反应灵敏的陆立海，给老民警们留下了深刻的印象。陆立海临毕业前，直接请缨去刑侦一线工作。他在入党申请书上，向党郑重承诺：我喜欢干刑警，哪怕为此付出生命，也绝不后悔！

2000 年夏季，骄阳似火，蝉鸣声此起彼伏。年仅 21 岁的陆立海，从江苏警官学院毕业，分配到了建湖县公安局刑警大队，实现了当一名刑警的愿望。

2004 年 12 月 17 日晚上 7 点多，天气寒冷。在建湖县一家小饭店里，陆立海等民警执行抓捕涉黑团伙头目孙某的任务。试图脱身的孙某，从身上抽出一把三棱军刀，使劲戳向身后拦腰锁住他的陆立海。

陆立海感觉左腿一麻，但仍死死箍住孙某的腰部。此时，鲜血汩汩流出，他的身后留下了一条醒目的血带。看着孙某被戴上手铐，陆立海腿一软、眼一黑，缓缓倒下，虚弱地说了一句："我不行了……"

抢救室中，陆立海的左大腿股动脉被军刀刺穿，失血过多，气若游丝，生命垂危！

可是，屋漏偏逢连夜雨，医生无奈地告知：医院库存血浆不够用。

擒匪英雄生命垂危，战友们愣了，领导也急了！怎么办？

此时，闻讯赶来的群众，自发地伸出了自己的胳膊，强烈要求医生用他们的鲜血去抢救英雄。

这一幕，深深地感动了医护人员，也感动了与陆立海朝夕相处的战友们；这一幕，不是作家写小说，不是导演拍电影，是生活中的真实故事。

人民群众与人民警察血脉相连，陆立海得救了！

2008年，由于工作出色，陆立海任建湖县公安局刑侦大队县城中队中队长，工作中陆立海更是“走火入魔”。有段时间，陆立海跟“中了邪”一样，半个多月天天上高速公路。

难道是陆立海不务正业？

接群众多次报警：建湖县境内的盐徐高速公路上，有人驾驶一辆银色POLO抢劫来往货车，在江苏境内的高速上流窜作案。流窜抢劫，那还了得！陆立海闻听，坐不住了。于是，他就在省内的高速上来回排查，一心想着给群众扫出一条安全大道。说起来简单，做起来很难。此案的作案者很狡猾，每次作案都使用不一样的套牌，而且专门对大货车和有故障的车下手，得手后立即逃之夭夭。陆立海带领民警认真比对，对全部的银色POLO车主进行排查，终于使案情露出了端倪。

法网恢恢，疏而不漏。再狡猾的狐狸，也逃不过好猎手。最终，案犯在山东境内落入法网。

2009年，陆立海通过竞争上岗，任建湖县宝塔镇派出所所长。

岗位虽然变了，但陆立海对党的忠诚没有变，爱民情怀没有变，为民服务的意识没有变。针对农村地区网络诈骗案件高发的态势，为提高全镇群众的防骗意识，并做到家喻户晓，陆立海深入全镇的田间地头、村前屋后进行走访宣传，他用多种方式向群众讲授防范电信网络诈骗的知识。宝塔镇11个村63个组，处处留下了陆立海深深的足迹，甚至连群众的家长里短他都了然于胸，被誉为宝塔镇的活地图。

当年，宝塔镇电信网络诈骗案件下降了73.5%。

二

上任伊始，陆立海暗暗下定决心：一定要向人民群众、向县公安局党委，交出一份优秀答卷！

可是，这份答卷怎么交？陆立海深知：网络犯罪隐藏很深，危害极大，更具有多样性，很难留下作案痕迹；网络犯罪成本很低，一部终端机、一张上网卡加一部电话，就可能实施违法犯罪行为；网警作为信息化时代诞生的新警种，网上执法和对网络虚拟社会的维稳工作，任重道远。

在警校学计算机专业，在刑侦中队学习办案，在派出所学习群众工作，陆立海觉得：网络实战经验不足，是自己的短板。在网络安全部门该学习什么？应该跟电脑学、跟书本学、跟同行学，学别人成功侦破的案例，学别人怎样剖析案例。从成功案例中学习经验，从失败案例中吸取教训。

陆立海一边学习网络案件所对应的法律法规，一边紧盯电脑看别人在网上操作取证。他将网上的案例与法律法规进行认真比对，将别人的成功经验，转化为自己的工作能力。遇到疑难案件，不耻下问，不吃“隔夜饭”和“夹生饭”。为了学习计算机知识，研究软件开发技术，陆立海买来大量软件编程书籍，不断地给自己“充电”和“开小灶”。他在网上查找资料，分析软件技术原理，查找软件漏洞，进行技术破解，干起了解剖医生的行当。

因为专注，陆立海很快进入角色，系统地研究了涉网案件电子证据要求。因为专业，陆立海适应了从打击“有形”犯罪到“无形”犯罪的转变。

来一个拎包就走的旅行，是一件多么惬意的事情啊！陆立海的办公室，也有一个行李箱。这个行李箱是用于旅游吗？当然不是，是陆立海为了遇到大（要）案时，能够拎箱就走，节省下时间。在他看来，破案是第一要务，耽误时间就会影响案件进展。

2012 年 5 月，民警网上巡查发现，某网站大量传播淫秽物品。接线索后，陆立海暗想：黄毒对社会危害性极大，绝不能让其蔓延！他没有犹豫，立即上网进行核实。然而，办案是靠证据说话的，取证的难度并非想象的那么简单。难在哪里？该网站服务器设在境外，无法正常取证。

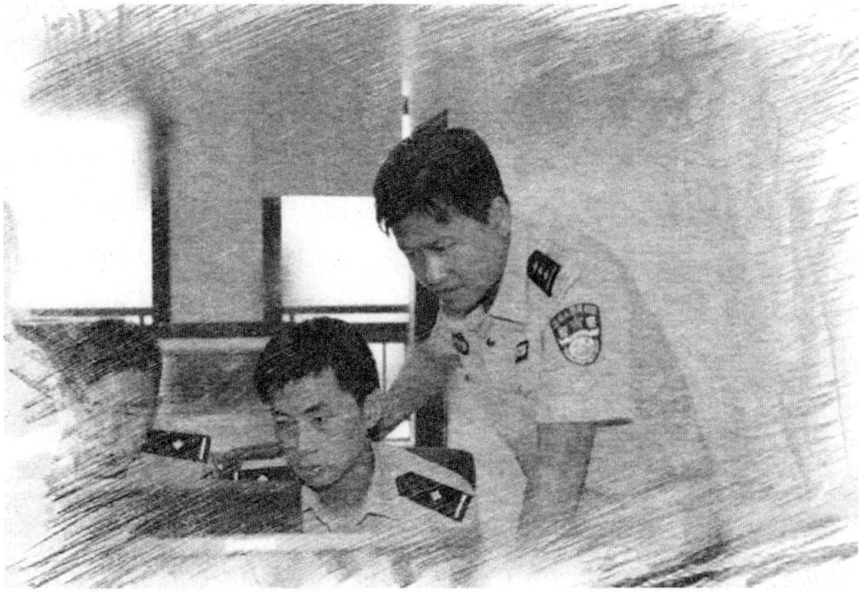

怎么办？陆立海和战友们加班加点，花了一个月时间装了100M光纤，把涉案淫秽视频和图片下载到电脑取证。为了破获这起非法传播色情案件，陆立海拎着行李箱，带着民警先后跑了北京、四川、福建等17个省市。有时半夜赶路，他们一天只睡3个钟头左右，最终把29个网站管理员全部抓获。

网络案件，往往一波三折，案中有案，侦破者要心细如发。2013年6月，群众报警反映：在手机上使用微信、百度等软件时，软件界面右侧常出现一个长方形浮框，用户一旦点击就会耗费手机流量。这一怪异现象，引起了陆立海的高度警觉，他觉得：事出反常，必有猫腻。

然而，猫腻又在哪里呢？

经与腾讯、百度等公司联系，确认该浮框广告不是软件的附加功能，而是一种类似手机病毒的恶意程序。另据几家软件公司的后台统计，该恶意程序感染用户已达 25 万人之多。

“恶意推广广告软件”是否违法？构成刑法哪一条罪名？面对这个专业技术性很强的案件，陆立海拿不定主意了。他冒着酷暑远赴北京、深圳等地的专业部门拜师取经，请国家权威部门对软件进行鉴定。同时，多次与检察院、法院进行会商，并请教法学界权威人士，认定结果为：“恶意推广广告软件”案，构成《刑法》第二百八十五条第二款规定的“非法获取计算机信息系统数据罪”。

2013 年 7 月 12 日，此案以涉嫌“非法获取计算机信息系统数据罪”立案侦查。7 月 16 日，这起全国首例针对安卓系统，强行推广广告恶意软件的案件被警方成功破获，犯罪嫌疑人李某、孙某在北京被抓获归案。

然而，事情远非如此简单，李某的案情在继续延伸。

在侦办涉嫌非法获取计算机系统数据案件的初期，当时并未掌握李某购买公民个人信息的违法行为。案件侦破后，发现 2012 年 11 月 8 日、21 日，犯罪嫌疑人李某在互联网支付宝上分别用 800 元、1200 元，分两次向支付宝账号“159*****465”，购买 370 份身份证扫描件，用于黑客活动，非法获取利润。

掌握了这条重要线索，陆立海决定顺藤摸瓜。

2014 年 10 月 23 日晚，天气很暖。广州市天河区一个叫员村的城乡接合部，有几位“闲人”正在晃来晃去，不时地窃窃私语。这几个人当中，就有来自盐城警方的陆立海。此次，他再次南下广州，执行李某“案中案”的侦破任务。

证据显示，涉嫌非法获取计算机系统数据案件的李某，是向一个叫“胡艳丽”的人购买的公民个人信息。嫌疑人“胡艳丽”是湖北潜江人，行踪飘忽不定，时而飞往浙江杭州，时而又跑到首都北京，倏然又出现在山城重庆，再查时人又到了海南。

几经周折，陆立海终于发现了“胡艳丽”的踪迹，她藏匿在广州郊区的员村。员村的出租房屋面积很大，但路面狭窄，好多地方根本不容汽车通过，且先进的技术手段无法使用。在当地警方的配合下，陆立海和民警们靠传统的侦破手段，不断地调查走访，但苦于犯罪嫌疑人一直蛰伏不动，无法精准定位嫌疑人的藏身之处。

陆立海寻思，嫌疑人可以足不出户，但肯定会上网，肯定要吃喝拉撒。于是，他一方面在广州继续寻觅。另一方面，安排在“老家”的网警盯紧屏幕，看看“胡艳丽”何时上线。

陆立海和民警无意中看到一位送水工，心里就合计开了：嫌疑人可以不出门，可以不上网，但肯定要吃饭，肯定要喝水！于是，几个人分头去找快递公司、送水公司，还有餐饮行业送外卖的小哥。

目标终于锁定了：一个嫌疑电话号码，一个送水地址，一个“自编7号401室”的住处。

“咚咚咚”，三声轻微的敲门声响了起来。

“谁啊？”一个女子的声音在发问。

“送水。”网安大队的民警小刘，冒充“送水哥”敲开了房门。

民警们进门后，陆立海一眼便认出了嫌疑人“胡艳丽”。

此时，“胡艳丽”还没回过神来，就被手铐“咔嚓”一声铐上了双手。房间里另一个光着上身的男子企图夺门而逃，但插翅难飞。

经突审，犯罪嫌疑人朱某国、郑某红冒充“胡艳丽”的身份，多次非法买卖公民个人信息牟取暴利。办案人员在其出租屋的电脑里，当场查获了他们还没来得及销毁的犯罪证据，以及10多箱假证件、假公章和制假工具。

郑某红似乎不服气，也非常不解地问：“我们神不知，鬼不觉地在这里住了几个月，几乎大门不出，二门不迈，你们是怎么查到这里的？”

陆立海看了她一眼，撂下一句话：“若要人不知，除非己莫为！”

庭审时，犯罪嫌疑人李某从北京聘请了6名精通IT法规的律师为其作无罪辩护。律师们唇枪舌剑，搬弄法律条文，极力辩护，希望能为犯罪嫌疑人争取有利判决。但陆立海团队精通法律，掌握了大量的铁证，无瑕疵可寻。

陆立海学以致用，在网络战中频频开“枪”。清脆的“枪”声，震慑了那些在网上蠢蠢欲动的网蠹。

三

看看电脑、动动鼠标就能破大案?

其实，网警工作绝非看上去那么简单。网络没有疆域，对手地点不明，而且少有受害人报案，破案难度较大。海量信息的甄别，不仅要有眼力、脑力，还要有相当的定力。若要成功破案，靠的是网警勤奋敬业，不怕吃苦的精神；靠的是网警日盯夜巡，主动进攻的方式。

2015年8月初，民警在网上发现，有人抱怨在微信群里输了钱。警察的职业习惯，使陆立海对案件特别敏感。微信群能发红包，输钱就有点奇怪了，难道是赌博?

事情没弄清楚，陆立海心里不踏实。他立即注册了几个会员号，天天泡在微信群里。陆立海盯着电脑，往往一看就是一整夜。长期伏案在电脑前，不仅使陆立海颈肩腰部严重不适，还导致两眼视力一个近视、一个老花，每天要靠多次点眼药水才能正常工作。

通过网上卧底，陆立海明白了：这个群里赌博的方式以“红包猜大小”为主，下注金额50元起，上不封顶；另外，还开设了“红包接龙”“掷骰子斗牛”等多种赌博方式；群里的拉人头、抽头等手段，他掌握得一清二楚，果然是聚众赌博!

锁定目标，掌握罪证后，陆立海开始收网。2015年8月21日晚，犯罪嫌疑人李某、钱某在北京市西城区的宾馆内被成功抓获。

该案件，是江苏地区首例利用微信红包赌博案，被腾讯公司评为“十大精品案件”。腾讯公司惊叹：半个多月就能破案，办案之神速，不得不令人叹服！

微信群有“故事”，QQ 群也有“故事”。2015 年 11 月，民警发现建湖县内一 QQ 群非法出售南京 2700 个业主、车主、法人的信息。但嫌疑人采用黑客技术隐藏了网络登录轨迹，使得往常通过虚拟身份实施定位抓捕成为徒劳。

取证难、隐藏深，是网络犯罪案件常见的侦办困境。怎么办？

长期网上“暗战”的陆立海坚信，只要是网上作案，总会留下蛛丝马迹。他通过大量的网上侦查、网下追踪，结合已抓捕嫌疑人使用的计算机、收款账号等串并分析，案件得以“滚雪球”式扩大侦破。最终，陆立海掌握了 160 名主要犯罪嫌疑人情况。此案，共打掉 4 层犯罪链条，缴获涉及 7 省 10 余市的公民个人信息 2000 余万条。

为何陆立海能在短期内破获重大网络案件？

陆立海说：紧抓战机，主动出击，争分夺秒是办理网络案件的关键。因为在嫌疑人网上登录时及时组织抓捕，捉拿现行，及时取证，可以创造出将嫌疑人一网打尽的战机，还可防止嫌疑人到案后狡辩、推诿；早点对嫌疑人实施抓捕，能扩大战果，避免大量的电子证据被隐匿、破坏或销毁。

作为网警，陆立海的工作方法很独特：一边挥剑斩魔，一边广交朋友。

为了加强网络管理，及时掌控网上舆情，陆立海与建湖县的大小网吧的管理员都成了好朋友。工作中，陆立海没有采取行政手段，而是深入网吧进行调研走访，组织网吧管理员学习网络管理的相关规定。他设身处地为网吧的生存和发展着想，引导他们成立了网吧协会，并帮助协调办理相关手续。网吧协会成立后，有效地加强了县城内的网吧管理。陆立海通过将心比心，换位思考的方式，感动了网吧管理员们，他们认为陆立海可亲、可信。感情的建立，使网吧管理员积极配合陆立海的工作，他们将营业中发现的信息，及时反馈给陆立海。短短五年时间，陆立海带领团队，破获了近百起较有影响力的案件。这个团队克服了案件定性、现场取证、管辖争议等重重困难，将一个个违法犯罪分子绳之以法，成为信息化时代涤荡虚拟空间雾霾的一把利剑。

作为建湖县局第一任网安大队长，陆立海积极推行虚拟社会现实化管理。他在全县派出所中明确兼职网安民警，将上网服务场所的管理权限下放，做实做强网安基础工作；他在盐城市第一家建成互联网安全审计系统、网络围栏和无线 Wi-Fi 安全管控系统，被盐城市推广；他牵头建设了高效、规范的网络舆情监控中心，在全国县级公安机关中，第一家通过了公安部互联网二级监控中心验收。

2016 年，建湖县公安局网络安全保卫大队，被公安部表彰为“全国优秀执法示范所队”。此殊荣，在江苏省县级网安大队中，建湖县是第一家。

四

陆立海，这位水乡“小陆哥”、“拼命三郎”、网络“神探”，除了爱工作，似乎不爱回家？对网络，是一“网”情深，对群众更是一往情深。

愿有岁月可回首，且以深情共白头。陆立海的妻子吕芹，是建湖县公安局法制科的民警。这位贤内助为了能让丈夫安心工作，总是默默地挑起家庭的重担。“12·17”案发生后，吕芹匆忙赶到医院。她抱着才 4 个月大的孩子，默默地站在抢救室外。吕芹很坚强，没有流泪，她坚信陆立海一定会醒来！

吕芹说：“陆立海当刑警时，几乎没有休过一个完整的星期天，要么就出差；当了网警后，我本以为可以陪陪我和孩子，但他每天跟电脑在一起的时间比跟我在一起的时间还长。有时想想，也能理解他，因为我也是一个警察。”

在陆立海的办公桌上，放了一张三口之家的幸福合影。

陆立海说：“由于工作的原因，我无法照顾家庭。儿子上五年级时，我唯一一次参加的家长会，开不到一半就离开了。当时，局里发来一条短信‘跨省的网络扫黄案件嫌疑人身份落地，亟须抓捕’，我顾不上跟儿子的老师打招呼。儿子回家后，委屈得‘哇’的一声，哭了。”

家是温暖的港湾，是情感的寄托，是幸福的源泉。繁忙的网侦工作，使陆立海深感愧对家人。但事实上，他却是一位铁骨柔情的人。

有一次下乡，陆立海在一户五保户家中，见到了一位孤寡老人。老人泣不成声地对陆立海说：“我今年 90 岁了，我的姐姐一直在外地，她今年 93 岁了，走不动路了。这辈子，我们看来是见不着面了。”

回到大队后，陆立海心酸不已，他决心完成这位老人的心愿。经多方查找，他找到了老人姐姐所在地的派出所。那天，陆立海和当地派出所约好上线时间，用借来的笔记本电脑，通过 QQ 视频软件使姊妹俩在电脑上见了面。老人的心愿达成了，老姊妹俩高兴得泪流满面，在场的人无不动容。

在一次走访中，陆立海来到了宝塔镇辛庄村居委会辛农组。据了解，一个姓曾的男孩父母去世，他跟着年迈的爷爷奶奶生活。陆立海听在耳中，痛在心里，他多次登门给予这个家庭力所能及的资助。陆立海离开宝塔镇时，还时刻牵挂着这个苦命的孩子。他联系了很多热心公益事业的人士，将爱心源源不断地送到这个支离破碎的家庭。

不管人走到哪里，陆立海的一颗爱心却永远留给群众。

五

习近平总书记强调：“没有网络安全就没有国家安全，就没有经济社会稳定运行，广大人民群众利益也难以得到保障。”

网络安全重于山。

2016 年 8 月，陆立海调任盐城市公安局网络安全保卫支队大队长。调任后，陆立海的第一项任务是组建特侦大队。面对无固定模式可借鉴的实际情况，他两个月内几乎跑遍全省，上寻帮助，下求人才。抽调了全市网安部门精干力量，终于拉起了属于盐城网安的一支特侦队伍。

2017 年 10 月份，万众瞩目的中国共产党第十九次全国代表大会在北京召开。陆立海带领团队对全市的 50 多家网站，进行全面检测和维护，发现整改漏洞 400 多个。同时，他用“绣花”的功夫梳理出 200 余名重点人员和一批犯罪线索。

十九大安保期间，盐城市未发生一起网络安全案（事）件。支队民警韩强说：陆立海善于思考，爱琢磨，是个有心人。他看个电视都在琢磨，电视中有没有特殊信息。2017 年 6 月份，他与陆立海去南京出差。在车站，陆立海无意中见到一个小广告，居然不走了，停下来琢磨半天，还不放心，将电话又打回支队。经支队核查清楚后，他才放心地离开。

“钻研是网安工作取得突破的灵魂。”这是陆立海经常挂在嘴边的一句话，也是他工作的真实写照。在陆立海的文件柜里，约有 20 本笔记本。这些笔记本，仅是陆立海来盐城工作的部分笔记。他的办公桌上，放着两本书，一本是《网络安全重要文件汇编》，另一本是《精益数据分析》。这两本书，是陆立海正在阅读的书籍。在大队集体办公室里，有两组书柜，柜里基本上是业务书籍，有《视频侦查学》《黑客大曝光》《恶意代码分析实战》等。

民警杨文博说：“这些书陆立海全部看过，他要求我们也必须看完这些书。”

2015 年 5 月份，兰新民伙同李建康等人设立亚文仓亚元集团，并创建网上亚元币平台进行传销活动。2017 年 12 月份，兰新民将亚元币改名为“文旅资产”。会员通过他人推荐并缴纳一定费用进行注册，会员间按照推荐加入的顺序组成上下线层级，每个会员能发展多名直接下线。平台根据会员业绩最好的三个直接下线对其进行定级，设置直接推荐奖、级差奖、平级服务奖三种奖项作为会员的动态收益，以“文旅资产”的差价作为静态收益。

群众的血汗钱，岂能落入不法分子的腰包？！

2018 年 2 月 28 日，盐城市公安局指令市局网络安全保卫支队协同相关警种，对“文旅资产”网站涉嫌组织领导传销活动案立案侦查。

案件进入侦破阶段时，陆立海犯难了。怎样将会员注册平台数据库拿下，得知人员架构组成？如何获取犯罪嫌疑人证据？必须要找到“文旅资产”网站数据库的技术员。

围绕这一思路，案件侦破在有条不紊地进行着。突然，传来一个极为不利的信息，负责“文旅资产”网站数据库的技术员在南京神秘失踪

了！（后经核实，技术员被山东警方抓获。）

平时忙于工作，无暇锻炼身体。每当案件侦破遇到瓶颈时，陆立海就习惯跑跑步。他觉得跑步可以放松疲倦的身心，可以放松脑中那根紧绷的神经，从而远离侦破误区，跳一个思维、换一个角度，问题往往就会迎刃而解。满头大汗后，陆立海静下心来询问自己，怎么办？侦破容不得犹豫，战机稍纵即逝，必须争分夺秒。

凌晨3点钟左右，当“成功了”这三个字，从南京通过手机传入陆立海的耳中时，他仿佛听到了天籁之音。

支队民警沈翔说：“陆立海从不当甩手掌柜，很善于发现问题。案件侦破中事无巨细严查细抠，不搞清楚誓不罢休。为了能够迅速破案，陆立海几乎天天晚上11点以后下班，甚至忙得通宵回不了家。饿了塞两口面包，实在累了，陆立海就趴在办公室里的一张长约2米，宽约60厘米的沙发上小憩。”

兵贵神速，陆立海组织警力依据该案上下线层级关系，对参与传销活动的80余人进行谈话取证；对已掌握的与“文旅资产”相关的20个网站，21个公众号上的宣传视频、文字以及相关聊天记录进行电子取证。2018年3月，陆立海组织警力赶赴山西运城，在一居民家中将5名主要犯罪嫌疑人一举抓获。

6月12日下午，笔者见到陆立海时，他双眼通红，显得很疲倦。从民警处得知，陆立海连夜办案，几乎一夜未眠。

在回答如何做一名优秀网警的问题时，陆立海简要地概括为：首先，要想干事，不干事就得不到群众的拥护；其次，要干成事，做到多学习、多思考、多干活、多汇报、多总结；再次，要不出事，守得住底线，耐得住寂寞，经得住诱惑。他还说，荣誉和成绩只代表过去，网络案情千变万化，网络安全工作永远在路上。

时任支队政委郭迎春说：“陆立海同志对党忠诚，爱学习、肯钻研、能吃苦，并且在多个工作岗位历练过，是位在实战中成长起来的优秀基层干部。”

陆立海在从警之路上走了18个春秋，已褪去从警之初的青涩，多了一份成熟和从容；他干一行，爱一行，钻一行，取得了累累硕果，先后被盐城市公安局评为“盐城最美警察”，被盐城市委、市政府授予“十佳青年卫士”称号，被评为江苏省十九大安保先进个人，被江苏省公安厅颁发“全省最美警察”提名奖，被江苏省公安厅记个人一等功一次，荣获公安部“全国优秀人民警察”称号。

跨进新时代，踏上新征程。我们期待，盐阜公安铁军中的“网络神探”陆立海新的故事、新的传奇……

注：写于2018年6月。文中涉案人员均为化名，插图由陆立海提供。

马蹄声声

徐志良，1966年出生，属马。

马，历来被人们所崇敬、所喜爱。它勤恳、忠实，具有只求付出、不求回报、甘当坐骑的精神，具有坚定顽强、敢爱敢恨、勇往直前的性格！

在盐阜热土上、在火热警营中，有许多像马儿一样不断奋蹄奔跑的人，徐志良就是其中的一个。

一、警营传来马蹄声

2018年的父亲节，一位年轻民警在一篇题为“我的警察父亲”的文章中写道：

> 小时候，印象中的父亲就是一个字：忙。
>
> 父亲30岁生日那天，奶奶特意烧了他平常爱吃的菜，可是当时

的他正忙着办理一起苏南特大系列抢劫杀人案件，没能回家。此后，我对父亲的生日记忆都是如此，总是我和母亲对着一桌饭菜等了再等，热了又热，总觉得父亲对工作比过生日还重要。为此，也曾经有过很多的不理解，为什么他不能像别的父亲一样在家陪着我和母亲？为什么他不能像别的父亲一样周末带我去公园玩耍？为什么学校家长会每次都是母亲去开？

后来，随着年龄的增长，我逐步开始明白、也渐渐理解了父亲。他是一名警察，工作十分繁忙，但每天半夜回家后，到我房间悄悄给我关上台灯的人，是他；给我盖好被子的人，是他；外地出差时，每天给母亲打几个电话询问我学习情况的人，还是他……

在父亲的带动和影响下，2015 年我也走进了警营，和父亲成了同行，才真正体会到父亲的不易。就此心中暗暗立誓，在今后的从警道路上必定会以父亲为榜样，懂得担当、学会奉献，做一名“对党忠诚、服务人民、执法公正、纪律严明”的好警察。

……

文中说到的父亲，就是徐志良，现任江苏省盐城市盐都区公安局巡特警大队大队长。文章的作者名叫徐泽，是徐志良的儿子，1991 年出生，系盐城市公安局亭湖分局法制大队民警。

一篇短文真情流溢，两代警察的从警情怀和血浓于水的父子之情跃然纸上，字里行间也闪现着徐志良奔波劳碌的身影。

盐城市盐都区公安局巡特警大队，位于市区新都路和西环路交界处。

我到达大队时，从院子里隐隐传来一阵阵雄浑有力的打拳声。

双脚刚踏进大队的院子，一个警体训练方阵便赫然出现在我的眼前。30 多个身穿训练服的队员，横成列、竖成行，一个个腾挪跳跃、拳拳生风，气势宛如万马奔腾。

“看，方阵前那位正在组织警体拳训练的人，就是我们的大队长。”值班人员告诉我，这人就是徐志良。

徐志良走路的步幅很大，使我想起了成语“大步流星”。我在徐志良身后紧追慢赶，顺着楼梯往四楼办公室跟去。上楼左转，四楼过道的墙壁上，是一面警营文化墙。墙上悬挂着一张“功模榜”，记载着大队曾经有6位民警受到上级表彰。后来得知，徐志良本人3次荣立二等功，5次荣立三等功。

办公室里，两张办公桌拼成正方形靠窗放着，徐志良和大队教导员孙曙东合用一间办公室。巧得很，孙曙东也在办公室。他得知笔者是为采访徐志良而来，非常高兴，忙不迭地让座。

趁着这个间隙，我开始打量徐志良：中等身材，不胖、腰板挺直。不讲话时，面色严峻，眼神犀利；讲话时，面挂微笑，思维敏锐；黑发中夹杂着些许白发，显得比常人多了一份成熟稳当——一位和蔼可亲的中年大叔。

徐志良一边倒茶，一边致歉：“不好意思，你来得不巧。上午，大队要开个会，手头工作要安排下，你先坐会儿，我忙完就来。”

“不急，你先忙，我等你。”我知道，公安工作千头万绪，警情千变万化，需要基层领导千针万线。

徐志良左手拿着笔记本，右手抓着对讲机，和孙曙东一起迈出了办公室。在等待徐志良的档口，我脑海里梳理着盐都区公安局政治处提供的情况。

盐都区，是长江三角洲中心城市盐城市的核心区。全区总面积约1015平方公里，常住人口约71万人。共有8个建制镇、4个街道、1个国家级高新区和1个省级度假区，拥有250个村（居）、3个管理区、1311个村民小组。

巡特警大队肩负着这里的平安重任，徐志良就是全区巡防、督导工作的牵头人。

徐志良，出身农村家庭，1985 年考取原江苏公安专科学校治安专业。1987 年毕业后，先后在派出所、刑警大队、经侦大队、610 办公室、治安大队、巡特警大队工作。

徐志良开完会就回来了，和我肩并肩地坐在会议室的桌边，而我的采访直奔主题："请讲讲您从警的故事。"

徐志良闻听，谦虚地说："我从警 30 多年，若说有什么可讲的，一时半刻还真想不起来。我有记工作笔记的习惯，要不拿给你看看？"

徐志良的开场白，虽然简单了点，但听说有工作笔记，还是引起了我浓厚的兴趣：几本笔记能记点啥？先看看吧。

"咣当当"，笔记本落在桌上的声音不断传进我的耳中。一摞笔记本近 1 米高，整整两摞子的笔记本摆在眼前。粗略地数了一下，大约 140 本。

唯有惊愕。情不自禁地翻看起来。

一本本泛黄的笔记，刻印着徐志良不忘初心、砥砺前行的人生足迹；一行行刚劲的字迹，跳跃着徐志良果敢行事、践行使命的赤胆忠心；一篇篇动人的故事，揭示着徐志良扎根警营、心系百姓的火热情怀！

看着看着，笔者的眼前仿佛出现了一匹奔腾向前的马儿，阵阵马蹄声传遍警营。

时光逆转……

二、嘶风啸月向征程

夜黑秋凉人入睡。

1995 年 10 月 31 日 22 时，夜晚中的城市在秋风中逐渐沉寂了下来。

此刻，时任郊区（现为盐都区）公安局刑侦大队副中队长的徐志良，带领侦察员张春驾驶警车在城区的街道上为一起案件奔走。警车车轮擦地的声音，划破寂静的夜空。

“张春，前面是城区榆洋派出所，我们进去看看，顺便了解一些情况。”坐在副驾驶位置的徐志良偏过头来，对正在开车的张春说道。

“好的，徐队。”张春边答应着，边打了一把方向盘，将警车平稳地驶停在榆洋派出所的门口。

夜色中，所里的灯光显得格外明亮，民警正在清点两只行李箱内的物品。

打过招呼后，徐志良忍不住扫了一眼，惊诧地发现：这些物品居然是不同品牌的高档烟酒，还有债券、管制刀具等。

俗话说，江山易改，本性难移。作为警察，徐志良的职业病又犯了。工作中，徐志良见疑就问，是位爽快人。存疑不问，他憋着难受，也睡不踏实。高度的警惕性，使他心里不断犯嘀咕：哪来的这些物品？当即，他询问起了物品的来源。

民警见问，回忆说：“10 月 30 日晚上，联防队员检查暂住人口时，发现在一间出租屋内有 4 个人，还携带了不少烟酒。其中一人见派出所来人查房，神色慌张，偷偷地将管制刀具扔出窗外。这一反常举动，被联防队员发现了，觉得形迹可疑，便将 4 人和携带物品一起带至派出所审查。经查，这 4 人都是郊区潘黄镇人，名字分别为贾尚仁、王建龙、王建彪、高步明。他们自称贩卖假香烟，除物品外还有用牛皮筋捆扎的两万元现金，票面都是一百元的。因为初审没有发现这 4 人有其他问题，所以人已经放了，两万元现金也退了。”

听完民警的情况介绍，徐志良心里“咯噔”一下，脑中灵光一闪，跳出了一个信息：前段时间，郭猛镇民政办公室被盗的两万元现金也是用牛皮筋捆扎的，这笔钱会不会就是郭猛被盗的现金？

想到这，徐志良面色变得凝重了，他向民警要了一支被扣押的“假烟”。点上火，吸一口，吐烟雾，蹦出了一句：是真烟，有问题。

徐志良是烟民，懂烟。他认为：烟是真烟，但这些物品的背后可能隐藏着一些猫腻，甚至是一件大案。

当断不断，必留后患！徐志良明白这个道理。当即，他与派出所商榷将物品先带回大队，对贾尚仁等 4 人的背景进行审查，并对两箱物品进行分析……

不查不知道，一查不得了。一件大案浮出了水面——

11 月 3 日上午，徐志良确认：两箱物品是江苏省公安厅下发的协查通报中“苏南特大系列抢劫杀人案”中的涉案物品，贾尚仁等 4 人是该案重大嫌疑人。而此前的 11 月 2 日晚，时任江苏省公安厅刑警总队政委吴大友一行已至盐城市公安局，督办这起特大系列抢劫杀人案。

得知徐志良发现与案件有关的新情况，区局向市局做了汇报。大约半个小时，时任盐城市公安局局长陈汉山亲自赶到区局坐镇指挥案件的侦破工作。

11 月 3 日晚，市局、区局根据省厅统一部署，开展了缉捕贾尚仁等 4 人的行动。徐志良主动请缨，一马当先地带领一干人马直奔当时的潘黄镇，开展缉捕行动。

一张法网，在夜幕中悄然而又迅疾地撒了出去……

23 时左右，原潘黄镇镇中路上，王建龙、王建彪亲兄弟俩一路哼着小曲，在卡拉 OK 厅唱完歌尽兴而归，他们万万没有想到会有警察从天而降。

“就是他们！”福才村治保主任用手一指。

“抓！”徐志良吼了一声，率先冲了上去。

王氏兄弟被擒，徐志良马不停蹄地率人再奔原潘黄镇宝才村嫌疑人高步明的家中。

从高家人口中得知，高步明到马沟乡东跃村走亲戚去了。

“徐队，怎么办？”张春焦急地问。

兵贵神速，徐志良懂得时间对案件侦破的重要性。他当机立断地手一挥，说：“去马沟！”

11 月 4 日凌晨 3 时，徐志良带着民警出现在高步明亲戚家的门前，西房间灯亮着。

门被叫开，高步明的亲戚见门前站着几位面相威严的汉子，有点吃虚，口结地问道：“你们是……”

此时，西房间灯突然熄掉了。说时迟，那时快。徐志良如脱缰奔马般扑向床头，将佯睡在床的高步明揿住，当场从高步明的枕头底下搜出匕首一把。

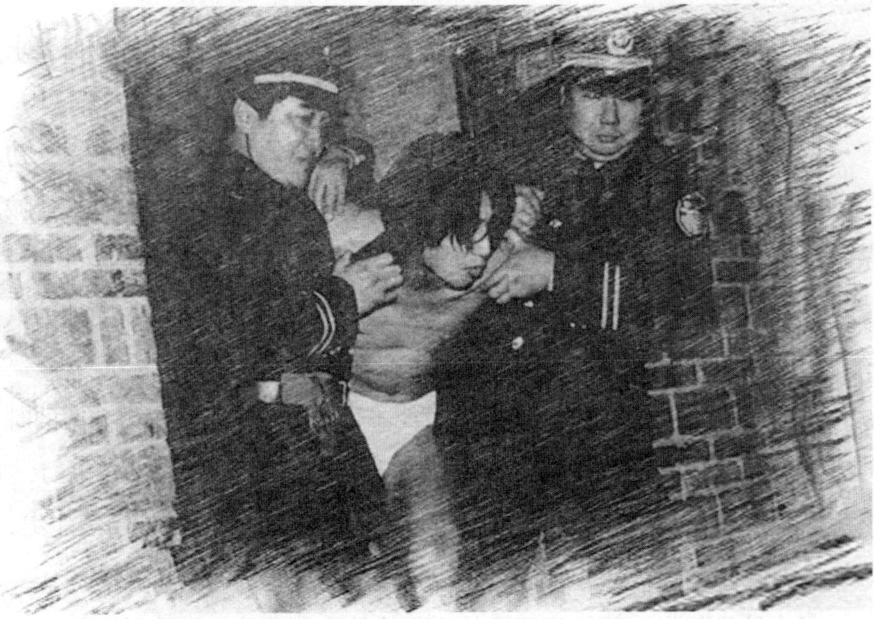

当天，贾尚仁也在南通落入法网。

至此，发生在苏南地区杀死 11 人、杀伤 1 人的特大系列抢劫杀人案在盐城告破。

盐城风俗，男做三（30岁生日）、女做四（40岁生日）。30岁生日，一般由丈母娘操办。

1995年10月5日（农历九月十三日），徐志良一夜未眠，忙着案件的追赃、取证、移交等工作。可是，徐志良忘了一件大事，今天是他的30岁生日，来祝福的两桌亲戚，正等着他这个寿星。这种事，主角怎么能不出场？徐志良太大意，“马失前蹄”了！家人能不生气吗？

其实，令家人生气的事情，远不止这一件。

2000年7月9日凌晨，盐城市原马沟乡仰徐村财会室突然起火，账簿材料被烧毁了。时任刑侦大队中队长徐志良负责案件侦破。

财会室里的账簿是仰徐打捞公司的全部往来账，为什么会起火？徐志良在思考。

7月12日，市里将在仰徐村召开现场会。因此，区委、区政府要求区公安局务必在7月12日前拿下此案。

时间紧迫！徐志良一头扎进了案子中，他围绕案件的因果关系，初步确定公司财务科科长张火嫌疑最大。但案发的当夜，张火一直在盐城某浴城内打麻将。此人，并无作案时间？

7月11日，有点特殊，是徐志良儿子徐泽的十岁生日。按当地的风俗，要给孩子庆贺一下。

“我的生日就算了，儿子的生日怎能不做？可是，局里交办破案的时间只有最后一天。唉，罢了！”想到这，徐志良一摇头。

案情有了转机。由于案发当晚张火参加赌博，作为党员已经违纪，区纪委决定对其“双规”。上午，徐志良参加了对张火的审查工作。

张火虽然狡猾，但是经不住徐志良连续发问。几个回合的交锋，他已经额头冒汗，交代了自己在浴城内打麻将、指使连襟杨仁义纵火焚烧村财会室的犯罪行为。经查，张火纵火的目的是因为对领导有意见，为了泄私愤。

案结后，徐志良买了个生日蛋糕，哄哄儿子。

过生日，对于忙工作的徐志良来说就没有这个概念。但有一件事，却让他心如刀割、愧疚不已。那天——

当月16日凌晨1时许，马沟乡孙吴村一对老夫妻在家中睡觉时，遭遇抢劫。

朗朗乾坤，岂容宵小作乱？徐志良赶赴现场，开展侦破工作。

上午，案件侦查刚刚展开，徐志良突然接到老父亲的电话，老人说：你母亲旧病复发（格林巴利综合症），病重速回！

接完电话，徐志良心急如焚。他请示领导后，匆忙回家将病重的母亲送进盐城市第一人民医院检查治疗。医生告知：病情严重，有生命危险！

徐志良手中有案子，心里不踏实。下午，他发现母亲状态好像趋于平稳，就安排妹妹徐志兰照顾，他轻声告诉母亲：马沟发生了一起老夫妻被抢劫的案子。

徐志良是家里的长子，还有一个妹妹和两个弟弟。困难日子里，靠母亲卖鸡蛋和扁豆角，才得以读书上学。母亲通情达理，不愿过多牵扯徐志良的精力，她虚弱地说："我很好，你去忙吧，有你妹妹志兰照顾我。"

当晚23时左右，妹妹徐志兰用寻呼机告知徐志良：母亲病逝。

子欲养而亲不待。含辛茹苦的母亲才56岁啊！看完信息，徐志良一阵晕眩。

那天，徐志良正在马沟乡孙吴村排查案件。

徐志良在笔记中写道：古人说，忠孝难以两全。母亲在病逝前，对我讲的最后一句话"我很好，你去忙吧"，一直萦绕在我的耳边，伴随着我奔走在从警路上。

三、烟蹄爽健赛云龙

盐城，是一个以盐命名的城市。

从西汉武帝元狩 4 年建立盐渎县，曾遍地皆为煮盐场，到处是盐河。东晋安帝义熙 7 年时更名为盐城县，“盐城”之名使用至今。

如今，鹤舞鹿鸣的盐城是一座日益都市化的沿海城市，800 万勤劳的盐阜儿女用双手将她妆扮得越来越美丽！然而，却有一小撮心怀叵测的人在盐城打起了盐的主意——

2002 年、2003 年，盐城市盐务局在市场检查和开展“访万家”活动时，发现很多市民食用的是工业用盐，而非食用盐。这可是大事，怎么办？“有困难，找警察”，市盐务局向郊区公安局求助。

油盐酱醋关乎民生。工业用盐充当食用盐，又是谁如此胆大妄为呢？

时任经侦大队副大队长的徐志良负责侦办此案，他带领侦察员从源头查起，在和市盐务局稽查人员检查时发现，万户新村小区一家粮油门市负责人陈欧，其“言（盐）”有问题！

2003 年 6 月 16 日，陈欧被抓获。之后，同伙耿月明等一大批盐贩相继落网。

随着案情的突破，一个流窜于安徽、江苏、上海等地的特大贩卖私盐团伙，清晰地出现在徐志良的面前。

17 日，徐志良双眼瞪得溜圆，将手机递给被抓的盐贩耿月明。立功心切的耿月明赶紧接过手机，使劲摁出 11 个阿拉伯数字。

“李总，你好！我是耿月明啊，你刚送来的一卡车盐，我已收到了，谢谢……”耿月明和一个名叫李风的人在电话里寒暄客套。

见火候差不多了，徐志良冲耿月明点了点头。耿月明见状心领神会，马上电话约请李风去浴城洗澡消费。

市区某浴城，人来客往，生意兴隆。

李风，安徽定远人，盐枭，斜躺在躺椅上，闭目养神。心情不错的李风，在等待耿月明的到来。不，他在等待一沓沓的钞票到来。

意想不到的是，耿月明来了，钞票却没有来。徐志良来了，给他带来了一副锃亮的手铐。

2004 年 8 月 19 日，正值夏季，到处似火炉子。徐志良率队远赴安徽定远县，将贩盐团伙的总头目赵志显、陈海涛抓获归案。历时一年半，徐志良先后辗转于江苏、安徽、上海等地，成功破获了这起特大贩卖私盐的非法经营案。

2008 年 5 月 22 日。和风丽日，鸟语花香，处处洋溢着无限生机。

风光无限好的季节，徐志良却没有这个雅兴去欣赏。盐都区公安局点将：时任治安大队教导员徐志良负责处理一起信访案件。

网侦大队大队长纪春安说：徐志良的工作能力，应该用“马到成功”一词来形容。是的，基层多个工作岗位的锻炼，以及组织的信任，徐志良就像一匹烟蹄爽健赛云龙的天马。

这是一项棘手的任务，一起交通亡人案演变成了一起信访案件。徐志良感慨地说：我当了这么多年的警察，就是交警工作没干过。那一次办理的案子，算是补上交警的一课。

信访无小事，徐志良明白这个道理，他一页一页地查阅着案件的卷宗——

当年 5 月 4 日，盐都区大冈镇发生一起交通事故。大冈镇村民张明远驾驶摩托车在行驶途中撞了村民李森林，致李森林受伤住院。6 天后，李森林伤重死亡，盐都区公安局依法对这起交通肇事案件进行了立案。交警大队依据死者生前的口述和间接证据，对嫌疑人张明远采取了刑事拘留强制措施。案件审查时，张明远否认自己是肇事者。同时，检察机关认为证据不足，不能形成证据链，致使整个案件的诉讼程序陷入僵局。双方各执一词、难辨真假，均到公安局、检察院上访。

张明远家人上访理由是，公安局搞冤假错案；李森林家人上访理由是，公安局在张明远刑拘至30日时就放人，公安局办案民警徇私枉法。

看完卷宗，徐志良陷入沉思，如何破局？这个案子，没有直接的人证和监控录像，看来只有在物证上下功夫了。

打定主意后，徐志良向领导请示：抽调5名民警配合工作。为了收集证据，他对交通事故现场重新勘查，对附近群众进行走访，对张明远的车辆进行检测。

连续几天，徐志良扑在案子上，完善案件的证据链，他用一名警察的高度责任感去工作。同时，他暗暗下定决心：一定要把案情弄个水落石出，让群众信服，把公平正义永远留在群众的心中。

“徐教导，证据有了。”午饭前，徐志良接到了走访民警的电话。

“什么证据？”

“有群众见过张明远在事故现场，他的摩托车右刹车把有撞击痕迹，于案发当天在镇上的一个修理铺修理过。”

“太好了！”这个消息太重要了。

徐志良饭碗一扔，亲自请来了修理铺的师傅，对张明远的摩托车进行了辨认。确认后，他的心里更有底了。

讯问室中，张明远脸色铁青，心理防线全面崩溃。回想当初，本以为开车撞了人，神不知鬼不觉，只要自己不开口，神仙也难下手！可是，徐志良神了，不是交警，但业务不比交警差啊！

在铁的证据面前，在法理和情理面前，张明远只能竹筒倒豆子，有啥说啥。

张明远被批捕，案件进入诉讼程序，双方息诉罢访。

盐都区地处里下河水网地区，境内河流纵横交错，主要河流是蟒蛇河。蟒蛇河源于盐都区境内的大纵湖，流域面积约640平方公里，覆盖境内大部分区域。

蟒蛇河的水哗啦啦地流。它是一条农田灌溉河，水流进了千亩农田；它也是一条饮用水源河，水流进了千家万户。然而——

2009 年 2 月份，市民投诉盐城的水污染问题。环保部门对市民的饮用水蟒蛇河上游的化工企业进行了检测，发现盐城市立异化工厂有投放危险物质（排污）的违法行为。

盐城警方决定，对立异化工厂的厂长胡一鸣、负责生产的副厂长丁大勇刑事拘留。

案情似乎并不复杂，但并非那么简单。审讯时，胡、丁二人拒不交待排污方式、排污量，不承认有向河中排污行为；环保部门仅在该厂北下水道口测试出微量钾盐废水成分，但不足以作为定案的证据；二人被采取强制措施之前，曾两次因环保问题被盐都区环保局行政处罚过，有一定的反侦查经验。

没有证据，怎么定案？就在侦查工作一筹莫展之际，徐志良向指挥部提出只有打开胡、丁的口，才能查清案情的建议，并主动提出担当审查胡、丁二人的重任。

第一个回合，这俩人背着牛头不认赃。

审讯，沉默。

这，怎么行？徐志良陷入了沉思。

他来到了厂区的污水净化塘。这个直径大约 50 多米的净化塘，污水处理后流向北边的一条小河，东边是蟒蛇河。两条河的交叉处横着一条水泥船，河水里的有害物质成分一样，可是小河里与蟒蛇河里的有害物质含量差别太悬殊。问题出在哪？会不会净化塘暗藏玄机？别被障眼法骗了。

打定主意后，徐志良召集侦查员侍军、黄亚明开了个“碰头”会。二人离开前相视一眼，会心地笑了。

20 分钟后，徐志良的手机响了。

侦查员侍军在电话里兴奋地说："胡一鸣交代了，情况如你所料。"

徐志良一听，也笑了。

原来，"碰头"会时，徐志良对两位侦查员说出了自己的疑惑，并面授机宜，重新制订了审讯方案。

第二个回合中，侦查员不拐弯子，单刀直入地告诉胡一鸣警方已掌握净化塘的秘密。

做贼心虚的胡一鸣一听，脸色顿变，如实招了。

那么，净化塘又有什么秘密呢？

秘密是：胡、丁二人在厂内的伪装净化污水的水塘底部，安插了一根水管直接排向厂外蟒蛇河河底。

此案，是盐城市侦办的首起投放危险物质案。

徐志良在笔记中写道：是组织把我从一个农家子弟，培养成为一名基层领导干部。我无以回报，只有在工作中干一行，爱一行，钻一行……

四、笑看大地骉驹奔

新年新征程。

2010 年元月 1 日，徐志良从区公安局治安大队调任巡特警大队，担任大队长一职。

面对维稳处突、巡逻防范、大型活动安保等繁重的任务，徐志良又是如何转变角色，履职尽责的呢？

笔者从徐志良小山般的笔记本中，简要摘抄了 2014 年的两个案例。这两个案例，在笔者看来如处置不当，将会造成极大的社会负面影响。

2014 年 5 月份，指挥中心多次接到妇女报警，称被一名陌生男子猥亵和侵害。专案小组成立后，徐志良和民警一道进行平台研判，调取案发时段监控录像并走访受害人，成功锁定在西环路、神州路等路段作案40余起的猥亵和侵害妇女的犯罪嫌疑人卞小强。

2014年8月6日9时许，业主刘某因与盐城市红星美凯龙有限公司的租赁纠纷，在店铺门前将汽油浇在自己身上和店铺内的地上，欲采取过激方式维权。徐志良成功处置了这起重大极端事件，受到时任盐城市市委书记朱克江的充分肯定。

肩负巡特警大队长的重任，徐志良就如一匹负重而行的奔马。

2014年，盐都区内的青年路和东进路西延，加之231省道南北畅通，使交通四通八达。个别不法之徒认为“一路通途，有机可乘”，导致盐都区发案率大幅度上升。2014年民意调查显示，盐都区群众满意度和安全感居全市乃至全省末位！

作为牵头全区巡防工作的徐志良倍感压力，他马不停蹄地对全区巡防工作进行督导，并将科技元素融入巡防工作，大力推进外勤助手的使

用，提高了见警率、管事率和社会面控制力。成绩的背后，是付出——

2015 年 10 月 25 日（农历九月十三），是徐志良五十岁生日，家中办了两桌酒席，老长辈和亲戚正等着为他庆祝生日。就在这天下午，徐志良接到命令：前往安徽参加公安部督办的“3·42”专案工作。

按指挥部的要求，去安徽的任务是“掌控下交易”，即对事先锁定的犯罪嫌疑人王小兵在安徽境内可能进行盐酸羟亚胺易制毒品交易情况进行摸排，掌握其交易人员、车辆信息等。

徐志良的任务是，协调安徽池州、亳州警方对王小兵的同行人员、交往人员、车辆和通信工具等情况进行详细的搜集并分析研判。

10 月 28 日上午，指挥部获得王小兵与“广东来人”将在池州进行盐酸羟亚胺易制毒品交易的信息，并确认王小兵在济广高速亳州北出口。

如何掌控王小兵的动向呢？徐志良灵机一动，他和工作组的同事借民用车辆为掩护，在济广高速亳州北出口处寻找可疑车辆。

功夫不负有心人。两辆交易车辆出现在济广高速亳州北出口 100 米处的加油站，其中一辆车的驾驶人正是王小兵。

远距离侦查，与案件相关的车辆相继出现。

案件侦查中，任何一个蛛丝马迹都影响案件的侦破。为了掌握王小兵等人的犯罪证据，徐志良带领工作组对整个交易过程进行了详细的侦查。

10 月 29 日，徐志良带领工作组前往安徽合肥路警管理指挥中心及亳州高速出入口调查涉案车辆去向，发现曾出现在交易地点的两辆车，在当日驶进了广东。

依据这两辆车辆的信息，工作组确定了人车到达广东茂名的时间，为指挥部决策捣毁茂名毒品生产地，创造了先决条件。

2015 年民意调查，盐都区群众安全感和满意度测评在全市排名第二！这一年，对于徐志良来说是不平常的一年。他把全部身心都投入到工作中去，多次出色完成各项急难险重的任务。

时间很快进入 2016 年，巡特警大队在徐志良这匹识途老马的带领下，笑看大地骉驹齐奔。

3 月 29 日凌晨 3 时许。

大队巡防实战指挥平台的监控人员发现新都路与神州路交界处有一男子形迹可疑，在该交界处两次出入，紧接着有一辆电动三轮车驶进恒大名都小区北建筑工地的路边。

有疑必报、逢疑必查。既是徐志良对工作的要求，也是对群众的负责。监控人员当即向徐志良做了汇报。徐志良指令：路面巡逻组立即前去察看情况。

巡逻警车快速驶向指定地点，队员们在路面发现了一辆停着的三轮车，有四人正在向车上搬运铝合金窗子。奇怪的是，四人发现巡逻小组后，快速向恒大名都小区建筑工地跑去。

徐志良得到汇报后，疑云在心头升起。他迅速带领大队民警赶到现场，寻找搬门窗的四人。然而，四人已无影无踪。

经询问，恒大名都小区建筑工地老板说，车上铝合金窗系盗窃工地楼上的，价值近两万元。经走访，前几天，建筑楼上也失窃过铝合金窗。

显然，这是一起盗窃案。茫茫人海，何处寻觅窃贼呢？徐志良思考了一下，开始检查车上物品。一张购车发票，出现在徐志良的眼前，发票上写着购车人：盐都区大冈镇花吉村赵大河。

锁定赵大河。顺藤摸瓜，一举破获赵大河等 4 人盗窃恒大名都铝合金窗案。

2017 年 1 月 27 日，大年三十。

年味扑面而来。毕竟，“年”在中国人的心目中有着特殊的意义。徐志良一年忙到头，家人认为过年了，他终于可以休息休息了！然而，大纵湖村民陈志亮的意外去世，让徐志良家人的小愿望再次成为大奢望——

上午，陈志亮因身体不适，到村卫生室找医生刘勇买来青霉素药口服，服后感到头疼并发生呕吐。后在其家人的带领下，到滨湖社区卫生院、楼王卫生院医治，在转往三院的途中去世。

陈的家人认为，村医刘勇有医疗责任。

双方交涉，因赔偿金额差距太大，协调未果。陈家一怒之下，当晚将陈志亮的尸体移至刘勇家闹丧。

大纵湖派出所接警，陈家提出赔偿 150 万的要求。否则，不服从派出所处理。

事态升级，群众怨声载道，村里气氛和春节的氛围极不协调！

1 月 28 日零时 35 分，大年初一。

新年纳余庆，佳节号长春。徐志良接到时任副区长、局长连大猛的命令：前往大纵湖振兴村协调处理闹丧事件。

看来，春节是过不好了。好在，这种情况徐志良已经习惯。

到达现场后，徐志良一方面与死者亲属进行沟通，另一方面安排人观察闹丧队伍的状况。

到了凌晨 4 点，死者亲属仍然不依不饶。无垠的旷野，不时传来村民们开门迎新年的鞭炮声。

徐志良考虑，如不迅速处置，等天亮后事态必将恶化升级。他猜想，死者的家属可能是因为人死了，咽不下这口气。如果气顺了，事情自然就好处理了。

怎么办？徐志良动开了脑筋。他亲自请来了死者的两位近亲长辈，接下来的事情迎刃而解……

村里，年味飘香。

徐志良到家时，已是早晨 6 点左右。他悄悄烧好了早饭，回单位继续值班。

1月28日21时，意想不到的是，正在单位值班的徐志良突然接到老家电话。电话中说：祖母去世！

闻听噩耗，徐志良泪流满面。他是家中长孙，自幼深受祖母疼爱。如今，祖母突然走了，怎能不伤心？徐志良悄悄抹了把眼泪，他请来副大队长吴京海带班，没有向组织提及祖母去世的丧讯，自己回老家操办丧事。

3月2日，全国“两会”在北京隆重召开。3月6日，区局通知，徐志良去北京参加“两会”安保。接到通知后，他陷入了矛盾……

3月10日是祖母去世“六七”的日子，按风俗需要在家操办，以尽孝道。但徐志良更清楚“两会”是国家大事，绝不能出现一丝一毫的差错！

怎么办？徐志良和二弟徐志金商量，请他负责操办祖母的“六七”。

徐志良在笔记中写道：我是一名党员，不相信鬼神之说。血浓于水的亲情，使我无法忘却祖母，我只能从头上剪下一缕头发交给弟弟带回老家，嘱托他在“六七”当天烧给天堂里我深爱的祖母！

五、踏花归去马蹄香

2016年4月14日，秦南镇美满村油菜花香。

“砰！”一声清脆的枪声在村子里响起，一条恶狗应声而倒。此刻，远处响起了群众雷鸣般的掌声，徐志良平静地收起了手枪。

作为一名警察不与歹徒去斗智斗勇，为何来到这个小村庄枪击一条大狼狗呢？原因是这样的——

美满村有一条无主疯狗到处扑咬家畜和村民，已有村民被咬伤。村民们吓得不敢出门，拨打“110”报警。接警后，秦南派出所向巡特警大队求援。徐志良担心大狼狗继续伤人，他一边带领民警出警，一边通知秦南派出所先期处置。派出所民警在徐志良电话指挥下，携带防爆叉等工具将疯狗驱赶至村部西侧的小路附近。

疯狗凶性大发，随时可能伤人!

徐志良快马加鞭地来到现场，见围观群众较多，他立即组织民警进行疏散。为了群众生命安全，徐志良果断地拔出了手枪……

江苏省公安厅禁毒总队政委徐新华是徐志良的警校同学。警校毕业前，他在徐志良的留言簿上是这么写的：你有一副世人罕见的热心肠。

是的，徐志良是位人民警察，也是一位铁骨柔肠的汉子。

张庄街道办事处村民林大清家，是个特殊的家庭。怎么特殊？共有六个小孩（四男二女），都是林大清为其妻在家自己接生。最大的孩子二十五岁，最小的孩子五岁，一家八口睡在一张床上。不仅如此，六个小孩均未申报户口!

2016 年，林大清的儿子林小宇，15 岁，初三学生，即将中考。但孩子没有户口，怎么去参加中考?

林大清犯愁了，他听熟人讲，巡特警大队大队长徐志良是个热心肠的人。可是，徐志良和自己素不相识，他能帮助自己吗?

林大清心里没底，他抱着试试看的念头，找到了徐志良。

面对求助，徐志良既痛心，又心痛。痛心的是，林大清太愚昧了，生了孩子，却不负责任；心痛的是，孩子没有错。

汗水湿透了警服，徐志良冒着高温到处奔走。终于，在教育局关闭中考报名系统前半个小时，林小宇的户口问题解决了，顺利参加了中考。

之后，徐志良又帮助林大清的其他五个小孩也报了户口。见林家是特困户，他的恻隐之心又动了。既捐赠钱物，又联系村里落实低保，还协调林大清的一个子女到万达广场三楼的一家餐饮店工作。

徐志良在笔记中写道：我觉得急群众所急，想群众所想，帮助群众，都是我应该做的事。

笔者合上徐志良的笔记本，给他打了个电话，想去采访一下他的妻子。电话中，他答应了。

到大队后，徐志良告诉笔者手头有个案子，刚办完。一说案子，笔者来了兴趣，忍不住追问了起来。

原来，一醉酒男子在大庆路和西环路交叉口抢了一辆出租车，驾车沿西环路向南行驶。

醉汉抢车还开车上路？这可不是闹着玩的。接到"110"指令后，徐志良立即组织处警专业队上西环路搜寻、查缉。

"然而，这么大的城市到哪寻找这辆出租车？"徐志良想了想，他想起了出租车上应该有定位系统。

零时 45 分，市局"110"与神龙出租车公司对接后反馈，被抢车辆出现在翰林逸品小区 8 号楼。

徐志良去找了一圈，奇怪了？人和车无影无踪。小区门口保安说，有人驾驶一辆出租车进入地下车库后，驾驶员又出去了。

地下车库里，被抢出租车车门大开，人不见了。

"人在哪里？这么短的时间，应该不会走远。"徐志良推测。

凌晨 1 时，徐志良忽然看见一醉酒男子在翰林逸品小区出门右拐的神州路上撒酒疯。

"此人，是不是那个抢车男子呢？"徐志良暗暗想道。

醉酒男子被控制后，出租车驾驶员洪某一见，气愤地说："就是他！"

徐志良调取出租车行车记录仪查看，果然就是他。

经查，醉酒男子姓戴。当即，他被民警送往盐城市第三人民医院进行血检。

徐志良，有心人。他在调取戴某的身份信息时，发现这位还是一个“瘾君子”。

“会不会是酒驾且毒驾呢？”不弄清楚，徐志良心里不踏实。

事实证明了徐志良的想法是正确的。戴某尿检结果：呈阳性；戴某血液酒精含量为：258mg/100ml。

听完这个案例后，徐志良这位大忙人陪笔者来到了约定地方，见到了他的妻子王大姐。王大姐文文静静，她说：“我和徐志良同龄，是高中同学。谈恋爱时，他家境比较穷，我父母担心女儿受苦，就去他老家访亲去。邻居告诉我父母，他家贫，是个‘苦马’，但却是个懂事感恩的人。父母听了，就同意婚事了。有了儿子后，婆婆身体差，我就一个人带着孩子把日子往前过。他每天都忙，我们从来没有一起逛过公园，旅游就更不要想了。有时，他半夜三更的接到电话，掀起被子就走，真为他担心。如今，儿子大了，受他影响，也当了一名警察。这对父子俩啊，唉……”

一声轻叹，饱含了多少背后的辛酸故事！

笔者暗暗为这位“贤内助”点赞，不由想起了那句“每一个成功的男人背后都有一个伟大的女人”。

踏花归去马蹄香！时任区公安局副局长刘军说：徐志良从警30年，无论从事哪个警种，他都愉快地服从组织的安排，从不计较个人得失。他是一名永远充满干事激情的公安民警，也正是这样的干劲，成就了他丰富而多彩的从警历程。

这匹50多岁的老马，在蓝天白云下，在盐阜热土上，在火热警营中，一定会四蹄生风，踏出高亢奋进的马蹄声。

注：写于2018年9月。文中涉案人员均为化名，插图由徐志良提供。

社区红霞

秋高气爽，红霞映日。

一道道霞光洒落在盐城市亭湖区毓龙街道洋西社区，使位于人民北路的红霞警务室高悬着的庄严警徽愈发熠熠生辉。

这一幕，既让踏足红霞警务室的办事群众感觉温馨，也使这座警务室不断引起路人关注。端庄干练，留着齐耳短发，走路像一阵风似的女警张红霞，江苏滨海人，1970 年 12 月出生，现任盐城市公安局亭湖分局毓龙派出所三级警长，是洋西社区的社区民警，也是红霞警务室负责人。

从警近 28 年，虽然张红霞先后在不同的派出所担任社区民警，但是有一点始终未变——

她立足社区，把为民情怀根植于血脉，与群众建立起深厚的鱼水情；她牢记使命，把荣誉镌刻于心中，用行动履行从警誓言；她人如其名，宛如盐阜大地上空一朵红霞，将党的温暖带进了千家万户，照进了社区群众心中。

在醉人的秋色里，笔者走进洋西社区，走近普通群众，聆听社区红霞的故事。

双脚勤踏百姓家

《石钟山记》:“事不目见耳闻，而臆断其有无，可乎？”

社区民警只有迈开双腿，脚沾地，接地气，走近群众，才能为群众跑腿办事。

2016 年 5 月，张红霞担任洋西社区的社区民警。

洋西社区位于盐城市毓龙街道，东靠市区小洋河，南邻毓龙路，西依人民北路，北至黄海中路，总面积约 0.3 平方公里。这是一个老旧社区，有 11 个小区，4000 多住户，13000 多居民，沿街商铺较多，人员流动频繁，治安情况复杂。而红霞警务室，1 警 3 辅，任务重，压力大。

张红霞出生在滨海县乡村，父亲在供销社工作，母亲是一位农民。1989 年，她第一次参加高考，成绩达线，却毅然放弃，只因割舍不下年少时的从警梦。次年，她再次参加高考，如愿以偿地考入江苏公安专科学校。

从警后，父母再三叮嘱她：“小红，你做警察，一定要好好为群众办事啊！老百姓办事不容易啊……”

父母的教诲，时常在张红霞的耳边响起。

“没有压力，哪来的动力？！”张红霞暗暗思忖。多年的社区工作实践告诉她，只有走到群众家中，面对面地交流，才能与群众心贴心地交往。

日升日落，一朵飘动的红霞出现在社区群众家中。张红霞深入社区走访，掌握社情民意，用辛勤的汗水赢得了群众的认可——

2016 年 12 月，天气凉飕飕的。

张红霞在走访中发现，原住省淮大院小区的李女士心急火燎。

李女士对张红霞说："张大姐，我的女儿在北京读书，已经 19 岁了，还没有上户口。我是专门从北京回盐城为女儿办理户口的……"

猛的一听，张红霞很诧异！

细细交谈，张红霞才得知：当年，李女士深夜拾到一女婴。为了孩子的成长，她几天后就离开了家乡，只身带孩子去北京谋生。因种种原因，她一直没给孩子上户口。

"不要着急上火，孩子户口会上好的。"张红霞边安慰李女士，边向领导汇报。

连日奔走，张红霞以最快的速度走访多人，并形成书面调查材料。

那天，当孩子的户口办好后，李女士接过户口簿喜极而泣："谢谢张大姐……"

不久，李女士主动来到派出所，给张红霞送来一面锦旗致谢。

社区故事真不少！一个户口簿，难住了李女士；一张医疗卡，愁坏了王老太。

张红霞在走访中得知，家住悦达东园小区的王正芹，年近八旬，双腿动过手术，走路很吃力。她决定，去看望看望老人。

闲聊中，王正芹对来访的张红霞说："我的医疗关系在阜宁县，看病报销不方便。我想将医疗卡转到盐城，需要办理居住证，我的腿脚不便，能不能帮帮我？"

吃五谷杂粮，岂有不生灾害病？！老人张口，张红霞二话没说，主动为她采集信息，待居住证办好后亲自送证上门。

王正芹很感动，拿出从楼顶上采摘下的黄瓜，颤巍巍地拉着张红霞的手，执意送给她吃以表心意，可谓"警民一家亲，黄瓜表真情"。

小小黄瓜，使张红霞心中愈发坚定一个信念：不走访群众，不进群众家门，怎么能知道群众所需？

如今，一提起张红霞，王正芹就一个劲地夸赞："张大姐处处把老百姓放在心中，她是我们群众心中的好警察。”

2020 年 2 月份，疫情突袭，张红霞不放心王正芹。当她登门送上口罩时，王正芹眼睛红红的，感动得泣不成声，连声说：“感谢党，感谢政府。这个时候送口罩比什么都珍贵，我一定响应政府的号召居家不出门。”

张红霞服务群众，从不厚此薄彼，戴有色眼镜看人。

住在市区园中园小区廉租房的老杜，现年 72 岁。他有一个特殊身份：帮教对象。

昔日的老杜，曾是某单位的职工，后因经济问题入狱服刑五年。入狱期间，没有任何亲人探视。释放后，无家可归。

老杜听说张红霞肯帮人，就抱着试试看的想法来到派出所。

果不其然，张红霞热情接待了他。随即，张红霞多次去社区走访群众，确认了老杜无工作、无房子、无家庭的事实，伸出了援助之手。她协调相关部门，先后为其申办低保和廉租房，帮他走出了人生低谷。

2020 年春节前，张红霞又帮老杜介绍了适合他的工作。春节后，不忘感恩的老杜特地打电话向张红霞问候致谢。老杜逢人就夸张红霞是好人，不但帮他解决生活困难，而且鼓励他重新做人

今年夏天，让张红霞意想不到的是：老杜特地从几十里外骑车来到派出所，送来几个甜甜的大西瓜让她降温解渴。

俗话说，浪子回头金不换。这片心意，当班民警非常感动；这份礼物，张红霞觉得弥足珍贵；这个西瓜，大伙儿吃在嘴里，甜在心里！

勤进社区，勤为老百姓办事，对于张红霞来说是常态。同时，她的友好和热情也给国际友人留下深刻的印象——

探亲在盐城华府景城的伊拉克乌鲁克国际公司总裁毅凡（中文名）和盐城妻子苏伟是跨国婚姻。2019 年 7 月份，因他们的两个孩子在盐城入学，租住在华府景城小区。

张红霞在走访中与这家人相识，并为这个家庭提供服务，双方也由

此结下了友情。

2020 年 2 月 14 日，毅凡计划回国。可是，由于疫情的到来，他的机票改签却仍没有订到，心里非常着急。

张红霞了解情况后，为稳定他家的情绪，2 月 19 日上午，她带着孩子们爱吃的小零食及时登门走访安慰。

见到张红霞的到来，一家人分外高兴，毅凡激动地连声说："中国警察好样的，谢谢！"

手机的普及，使书信越来越少见。然而，一位外国友人一笔一画的手写感谢信，既让人感觉亲切，也更让收信人感觉到暖心。

写信的人，名叫金爱花，韩国人。这封信，蓝色的信封，精美的卡片信纸，透露的是对张红霞满满的感激之情。

试问，金爱花为什么要如此郑重地给张红霞写感谢信呢？

事情还要从 2020 年 3 月份说起。

韩国友人金爱花夫妇，刚刚从外地来到盐城生活。

初来乍到，人生地疏，但必须要办理临时登记。

张红霞在走访中得知，立即赶往金爱花夫妇家中，主动帮助他们上门服务登记。

一来二去，张红霞和金爱花一家也熟络起来。

不久，金爱花一家要在盐城买房，需要相关的证明。

得知金爱花有两个小孩需要照顾，办理相关的证明手续不方便，张红霞在办理好手续后，特地将相关材料送到了金爱花手中。

这件事，在张红霞看来是分内之事，却让金爱花十分感动，所以她用还不是十分熟练的中文写了这封感谢信。

对于这封国际友人的感谢信，张红霞十分谦虚地说："收到国际友人的感谢信是第一次，感觉非常激动，也非常温暖。其实我真的没有做什么，只是做了自己应该做的事情。"

这话说得真好！这，就是盐城警察的形象！

红霞社区——

张红霞勤勉敬业，走家串户，为民服务，践行了人民警察为人民的从警誓言！

爱心献给老和幼

《孟子·梁惠王上》:“老吾老以及人之老，幼吾幼以及人之幼。”

千百年来，尊老爱幼都是中华民族的优良传统。人民警察来源于人民，更应率先垂范！

2017年春节前，一场严寒将市区不少水管冻裂。大清早，张红霞接到鸿基花园小区姜存寅老人的电话：他心爱的书画全被楼上流淌下的水浸湿了，而楼上租住的外地人已回家过年。

“房子里没人，水管无法关，怎么办？”张红霞心里盘算着，一边安慰老人，一边顶着寒风赶到老人家。

她请社区人员帮助清除积水，并找来水电工维修管道。幸好平时走访有登记，张红霞很快将房屋出租人找到，第一时间与承租人联系，打开了门，关掉了水。

春节后，张红霞积极协调，双方达成补偿协议。

姜大爷非常满意，写了四句话:“天上红霞，地上红霞。红霞两相比，地上赛天上。”

据了解，老人临终前，嘱咐家人一定要收好报道张红霞的《盐城晚报》。

2018年夏季的一天早上，张红霞接到住在市拖拉机厂东舍居民徐发元老人打来的电话。

电话中得知，老人已经病危，他请张红霞为其提供法律帮助。

张红霞心中很紧张，非常担心老人病情。她放下电话，连忙与亭湖区公证处联系，为弥留之际的老人提供帮助。

徐发元去世后，他的妻子张国芳因失去老伴一度想不开。为此，张红霞牵肠挂肚，多次上门开导安慰她。

春节前，张红霞惦记孤寂的张国芳。

那天，张国芳打开门的一刹那，见到提着礼物的张红霞时，感动得泣不成声。从此，张国芳老人认准了一个理，张红霞就是她的亲人。

张红霞帮助老人的故事很多很多！然而，群众同样重情重义，也感动着张红霞——

2020 年 3 月份，翰香花园居民蔡秀玉老人见张红霞每天在社区忙忙碌碌，特别心疼她。于是，亲自下厨做了一盆喷香的酸菜鱼，送到了派出所给张红霞补一补。

2020 年 10 月 2 日，张红霞带着水果和牛奶来到世纪花园小区，看望参加淮海战役和渡江战役的 91 岁老革命李效湖。李效湖一把拉住张红霞，热情招呼她一起吃午饭。

……

女警张红霞，是老人们心目中的“警察女儿”。而孩子们，也时常感受到这朵社区红霞带来的温暖和关爱。

社区居民戴某的外孙荣荣（化名）不幸患上了白血病。为了照顾孩子，女儿夫妻俩近两年时间没有上班，家中经济十分困难。

这个患儿的不幸，这个家庭的困境，不时地敲击着张红霞心中的柔暖处。

她先后与社区、医保中心对接，迅速为荣荣办理了困境儿童补助和药费补助，让已经花费 100 余万元的家庭看到了希望。

与此同时，张红霞还经常利用下社区的空隙去看望荣荣，逢年过节给孩子压岁钱和礼品，送去温暖和关爱。

在张红霞的帮助下，这个困境家庭逐步摆脱了生活的阴影。

2020年高考前，社区居民李某的女儿小芹，因家庭欠下巨额债务想放弃高考。

“孩子无错，怎么能不读书！”张红霞得知情况后，心里沉甸甸的。她上门教育鼓励，并送上励志金。

重拾信心的小芹，顺利考上了苏州的一所高校。

大爱无疆。张红霞将暖心的红霞从洋西社区撒向社区外，撒向所有的孩子们。

张红霞在一次接警中发现，不属洋西社区的小韦是个可怜的孤儿。无论是出于女性的善良，还是人民警察的爱民情怀，关爱这个孩子，张红霞都觉得义不容辞，必须伸出援助之手。

她多次去看望孩子，从心理上开导他，还给他购买衣服，陪他一起过春节。没有一点血缘关系的“红霞妈妈”，使孤单自卑的孩子感受到了亲情的温暖。

2019年中秋团圆之际。

张红霞心里却一直牵挂着远离家乡，就读于盐城市田家炳中学的两个新疆籍困难学生阿依古丽·托合提和库尔班·艾散。今年，是这两个年仅16岁的孩子第一次离开父母在外地过节，一定会因寂寞而思念家人。

张红霞急忙赶到学校。

当她走进教室时，却被孩子们感动了——新疆班响起雷鸣般的掌声，快乐的笑容挂在孩子们的脸上。

张红霞给他们上了一堂生动的法制教育课，并送上月饼和励志金。

学生库尔班·艾散动情地说："张妈妈，感谢您来看望我们，我们一定好好学习，绝不辜负您对我们的厚望。"

听了这句话，张红霞心里甜甜的。

2020年春节前，张红霞再次抽空来到该校给学生上法制教育课，并看望新疆班留校的400多名学生。

那天，她买上10多斤孩子们爱吃的巧克力，送上新年的祝福。同时，还给两个高二年级的学生谢依代·伊马木、批尔迪未斯·吾普尔送上压岁钱。

学生谢依代·伊马木在给张红霞的感谢信中这样写道："张妈妈的博爱之心，让冬天的我不再孤独，感觉到母亲的温暖，并立志长大后当警察。"

张红霞发自内心的关爱，让远在千里之外就读的学子，感受到亲人般的温暖，感受到维汉一家亲的亲情，以及民族大团结的力量。

数年来，张红霞走进校园，为1200多名师生普法，向留守儿童赠送书籍300多册，向10多位困难学生捐赠励志金，并结对帮扶五名少数民族困难学生，传递着"警察妈妈"的大爱。

红霞社区——

张红霞爱心永恒，牵挂老人，情系孩子，奏响了一曲新时代的文明赞歌！

未雨绸缪抓防范

《朱子家训》：“宜未雨而绸缪，毋临渴而掘井。”

社区的安全管理，涉及社会的和谐稳定，群众的安居乐业，必须防范在前。

2019 年初，张红霞花了四个月的时间为辖区一个家属区六幢楼、155 户居民牵线找到了新管家。物业公司进驻小区后，小区管理走向了正规，再也没有发生一起案件。

张红霞此举，既感动了小区群众，也得到了相关部门的赞誉——

辖区居民朱奶奶将自做的点心送到派出所给她品尝，小区产权单位也给她送来了感谢信。

2020 年的夏天雨水多，一家小区路面洼洼坑坑，群众出行不便。

“路不平，易出事，怎么办？”张红霞有点犯愁。

无巧不巧。当后关路修路时，张红霞心中一动。她主动找到施工老板，说明原因和来意。

施工老板一听，这是一位为老百姓办事跑腿的好警察！感动之余，大手一挥，一个字“拉”。

2020 年 7 月 17 日，张红霞汗流浃背地拉了几车沥青，并找来人手为小区补平了道路。

路变平坦，群众走路再也不怕跌跟头了。他们亲切地称张红霞为“补路女警”，并自发送来一块匾——上书“人民警察为人民”。

还真别说，什么人都有！

有业主反映：有人从高处抛物，造成财物损失。但因小区无监控视频，起不到震慑作用。

“小区监控视频，关乎安全管理。”张红霞明白重要性。

她察看现场后，不由得皱起了眉。她发现小区监控视频老化，不能正常发挥作用。

张红霞下定决心，啃这块硬骨头。她不是简单地要求物业整改，而是第一时间积极主动协调街道和住建局等有关职能部门，并且多次上门沟通，争取房屋维修资金。

精诚所至，金石为开。张红霞为小区争取到了 23 万多元维修资金，安装了 63 只高清探头，780 米长的周界报警系统。

小区矛盾减少，无一起可防性案件发生。

此后，2019 年 11 月份，经张红霞协调，翰香花园小区五幢楼 10 个单元，新增了 12 个高清高空探头，两个 360 度高清广角探头。73 只探头如同 73 只天眼，加上 6 名保安 24 小时守护 416 户居民，哪怕有人将东西遗忘在电动自行车上，也无人拿去。

业主有了安全感，也就有了幸福感。

群众自发在小区群里表达自己感谢之情，居民苏彦写首打油诗《夸夸警官张红霞》；小区物业公司经理亲手将一面“情系百姓、为民解难”的锦旗送给张红霞；街道和城建局对张红霞的敬业精神大为称赞：“张警长真是把百姓的事当成自己的事。”

……

小区管理正规了，那么场所管理呢？

2019 年 5 月份，张红霞发现辖区内后关路许多沿街餐饮门市存在安全隐患——7 家餐馆，30 只煤气罐，如同 30 个“炸弹”，危及公众安全及楼上老年大学、公证处等 10 多个单位。

一旦发生意外，后果不堪设想，张红霞顿感压力！

她询问原因。餐馆业主为难地说：“附近没有气源，施工难度大且成本高。我们向燃气公司提出申请，但因难度太大遭拒。”

怎么办？张红霞迎难而上。她召集餐馆业主开会并征询意见，对接新奥燃气有限公司和附近有气源的华府景城小区物业。

一趟、两趟、三趟……她与有关单位多次沟通、协调，30 米管道花了 6 个月的时间，终于在 11 月 19 日通上天然气。

期间，也有人质疑张红霞此举。她坦然地说：“消除安全隐患，让商户放心经营，让群众安心居住，是我的职责。”

川玉楼火锅店老板高兴地说：“我们总算放心了。”

张红霞倾力帮助群众解决“用气难”问题，不但排除了安全隐患，还帮助百姓做件大实事，赢得业主们高度赞誉，他们特送五面锦旗以表谢意。

张红霞不等不靠，多方奔走，为推动智慧平安网格建设，督促新增探头，推进沿街门市高清探头外延工作，有效织密路面上的防范网。她积极协助物业公司争取维修资金，在辖区小区里安装车辆识别系统、门禁系统、高清视频、周界报警系统，使传统的以人防为主的小区管理模式向科技化和信息化迈进。

……

大疫横行，口罩能防。

然而，平时不起眼的小口罩却成了紧缺货，给小区安全管理带来新难题！

“社区疫情防控，马虎不得，绝不能疏忽！”张红霞心中盘算着自己买一批口罩随时发给需要的居民，把社区防控工作做细、做扎实。

经多方联系，张红霞的运气不错，自费买到了一批口罩。

家住华府景城 6 号楼的陈雷老夫妇，儿子远在上海工作，因疫情不能回家探亲。

当张红霞上门送去口罩时，老两口拿着口罩格外惊喜：“现在这特殊时期，这个礼物比什么都贵重。”

口罩送完后，张红霞再次自购和筹集 400 只口罩、100 盒酒精片等上万元防护物品，送给辖区困难群众。

除此之外，她利用“云社区”上的 20 多个“微信群”实时播报防疫知识和警方通报，及时核查涉疫线索，回应群众的疑问；她与每一名涉疫人员保持热线联系，随时掌握他们的动态；她带上家人深夜巡查，确保场所夜间不开业、不聚集；她面对各类违规、违法的场所，坚决实行“零容忍”，依法查处 5 名违法行为人员、两家寄递业单位，劝阻 12 起聚集……

群众的眼睛是雪亮的。群众自发地在微信圈里制作《老百姓心中最美的张警官》，以表达对张红霞的喜爱之情。

红霞社区——

张红霞未雨绸缪，防控结合，狠抓安全，筑起了一道保民平安的安全大坝！

众擎易举托大山

《募修岳鄂王祠墓疏》：“盖众擎易举，独力难支。”

发动群众，依靠群众，走群众路线，是社区民警管理社区的一个重要方法。

张红霞充分发动信息员的作用，社区的保安员、送奶员、保洁员、快递员和热心群众成了她布在社区各个楼幢的眼睛、耳朵。

90 岁高龄的殷定华，与张红霞无亲无故，却每日关注着社区里的这抹红霞。他主动担任小区的信息员，一旦发现有人聚集打牌，就立即向张红霞报告；他将《盐城晚报》历次刊登张红霞的事迹都用红笔圈了起来，既是社区最年长的志愿者，也是张红霞最年长的铁杆粉丝。此外，获评“中国好人”的王浩春老人，也是小区安全巡查志愿者之一。

正是有了许许多多像殷定华、王浩春这样的志愿者，才确保了小区成为无事小区、平安小区。

洋西社区就是红霞社区，充满了温馨和谐！

张红霞组织开展“邻里团团帮”，让邻里间守望相助；她邀请全国人大代表走进社区调解室，化解邻里矛盾和纠纷；她引进专职律师，在职法官线上、线下为群众免费提供法律服务，让“枫桥经验”落地生根……

对于张红霞来说，2020 年的疫情防控战，是一场硬仗——

洋西社区每天的涉疫人员有 10 多人。张红霞在第一时间与社区、卫生院“三位一体”上门核查，抢时间，抓进度。她早出晚归，中午累了就趴在办公桌上眯一会儿，深夜才顶着寒风回家。

警力有限，民力无穷。

“管理这么大的社区，靠单打独斗肯定是不行的。”张红霞深知群众的力量。

她精心组织和发动平安志愿者、物业人员24小时严防死守各个网格阵地，11个小区全部实行封闭式管理，不放过任何一个疑点。同时，加大巡查，依法防控，严防聚集，不让疫情输入，不让疫情扩散，筑牢社区疫情防控生命线。

“讲政策、不出门，配合政府防疫情；守规矩、别串门，不让病毒人传人……”快板声清脆响亮，宣传语朗朗上口。

疫情防控面前，张红霞带着洋西社区的“盐城好大姑”们走街串巷，把自编自写的疫情防范知识，用通俗易懂的方式传播到群众中。

“盐城好大姑”，是张红霞发动社区一群古道热肠的大妈组成的平安志愿者队伍。义务巡逻防范、收集各类治安隐患信息、协助警方破获案件……通过安防教育指导，“盐城好大姑”日渐成为洋西社区治安防范的有生力量。如今，这支平安志愿者队伍已经壮大到60多人。

一次，警惕性强的“好大姑”杨友琴发现——

省淮大院6号楼里有外地人进出，每次回来时抬着大袋的土豆、包菜等。

“这要是普通家庭，也用不了这么多菜？”杨友琴观察了几天，将情况向张红霞作了汇报。

张红霞上门走访发现，这群外地人是搞传销的。于是，她及时向所领导报告，并依法进行了查处。

在“盐城好大姑”的协助下，警方先后取缔了8个类似的传销窝点，联合其他部门清理了5个非法融资单位，一批零发案小区也随之出现。

“盐城好大姑”为群防群治提供了强有力的信息支撑——

有一次，张红霞接到报警：某小区居民家的 4 箱白酒被盗，价值 8000 元。

“张警官，我前一天晚上看到邻居家小伙子将几箱白酒搬上了出租车，会不会有点关系？”小区里一名大妈提供了一条线索。

循着这条线索，警方很快将这起盗窃案查得水落石出。

疫情防控期间，“盐城好大姑”们转身成了社区防疫志愿者，协助张红霞开展小区巡逻防控，加强小区外来人员、车辆的排查登记，及时纠正不戴口罩行为，发现可疑人员及时联系张红霞上门检查，把牢社区防疫关。

“盐城好大姑”里有一位是某打印店的老板娘，因私拉乱接、堵塞消防通道被张红霞处罚过。可是没几天，她心甘情愿地加入了“盐城好大姑”队伍，还自掏腰包为“好大姑”们制作了红马甲。

是什么原因，促使这位老板娘这么做呢？原因很简单，社区民警工作实，群众口碑好，自愿参与平安建设的人越来越多。

2 月 15 日，一场大雪纷纷扬扬飘洒盐阜大地。雪后的盐城分外地冷，但寒冷的天气挡不住“盐城好大姑”宣传防控疫情的激情。

她们带着小喇叭、小快板，走街串巷向人们宣传自编的防疫顺口溜，引得群众纷纷点赞。同时，还吸引着其他好大姑一同加入。

张红霞希望“盐城好大姑”越来越多，一起参与到平安共建中来。

她多措并举地开展防控工作，组织人员不间断地对社区 200 多个沿街门市和外来人员集中的出租房进行检查，对工作中遇到的不配合、不理解人员，始终耐心细致地做好解释工作。

许多群众看到张红霞倾尽全力引领大家战“疫”时，也自发加入义务防疫的队伍。

“大家的社区大家管，管好社区为大家。”社区群众这么说。其中，川玉楼火锅店老板朱德元等人，主动找到张红霞说，他要组织员工佩戴红袖章参加疫情巡防，为抗疫尽一份力……

群众的自发加入，张红霞打心眼里高兴。她为感谢志愿者对其工作的支持，将自己爱心认购的农产品赠送给他们。

2 月 20 日，盐城市公安局领导来到毓龙派出所，将战时“三等功”奖章佩戴在张红霞的胸前。

当天晚上，张红霞将这枚沉甸甸的奖章带到母亲的遗像前，轻轻地告诉母亲，女儿永远铭记她的亲切教诲！

社区红霞——

张红霞众擎易举，勠力同心，群防群治，证实了群众路线就是党的生命线！

小社区，大舞台。

女警张红霞，赢得了各级组织和社区群众对她的认可。她先后六次荣立个人三等功，七次被评为“全市优秀社区民警”。获得“亭湖好警察”“江苏省春风行动先进个人”“盐城市模范人民警察”“盐城最美警察”“盐城市三八红旗手”“盐城十佳女警”“江苏好人”“盐城市五一劳动奖章”“江苏省政法系统先进个人”“江苏最美巾帼奋斗者”“江苏‘双胜利’平安卫士”“江苏省十行百星的巾帼政法之星”“全国公安机关抗击新冠肺炎疫情先进个人”等荣誉。

在红霞警务室，有一位社区群众对笔者说：“张红霞是一朵暖心红霞，温暖着我们的心。她在哪个社区工作，这个社区就是红霞社区。”

数年如一日，红霞映社区。映日的社区红霞，果然绚丽，动人，明亮！

注：写于2020年10月，文中插图由张红霞提供。

一介武夫亦书生

这是一片水韵悠悠的土地
九龙口，西塘河，黄沙港，通榆河
这些诗情画意的名字
共同写就了这片土地的清秀、柔美与灵气

这是一片绿意盎然的土地
早春的芦苇，初夏的荷叶
还有那成片成片的水稻，一望无际的麦苗
一起交织出了这片土地的生机与希望
……

——摘自陶天真《水乡赞美诗》

江苏省建湖县城，旧称湖垛，由“湖中之垛”演变而来。有湖就有活水，就有大美湿地；有垛就有家园，就有绿色生命。水乡的浓郁灵气，滋养了这片钟灵毓秀的土地，也孕育了建湖人深厚的文化底蕴和坚韧的风骨气节。

陆秀夫，建湖人，南宋抗元名臣。危难之际，为了宋帝赵昺不被活捉受辱，他毅然背着幼帝跳海赴涛，体现了民族气节和爱国主义精神。在陆秀夫的故乡，人们难以忘却这位先辈乡贤。而笔者认识一位公安民警，虽看起来普普通通，但从小崇拜陆秀夫，立志能够像他一样“上马击狂胡，下马草军书”。

这位民警叫谢栋华，建湖人，共产党员，大学文化，转业军官，现任建湖县公安局政治处宣传教育科科长、四级高级警长。打眼看去——谢栋华微胖的身材、黑黑的脸膛、憨憨的笑容，给人的第一印象不是羽扇纶巾的文弱书生，而是跃马横刀的一介武夫。

其实，从军营到警营，舞刀弄枪是职业，谢栋华确实尚“武”。然而，这位水乡汉子却也崇“文”，业余时间舞文弄墨伴人生。他酷爱书法和篆刻艺术，更是公安机关搞宣传工作的一把好手。

走近谢栋华、走进他的家乡，亲耳聆听他的亲人、朋友、老师、战友、同事讲述他的人生故事，亲身感受他的日常工作和生活状态，尚武崇文的谢栋华给笔者留下了这样的印象——一介武夫亦书生。

一、龙凤宝地

水乡碧波，鱼虾成群。芦花漂白的百年村庄，是一块物华天宝、人杰地灵的龙凤宝地。少年郎命运多舛，迎难而上——

（一）

2020 年 6 月 20 日，雨后放晴，是个有阳光的好日子。

笔者驾车来到了江苏省美丽乡村建设示范村、谢栋华的家乡建湖县恒济镇建河村，拜访了村党支部原书记、75 岁的谢红光老人，谢老热情洋溢地向我讲述了村史故事——

建河村，全村版图呈“盒子枪”形，辖范家庄、东俞庄、谢家庄三个自然村庄。村东面和南面临射阳湖荡，其中荡区占三分之二，是水生物赖以生存的天堂，更是鱼禽类繁衍生息的宝地。过去，当地村民生活在湖荡，但由于芦苇易着火，影响了他们的安居乐业。因此，在谢家庄建了一座龙王庙，期盼水能克火，保一方平安。

龙王庙位于村东首，正对着一条东西走向、流域约五里长的神龙沟。这条神龙沟周边地形好似一只凤凰，河西有一块状如凤凰嘴的凸地，河东分叉状如两只凤凰爪，南北两侧的大片芦荡则状如展开的凤凰之翅。

俗话说，凤凰不落无宝地。

唐代刘禹锡在《陋室铭》一文中写道“水不在深，有龙则灵”。

“这么说来，这块土地是有龙有凤的一方风水宝地？”打量着眼前的龙王庙和凤凰嘴，笔者与正在津津乐道的谢红光老人开了个玩笑。

“虽然宝地谈不上，但是建河的一方水土养育了一方人，并且出了不少英烈和人才。”老人客观地答复道。

见笔者眼中有疑惑之意，老人继续说道：“比如说，革命烈士俞进才、谢富康，战斗英雄范锦秀，伤残军人张必扬、夏德银，还有俞清等八位中华人民共和国成立以前参加革命的老同志，另外还有不少地方党政领导干部、知识分子、创业能人，他们都是乡贤精英，和建河这方水土密不可分……”

一路上，一边倾听建河村村史介绍，一边参观这里的村容村貌，感受最深的是如今的乡村发展变化。

紧挨村委会的村史馆，记载着建河村的历史岁月和沧桑巨变。在这里，笔者见到了谢红光老人口中提到的上述乡贤的姓名和人物简介。同时，也了解了发生在谢家庄的一段抗战历史：1944年至1946年，为了适应抗日战争形势发展的变化，中共苏中二分区委《人民报》及其印刷厂（苏中印刷所）曾转移至谢氏宗祠游击办报，谱写了新四军官兵和谢家庄干群团结办报的革命历史篇章。

提到这段抗战历史、村史、家史，谢红光言语中洋溢着一股自豪感，他边走边介绍：“建河人热爱家乡，民风淳厚，不管是过去，还是现在，都有很多年轻人投身军营，并且建功立业。”

不错，事实确实如此。村史馆里醒目、郑重地记载着一行行曾经或者正在为国奉献的出自建河村的乡贤名人。

谢栋华名列其中……

（二）

二十世纪六十年代，谢家庄。

龙王古庙西侧，三间房、茅草顶、土坯墙，几根树桩固定墙角，一道手臂粗细的墙缝醒目、扎眼。

这座农宅的男主人，是当地庄稼人谢晋安。

1969 年农历正月初九，寒风呼啸。这一天，谢晋安家再添男丁，小儿子谢栋华出生了。

干活时人少，吃饭时人多。谢晋安与妻子胡彩云日复一日地“面朝黄土背朝天”，起早贪黑地在田间地头劳作，但还是入不敷出难以养家糊口，夫妻二人只能靠省吃俭用拉扯六个孩子，全家艰难度日。

春去秋来，六年时光过去了。

1975 年深秋，谢栋华六岁半。大哥谢栋才新婚，家中洋溢着浓郁的喜庆气氛。

好不容易，盼到了长子成家立业，多开心啊！45 岁的谢晋安，心里甜滋滋的。然而不久，怪事来了，他日渐消瘦，并且吃不下东西。

人是铁，饭是钢，一顿不吃饿得慌。

“你怎么了，要不要紧啊？”贤惠的妻子胡彩云急了，催促谢晋安赶紧去县医院看看。

“不要紧，放心，等等再说。”谢晋安随口答道。

不知不觉间，秋日渐行渐远，冬天慢慢走来。

谢晋安病情不见好转，身体越来越差，全家人心事重重。

进入初冬，谢晋安见这样拖着不是个办法，虽舍不得花钱，但拗不过妻子的坚持，只好去了县医院做检查。

不查不知道，一查吓一跳。

一道晴天霹雳瞬间落在了谢家，足以摧毁这个贫穷的家庭——谢晋安患了胃癌。

那个年代，医疗技术不发达，癌症就是绝症！

夜深沉，人断肠。

“病还得要治，否则，一家老小怎么办？”夫妻俩眼泪汪汪，一夜未眠，小声地商量着。

谢晋安在县医院做了手术，指望开刀切除肿瘤。

一周后，二儿子谢栋权撑了一只小木船把谢晋安从县城载运回家。看到父亲消瘦的脸上长了一脸的络腮胡子，年幼的谢栋华害怕得不敢靠近他的身边。

寒冷的冬夜里，呼啦啦的风儿从墙缝、门缝直往屋里钻，破旧的木门“咣当、咣当”地响个不停，屋里不时传出谢晋安因刀口疼痛发出的虚弱呻吟声……

风声、门响声、病痛声，声声落进了谢栋华稚嫩的心坎里，吓得他蜷缩在母亲的怀里。

“孩子不要怕！”同样无助的胡彩云抱紧瑟瑟发抖的幼子谢栋华，试图用温暖的臂膀给他一点安全感。

谢栋华很害怕，隐隐觉得家中有大事要发生。他瞪着一双惊恐不安的眼睛，躲在母亲怀里一声都不敢吭。

1976 年农历二月初二，龙抬头。

就在这个春寒料峭的早晨，谢晋安扛不住病痛的折磨，丢下了心爱的妻儿走了。弥留之际，他万分留恋地看着自己的家、自己的亲人，最终把放心不下、依依不舍的目光落在了幼子谢栋华的身上，久久未曾离开。

这段时光，谢栋华家中好冷好孤独！

送走了丈夫，胡彩云既是娘，也是爹。她看着自己的一群孩子，默默地将苦涩的泪水咽进了肚子。

在没有父亲的日子里，每到冬天，尤其在寒冷的冬夜里，谢妈妈怕冻着孩子，就把几个娃围在被窝内。而她则借着昏暗的煤油灯光继续纳鞋底，或者缝补孩子们穿坏的旧衣服……

岁月如刀，刀刀催人老。

为了支撑这个家，胡彩云积劳成疾，患上了严重的风湿性关节炎，一到刮风下雨和季节变换，她就非常痛苦。加之脚踝又有血管瘤，病痛发作时走路极不方便。然而，她依然每天起早贪黑下地干活，尽力照顾全家的饮食起居，为儿女们奔波于厨房、菜地和田间地头，像一只不知疲倦的燕子般把六个雏鸟照顾大。甚至，几个孙辈也都在她的关爱下健康成长！

2010年10月14日，胡彩云去世，享年77岁。

“慈母东来，绕膝慕深萱草碧；彩云西去，献觞悲断菊花黄。”这是胡彩云走时，谢栋华含泪为自己的母亲写的一副挽联。

2019年清明时分，谢栋华在一篇《追忆母亲》的散文中写道：

依稀记得，母亲说过她是穷人家的孩子，只念了几天书，便在家与大人们一起从事农活谋生计。母亲虽没有文化，但她通情达理、贤淑持家，教我们兄妹如何做人成才的道理。在我们兄妹六人中，我排行最小，因此，时常围在母亲身边，听她讲故事。她常常教导我：穷人家的孩子要早当家；干什么事情都得心细，决不能敷衍了事、虎头蛇尾。

是啊，母亲本身就是一个心细的人！我至今清晰地记得：每次外出锁门之后，母亲都会用塑料片把门锁包好，防止雨水锈锁。

母亲18岁时嫁给父亲。生活中的磨练，贫寒中的奋争，使我觉得母亲的身上拥有和蔼、干练、节俭的品行。尽管小时候家中的生活条件很艰苦，但母亲一直是很乐观地面对，无论是逆境还是顺境都是坦然面对，有时显得更加坚强。她从来没有要求过我们如何照顾她，也没有在意过我们怎么样去对待她，但在我的印象里，母亲用自己的行动为我们做出了榜样。爷爷在世时，母亲经常让我们给爷爷送些吃的和穿的，尽到赡养老人的责任、为人儿女的孝心，并以此填补在天堂的父亲不能为爷爷尽孝的遗憾……

有一种爱，此生无法偿还；有一种情，此世无法忘怀。这爱是春风化雨般的母爱，这情是深似大海的母子之情。

（三）

苦难让人难忘，但却催人奋进、使人成熟。追寻过去的时光，沿着成长的足迹，谢栋华总是忘不了那段苦涩的岁月。

房子离不开顶梁柱，父亲谢晋安就是家中的顶梁柱。他走了，孤儿寡母过日子就是一个字“难”。因此，母亲胡彩云省吃俭用，一分钱恨不得掰开两半用。

那时候，谢栋华最盼望的事莫过于过年了。因为，过年至少要比平时吃得好点、穿得好点。

可是，过年对于胡彩云来说就是过关。说白了，就是穷。

尽管家中陷入如此窘境，但每到年底时，胡彩云再穷也会给孩子们每人做一双布鞋过年。

谢栋华已逐渐懂事了。平时，逢到雨雪天，他都舍不得穿母亲含辛茹苦做的布鞋，心疼弄脏弄坏。因此，他都是脱了布鞋，光着脚走过泥泞的乡间小路去上学。到学校后，在河边码头将脚洗干净，再穿上布鞋去课堂上课。

每个学期的学费，谢栋华都是拖得很久。捉襟见肘的谢母养活一家人已经不容易，如何能够按时交得起学费?

虽家徒四壁，但谢母胡彩云识大体，更知道子女读书的重要性。

湖荡是优质的天然牧场，鸭子因吃的鱼和虾较多，故而生下的鸭蛋连蛋黄都是红彤彤的。因此，养鸭子成了村里人增加收入的一条重要途径。

靠山吃山，靠水吃水。谢母筹钱买了近 200 只小鸭，置办了一条放鸭小船。全家人齐动手，在村东头芦苇荡里搭了个小棚，老三谢玉仁负责养鸭，谢栋华则得闲帮着三哥放鸭子。兄弟俩吃住在芦苇荡里当起了“鸭司令”，当鸭子长到三四斤重的时候，公鸭拿到集市上卖些钱，母鸭则留下来生蛋，用以养家糊口。

谢栋华靠着母亲拆东墙补西墙筹集学费，在建河村读完了小学，在恒济初级中学读完了初中。

读初中时，谢栋华已是个半大小子。除了必学课程外，他一直对写写画画情有独钟，凡美术老师的课他都特别感兴趣。而得遇启蒙老师袁哲元，使谢栋华人生愈发丰富多彩——

袁哲元，1952 年出生，中学高级教师。从教 42 年，曾在建湖县恒济中学任教高中语文、初中音乐和美术，是建湖县第七届、八届政协委员、第九届政协常委、盐城市第四届政协委员。

1976 年，袁哲元从建湖县文教局文化服务队调至恒济中学任教。建湖县委工作队几位负责同志在恒济公社建河村蹲点，请他在建河村办所幼儿园。

建河幼儿园建好后，孩子们学习了唱歌、舞蹈、武术、耍莲枪、打腰鼓，表演得有模有样。乡村幼儿园办得顶呱呱，在全市放了个样板，吸引了各市县的妇联、文教系统的领导来建河参观学习。

谢栋华就托在这所新办的幼儿园里，他很喜欢文雅、白净、多才多艺的袁老师。

不久，袁哲元有点纳闷？有一个衣着朴素的孩子，讲话少，胆子小，放不开，无笑脸，不活泼。但在学习和多次的汇报演出中却很认真，也特别遵守纪律。到公社礼堂汇报演出，来回要走几里路，有的孩子乱蹦乱跳走散队形，他总是守规矩按列队而行。

这个孩子就是谢栋华。

一打听，才了解到：这是个苦兮兮的孩子。幼年失父，是母亲拉扯着兄妹六人艰难度日。

袁哲元心中一软，请老师们多关心、亲近他。

蓦然回首，也许这就是师生缘分吧！

二十世纪八十年代，教中小学音乐美术专业的老师奇缺。但是，恒济中学特别重视，坚持安排合适的教师按国家统编的教材授课。

谢栋华在恒济中学初一年级又见到了任教音乐美术课的袁哲元。那时，谢栋华打心眼里佩服他、尊敬他。

在美术课上，学简笔画、水彩画，写仿宋体、黑体美术字，谢栋华学得很认真。袁哲元也发现谢栋华爱好美术，学得扎实。

袁哲元的办公室就在教室隔壁阅览室里，他在四周的墙壁上挂了许多他自己创作的字画。谢栋华只要有空，就透过阅览室门窗看他的字画，心追手摹。

这一切，都落在了袁哲元的眼里。

初二下学期，袁哲元开始教学生素描写生。批改作业时，他发现谢栋华的简笔画简明生动，美术字端庄标准，水彩画着色浓淡相宜，画面比其他学生整洁干净。

从此，他更加留意谢栋华了。

日子久了，袁哲元开始刻意向谢栋华传授一些写字作画的技巧。多次将他的美术作业在班上传阅，并放在班级后面的墙报上展览，又在学校的橱窗里展示，供全校师生一起欣赏。

三年的在校学习，谢栋华的美术特长脱颖而出。

1985 年暑假，袁哲元深思熟虑后，将谢栋华叫到了办公室。

"栋华，放暑假了，你应该为将来的升学做准备。我想推荐你到县文化馆参加美术专业中考培训班，你愿意参加吗？"袁哲元开门见山地说。

"愿意，当然愿意！"能够有这样的学习机会是一件好事呀！谢栋华忙不迭地答道。继而，他想了想，又摇了摇头。

"怎么啦，又不想去了？"袁哲元很疑惑。

“不是，我想去。可是，袁老师您知道的，我家没钱……”谢栋华沉默了片刻，吞吞吐吐地说出了自己的顾虑。

袁哲元一听，笑了，拍了拍谢栋华的肩膀说：“我还以为啥事呢，放心吧，不花钱。”

“真的？”

“真的！”

真是天上掉馅饼的大好事呢！

不，学画画不收学费，谢栋华认为应该是天上掉下个金元宝！他难以抑制自己激动的心情，一溜小跑地回到了家中，把这件大喜事告诉了正在屋后干活的母亲。

瞧着孩子的兴奋劲，瞧他那眉飞色舞的样子，胡彩云虽然不懂写写画画能有啥用，但是却坚信自己的儿子有出息。

“好、好、好……”胡彩云半天说不出一句话来，两行酸楚的泪水顺着脸颊滑落了下来。

“妈妈，您怎么了？”谢栋华楞了。他以为去年冬天的那件事，母亲还在生他的气——

谢栋华随袁哲元学习书画后，渐渐地对红方块印章的兴趣也越来越浓。可是，手中的刀不能灵活地在石头上游走，怎么办？

他想了半天，一拍大腿，有办法了。

那个冬天，谢栋华家的萝卜吃得特别快，胡彩云心里有些纳闷。

有一天，胡彩云忽然发现谢栋华一手拿着萝卜，一手拿着刀片，躲在柴草窝里不停地挖呀、削呀。

“红九，你在干什么呀？”她悄悄走到跟前，忍不住问道。红九，是谢栋华的小名，也是母亲一直以来对儿子的昵称，几多亲切，几多疼爱，尽在其中。

谢栋华的注意力在萝卜上，根本没有想到母亲会出现在眼前。母亲的突然出现，吓了他一跳，条件反射地用双手将东西藏到背后，吞吞吐吐地说："没……没干什么……"

"把手伸出来。"胡彩云皱了皱眉头，表情严肃地说道。

谢栋华见母亲认真了，知道过不了这一关，乖乖地伸出了双手。

胡彩云眼扫过去，儿子的一双小手冻得通红，右手握着一把废锯条磨成的刻刀，左手拿着一只刻上字的萝卜头。

胡彩云轻轻地叹了一口气，总算弄明白家中的萝卜去哪了。

儿子在拿萝卜刻字，她不知道对与错，又不忍心责备他。想了想，对谢栋华说："不要浪费了。"

从那时起，谢栋华再也不在萝卜上刻字了，而是用废锯条在砖瓦木石之上游弋，手上留下了一道又一道的伤痕……

如今，儿子有出息，老师很重视，胡彩云喜极而泣。

谢栋华还是个涉世未深的少年，对母亲此刻的心情似懂非懂！

胡彩云擦了擦眼泪，对谢栋华说："红九，好儿子，妈妈很高兴。你爸走得早，袁老师对你这么好，你要好好去学，别让老师失望……"

那一次，大约30多人参加培训。谢栋华提高很快，他的画作多次被文化馆老师表扬。

时隔35年，谢栋华仍然清晰地记得当时文化馆老师们的姓名，他们是：付兆玉、郭永霞、胡明、陆嘉禾和文化馆馆长张万康。

初中毕业时，谢栋华的美术水准完全符合特长生的要求。可是，他家境贫寒，已无力继续读高中。

1986年10月，谢栋华毅然决然地选择了献身国防事业，成了一名光荣的解放军战士！

在部队上，他时常给袁哲元老师写信；每次探亲回家，谢栋华都去看望袁哲元老师。在他们的交往中，袁哲元就像父辈一样关心谢栋华的成长和小家庭的幸福。

人常说，千里马常有，而伯乐不常有！所幸，寒门学子谢栋华遇到了乡村教师袁哲元。

（四）

谢氏族人深明大义协助新四军办报的拥军故事，如同陆秀夫宁死不屈的民族传奇，在当地可谓是家喻户晓、耳熟能详。

多年来，从谢家庄走出去的人才很多，献身国防的谢家子弟也不在少数，谢栋华的大哥便是其中之一。

大哥谢栋才，在部队当了5年兵，是原南京军区驻安徽某部汽车连驾驶员。

那时，部队驾驶员是技术兵，退伍后有一技之长，也就不愁饭碗。因此，谢家庄人觉得谢栋才有出息。那时，谢栋才穿军装回乡探亲时，那种神气、帅气劲令人向往。当然，谢栋华也是大哥的粉丝之一。

胡彩云将大儿子的旧军装改小了给小儿子穿。谢栋华穿在身上倍感荣耀，时常在同学面前显摆，让他们好生羡慕嫉妒恨。红领章、五角星，在谢栋华年少的心中埋下了从军的梦想——长大了，我也要去当兵。

贫困的家庭，无力支撑谢栋华继续求学。他在思考，以后怎么办？

星光不负赶路人，岁月不负有心人！

听说乡里征兵，谢栋华第一时间跟母亲和哥嫂商量，他想去部队这所大熔炉、大学校锻炼学习。

那一天，二哥谢栋权拉着五弟谢栋华的手，欲言又止。

“二哥，有话就说，你怎么了？”谢栋华很纳闷，一向能说会道的二哥怎么变了。

“五弟，这么多年你比同龄人过得苦，这些我都知道。唉，家里穷没办法，二哥帮不了你什么。到部队后，训练辛苦，要当心身体，有事就写信……”谢栋权话未说完，眼睛红了。

“二哥，吃苦我不怕。”谢栋华宽慰哥哥。他知道，二哥对他兄弟情深，是不放心他离开家乡。

“不过，我们村有不少在外当兵的人，家族里就有谢鹏翚、谢晋良、谢玉和等，他们在部队都提干了。你果真想去当兵，你有你的抱负，当哥的肯定支持你，也相信你会有出息！”谢栋权怕弟弟有心理负担，转瞬间又鼓励起了他。

……

二哥的一番话，坚定了谢栋华去当兵的信心。他心想，只要能去当兵，无论到什么地方，多苦多累都无所谓。部队是个大熔炉、大学校，锻炼本领、增长才干，对自己的成才也是一条阳光大道。

谢栋华跑到村里报名参军，随即参加了征兵体检。

1986 年 11 月 4 日，谢栋华接到县征兵办入伍通知书。

11 月 7 日晚上，建河村委会为谢栋华参军送行，邀请谢母一起聚餐。

席间，建河村老书记谢红光再三叮嘱，到部队要好好干，为家乡争光添彩……

谢红光的一番话，谢栋华默默地记在心里，一直当作自己前行的动力。

11 月 8 日下午，县武装部大院门口挤满送行的亲人，新兵们在大院里打背包、换穿新军装。不少新兵带着放满生活用品的随行包，而谢栋华提着的一只包里装的是书籍和书画资料及工具、材料。

次日凌晨，县武装部门前鞭炮齐鸣，锣鼓喧天。

大客车从门口出发，送行的人流随着车子缓缓向前移动。大客车逐渐加速，人流慢慢消失在视野里。

骏马扬蹄嫌路短，雄鹰展翅恨天低。

别了，谢家庄！别了，亲人们！一路上，谢栋华的脑海中不时出现一幕幕画面：

父亲临终前的目光；哥哥、姐姐们的手足情深；乡亲们的善意祝福；还有母亲送行时，被风吹乱的花白头发……

一位离乡的人儿将要去远方、去军营，寻找自己的梦想，但这里的一草一木，都将烙印在他的记忆里，镌刻在他的灵魂深处！

二、火热军营

中原大地，人文荟萃。活力四射的军营岁月，是一首斗志昂扬、催人奋进的豪迈之歌。好男儿献身国防，不负众望——

（一）

中原河南，信阳市明港镇。

雪刚停，风在飞。眼帘中到处是银装素裹，一朵朵怒放的腊梅花傲雪凌霜。

霜前冷，雪后寒。解放军某部训练场，新兵一七八团三连九班正在训练。新兵谢栋华穿着冬季作训服，汗水使劲往下流。

班长万善忠，山东昌邑人，板着脸在讲解动作要领。

“同志们，我给你们讲一讲‘正步’的动作要领。当听到‘正步走’的口令后，左脚向正前方踢出约 75 厘米（腿要绷直，脚尖下压，脚掌与地面平行，离地面约 25 厘米），适当用力使全脚掌着地，同时身体重心前移，右脚照此法动作，上体正直，微向前倾……”万善忠一边讲解，一边示范。

正步训练难度大，要领难以掌握，要求达到“钢板腰、火箭腿、闪电臂”。否则，缺乏精气神。

万善忠讲解了动作要领后，安排新兵们个人体会。他一边看新兵们体会动作要领，一边及时纠正他们训练中的痼癖动作。

突然，他的目光落在了一名新兵的身上，满头大汗的谢栋华将“正步”踢得中规中矩。

见此，万善忠暗暗点头，忍不住叫了一声：“谢栋华！”

甩臂、踢腿，谢栋华的脚掌落在地面“啪啪”直响。耳中突然听到班长呼叫，他立即靠脚立正，面朝班长大声答道：“到！”

万善忠组织能力强，训练要求严。无论天气如何恶劣，他都能按纲组训。常挂在嘴边一句话：当兵不学武，不算尽义务；武艺学不精，不算合格兵。

谢栋华把班长的话记在心里，落实在行动上。每天的训练自己加“小灶”，作训服是湿了又干、干了又湿。晚上睡觉时，发现衣服上是一层汗渍盐霜。

朝夕相处，谢栋华的一举一动被万善忠尽收眼底，他觉得谢栋华是个爱军习武的好苗子。

此时，新兵成一列队形，谢栋华留在了队伍的前侧。

队伍前，万善忠大声问道：“谢栋华，下面由你给大家示范一下‘正步行进’。你有没有信心？”

“有！”

朝气蓬勃的新战士谢栋华铿锵有力的回答，在热火朝天的训练场上空久久回荡。

战争是残酷的，必须练好过硬的杀敌本领。否则，何谈保家卫国？

新兵谢栋华就是这么想的。

他是步兵轻机枪射手，为了适应全天候射击，瞄靶训练不分早中晚，不论天气状况好坏，在地上一趴就是一天；每次“班进攻”过障碍时，他都要扛着轻机枪过独木桥、跳坑、翻墙，每天筋疲力尽，熄灯后倒头就睡。

连长梁学然，河南登封人，带兵严格。晚上，他不定时地搞紧急集合，训练新兵应急作战能力，最多时一个晚上搞了七八次紧急集合和短途野营拉练。

每天，谢栋华脑海中都是训练科目，根本顾不上想家。新兵连训练虽然紧张而辛苦，但是谢栋华坚信，只有平时多流汗，战时才能少流血。

1987 年元旦期间，新兵团俱乐部准备举行“迎新年、庆元旦”新兵书画展。

这是新兵连的一件大事。这项活动，能够展现新兵才艺、缓解思乡之情，体现部队大家庭的温暖！

站排头不让，见红旗就扛，是部队的优良传统之一。各连队指导员都在琢磨派连队哪员虎将去“参战”？

连指导员钟美华第一反应就是想到了连队秀才谢栋华，早就耳闻他在书画方面有两把刷子。

“谢栋华，你利用业余时间和星期日创作几幅书画作品去参赛，怎么样？”晚点名后，钟美华直接给谢栋华下达了任务。

“请指导员放心，我坚决完成任务。”谢栋华大声回答。

“迎新年、庆元旦”新兵书画展开幕式那天，师首长观看了展览。

在谢栋华的水粉画、国画、素描、书法和篆刻各一幅作品面前，师首长发现了“人才”，驻足良久。

谢栋华的作品获奖了，新兵团给他颁发了一个特等奖——一本新华字典。

新兵连集训结束后，一封家书飞到了谢家庄，信中写道：

妈妈：

见信好！

转眼间，儿已离家 4 个多月，由于部队训练任务重，一直没有时间给您写信，请您谅解！

不知您的关节炎和脚踝血管瘤可曾好转？我很不放心，请您一定注意身体。

儿在部队很好，首长对我很关心，战友间亲如兄弟。目前，已顺利实现了从一名普通地方青年向合格军人的转变。

……

自古忠孝难以两全。儿来到部队，会好好干，一定不会辜负您的养育之恩，一定不会辜负亲朋好友的厚望，一定尽我所能地建功立业。

哥嫂、姐姐处，我会单独写信给他们。感谢他们替我尽孝，辛苦了！

请不要牵挂我，儿已长大！

此致

敬礼

不孝儿：红九叩首

1987年4月8日

一封来自军营的平安家书，对于心挂幼子的谢母胡彩云来说，又岂止是“家书抵万金”啊！

（二）

1987年4月10日，春风拂面，阳光明媚，百花争艳。

新兵团训练场，全团新兵列队完毕。四个月的新兵集中训练圆满完成，师军务科科长陆永康大声宣布新兵分配名单……

“谢栋华，师司令部文印组打字员。”

当念到谢栋华的名字后，挺直腰板，站在队列里的谢栋华微微一愣，他万万没有想到自己能够进入师机关工作。

机遇属于有准备的人。

那一刻，谢栋华的心情波动很快平息，表现出了异乎寻常的平静。因为，他清醒地认识到，这仅仅是军旅人生的第一步。

师司令部、政治部、后勤部三大机关打印材料都是文印组保障。可是，办公条件比较差。原因是什么呢？

打字机是铅字滚筒式，首先要把按偏旁部首排版的字盘背熟，然后按文件内容将一个个的铅字敲击在滚筒“双圈”蜡纸上，再手推油印并装订。一旦遇到军事演习，军事想定文书打印必须保障到位。尤其是油印文件要求高、工作量大，胳膊长时间悬空酸痛难忍。

可见，这个工作不好干。没干过的人难以体会个中辛苦，只有从事过这项工作的人清楚其难度。

谢栋华年轻要强，只要是上级交办的工作任务，首先是考虑坚决完成任务，却从不叫一声苦。

那么，工作干不完怎么办？

答案是——

加班加点继续干。

……

1988 年夏季，谢栋华在部队经历了一个大挫折——

他参加了全军院校招生考试，却因整日忙于工作、复习不充分而名落孙山！

考上军校，既能够进一步学习深造，也决定了能否在部队长期发展。落榜后，谢栋华心中很不好受，甚至有愧对“江东父老”之念。

好在，每日繁忙的工作冲淡了他心中的那份失落感。

师军务科正营职参谋廖远寿，湖北荆门人，是谢栋华的直接领导。廖远寿的妻子是位随军家属，热心肠，直性子，爱关心战士。

憨憨厚厚、吃苦耐劳、勤奋好学的谢栋华，给这位军嫂留下了较好的印象。

那一天，他们在公寓小区门口偶遇。嫂子对谢栋华说："小谢，你平常工作要干好，但要多抽时间把文化课好好复习复习。另外，对于你的家庭来说，或许是'考上军校穿皮鞋，考不上穿布鞋'。"

一番话道理朴素、言语通俗、真诚实在，谢栋华记在了心里。

怎么办？心急吃不了热豆腐。谢栋华决定东山再起，他找来文化课本，忙中偷闲啃起来。

正是这近一年的"回锅"学习，谢栋华得以温故而知新。

1989 年 4 月，谢栋华否极泰来。先是在全师文化预考中入围。随即，他又被选拔进入师政治部组织的脱产文化学习班。

重新坐在课堂里学习，谢栋华倍加珍惜这难得的机会。经过历时三个月的强化学习，以及文化课老师的重点讲授，在七月份的全军统考中，谢栋华圆了军校梦。

苦尽甘来，谢栋华应该可以自鸣得意，或者"春风得意马蹄疾，一日看尽长安花"了吧？

他没有这样做，因为前路还很漫长。

1989 年 8 月，平顶山市新华路 1 号大院。

谢栋华怀揣录取通知书，满怀憧憬地踏进了原济南军区信阳陆军学院。

经军校复试、复检，谢栋华样样合格。他正式成为学员一队九班学员。

白云飘飘，流水潺潺，秋风扫过，大地一片金黄。

初秋来临，一切稳定后，谢栋华才静下心来抽空给母亲写信，并告知自己考上军校的好消息。

一石激起千层浪。小红九考上军校的消息就像长了翅膀一样，在谢家庄迅速传开了……

幸福源自奋斗，成功在于进取。

（三）

军校是部队培养人才的摇篮。

有梦想就去追求。两年的军校摸爬滚打生涯，谢栋华从未放下自己的艺术特长。

他除了学好专业知识外，还积极撰写稿件，并多次在军区《前卫报》和《平顶山日报》上发表。由于图文并茂、编排新颖等因素，他出的板报每次在全校板报评比中都是第一名。

1991 年 6 月，学员们即将毕业分配，去哪个部队建功立业？这是每个学员都比较关心的大事。

学校计划四个学员队各有一名学员留校工作，谢栋华没有去考虑这件事情。其实，他早就想好了，军人就应该去野战部队建功立业。

一天，总务处参谋华建平到学员中队摸底，并了解学员基本情况。

学员队队长黄欣年重视这项工作，他将学员的情况认真扒拉了下。不久，主动找谢栋华谈心。

谢栋华忐忑不安地来到了队长办公室，轻轻地敲了敲门，喊了一声："报告！"

"进来。"屋内传来了黄欣年的声音。

"队长好！"一进门，谢栋华给队长敬了个标准的军礼。

"坐。"黄欣年指着木椅，示意谢栋华坐下。

队长这么客气，出乎谢栋华的意料。他一边坐下，一边心里犯嘀咕："队长找我干啥呢？"

询问了一番学习情况后，黄欣年话锋一转，关切地问道："快毕业了，你自己有什么想法？"

"想去野战部队。"

"很好。如果去不了，想不想留校？"

军人以服从命令为天职。谢栋华一听队长的语气，一骨碌站了起来，响亮地答道："服从组织安排。"

1991 年 7 月份，谢栋华被留校工作，担任学员一队司务长。

身份和角色的转变，谢栋华一刻都不敢懈怠。为了让学员吃饱吃好，他每天起早带晚带着领炊事班三名战士搞好后勤保障——

每周都科学制订食谱，调剂伙食；

每日以班为单位组织学员轮流到炊事班帮厨；

每月到学员队征求学员对伙食的意见和建议；

……

徐文静，建湖冶炼厂女工。

1993 年，谢栋华与她喜结良缘。翌年 10 月，他们再次大喜临门，即将诞下爱情的结晶。

夫妻俩聚少离多，如同牛郎织女般的生活。生孩子是一件大事，怎么照顾？夫妻俩和家人商量后决定，徐文静到部队生孩子。

十月怀胎，一朝分娩。

1994 年 11 月 7 日下午 3:15，在平顶山市人民医院谢栋华夫妇喜得贵子。

看着可爱的儿子，初为父母的小两口幸福极了！

几天后，徐文静笑着对谢栋华说："家里的文化人，你给儿子起个名字吧？"

谢栋华一听，顿时来精神了。他想了想，对妻子说："儿子名字就叫谢书剑吧。亦书亦剑，兵书宝剑，也是文武之道！"

"好！就叫谢书剑。"妻子温柔的语气里浸润着满满的幸福。

月子里，徐文静的母亲特地从家乡来部队照顾她。20 天后，岳母家中有事，准备回老家。

临走前，老人不放心，再三叮嘱谢栋华："我闺女还没满月，你要照顾好娘儿俩。记住，孩子在襁褓中，她不能出去买菜。"

谢栋华听了，连连点头称是，一拍胸脯保证道："妈，您放心。大人小孩我都会照顾好的。"

岳母看了看谢栋华。这个女婿是个实在人，自己越发感到很放心，很满意。

岳母回家后的第三天，谢栋华家中断菜了。

岳母回老家了，照顾大人孩子的生活，谢栋华不敢懈怠。

大清早，谢栋华吻别儿子，对妻子说："你在家中煮好米饭，买菜我去，下班后带回来，不要你操心。"

那天，徐文静煮好米饭，等着谢栋华买菜回家。可是，左等右等，就是不见他的人影。

“去哪了？别……”徐文静既纳闷，也担心。

下午三点钟左右，一阵急促的开门声响起。

徐文静望眼欲穿，谢栋华风尘仆仆地回来了。

一进家门，谢栋华火急火燎地奔到厨房。他想看一看徐文静是否吃过午饭，但看到的是电饭锅里一勺没动的米饭……

刹那间，谢栋华傻了眼，很内疚：妻子在坐月子，还让她饿肚子。岳母千叮咛万嘱咐，自己做得不到位。

他走进娘俩房间，道歉并自责。

那么，谢栋华为什么顾不上家中的妻儿呢？其实，事出有因。

上午，他去城外运军粮，路上又接到其他紧急任务，就这样被耽误了。虽然他心中着急，但插翅难回。

听着丈夫的不断解释，饿着肚子的徐文静，委屈的泪水夺眶而出。

事后，她转念一想，便释然了——

谢栋华肯定是心疼到极点，怎么可能不担心饿着老婆孩子呢？作为学员队司务长，既要管理食堂大小事务，还因为有书画特长兼顾单位一些宣传工作……哪能只顾着自己的小家呢？

每一个成功男人的背后，总有一个默默付出的女人。徐文静就是这样的一个贤惠妻子，总是能够理解和支持谢栋华的工作。

四年来，学院领导经常到学员队食堂检查伙食、账目评比、农副业生产，以及组织后勤人员大比武，谢栋华从事的后勤工作得到了充分肯定。

1995 年 8 月，谢栋华因工作突出，事业上喜获丰收。他被原济南军区联勤部干部部直接提干，并任命为副连职司务长。

1993 年结婚成家，1994 年儿子出生，1995 年直接提干，三年三大喜。

谢栋华扎根军营，收获颇丰，实现了人生路上的转折点。

（四）

常言说，只要思想不滑坡，办法总比困难多。

2002 年 8 月，谢栋华从军校政治机关的副营职宣传干事被提拔到学员八队任教导员。

这个学员队有点特殊，但对谢栋华来说却是一次挑战！

为什么说特殊？

因为这个学员队，以往年年是先进单位，如今情况却发生了很大变化。

一是全军院校调整编制，学员八队接收了其他军区部分后勤轮训学员，学员思想、学历、素质参差不齐，给管理教育增加了难度；

二是全队 188 名学员，其中轮训学员 122 人、正式招录学员只有 66 人。

面对这么一个“混合编队”，作为学员队政治主官怎么办？

这需要能力和智慧的碰撞。

谢栋华心想：“既然组织派我到这里工作，说明组织上相信我的能力。要带好队伍，就要千方百计地聚合人心。”

他决心拼一把、搏一回，打一个漂亮的仗。

可是，这个仗怎么打？

人心齐，泰山移。

谢栋华和学员队队长刘东林商量，支部“一班人”开会统一思想。

首先，搞好“进门”教育。在学员队军人大会上，谢栋华非常坦诚地说：“进了八队的门，就是八队的人。工作岗位根据需要一样地安排，入党入团根据表现一样地接纳，立功受奖根据贡献大小一样地给予，生活困难根据具体情况一样地照顾。”

同时，谢栋华逐个找学员谈心，引导他们稳心、定心、聚心，真正把八队作为自己的“家”。

学员小陈是从原兰州军区来轮训学习的，来之前他已是入党对象。到八队后，他觉得自己是外来户，自认入党无望，就放松自身要求，只想平平淡淡混到毕业。

谢栋华了解情况后，决定找他谈谈心。

那一天，周末早晨，小陈躺在床上“压床板”，闭目神游。

许是腹中空饥，所以鼻子特别灵敏。忽然，小陈鼻子闻到一股馒头香味。

“嗯？”他情不自禁地睁开了眼睛。

谢栋华出现在小陈眼前，手里端着一个托盘，盘子里有馒头、鸡蛋、咸菜和稀饭。

“呀！教导员？”小陈睡意全无，一骨碌坐了起来。

“小陈，吃早饭时没见到你，病了吗？来，赶紧把早饭吃了。”谢栋华面含微笑，关切地打着招呼。

“有点，有点不舒服。”小陈脸一红，敷衍了事地答道。

谢栋华没有点破小陈睡懒觉，更没有批评他，而是趁着吃完早饭后的档口，与他拉起了家常。

你一言，我一语，有来有往，交流得非常融洽。不知不觉中，两人从家庭聊到生活，聊到工作和学习。

“最近，有什么想法？”谢栋华话锋一转。

“我是外人，熬到培训毕业呗。”小陈赌气地说。

“这话就不对了，当兵就是一家人。参军报国，青春无悔。再说，只要你好好干，组织会看在眼里。”谢栋华严肃中透着诚恳，借机做开了小陈的思想工作。

小陈不吭声了。

“大家同学习、同劳动、同训练、同吃一锅饭，对吧？学员队把你当外人了吗？”谢栋华继续动之以情、晓之以理。

小陈想了想，觉得有道理，看来是自己想多了。

从此，他打消了思想顾虑，工作表现积极。第二年当上了班长，年底又入了党。

其次，营造“家和”氛围。谢栋华走群众路线，在官兵中广泛开展了群众性的团结大讨论，让大家明白“家和万事兴”的道理。

学员小魏，是位班长，也是个党员发展对象。因个人婚姻受挫，因而表现消极。

谢栋华觉得，魏乐是个好苗子，更是学员队这个大家庭的一分子，必须关心他。

于是，谢栋华就隔三差五找他谈心，还发动其他骨干一并关心他。

“家和”的温暖，让小魏的思想很快转变过来，训练刻苦，学习认真，大小工作积极主动，每门文化课程考试都在中队前三名。次年，小魏入了党，其他同志也备受鼓舞。

再次，开展“献智”活动。谢栋华先后召开了支委会、队务会和军人大会，提出了“添光彩、扛红旗、创一流”和“我为学员队创先献一计”活动。活动开展后，学员队先后收集合理化建议 80 多条。

一次，一名骨干在队务会上反映，学员就餐时普遍存在揭馒头皮的现象。

这是一种浪费行为，与勤俭节约、艰苦奋斗的作风格格不入。无论是作为军人，还是农民的儿子，谢栋华都觉得应该治一治这个毛病。

第二天早上开饭时，谢栋华挨个桌子收集馒头皮。在一片惊诧的眼光下，他当着全体学员的面将馒头皮吃了下去。

“锄禾日当午，汗滴禾下土。谁知盘中餐，粒粒皆辛苦。”吃完馒头皮后，谢栋华给大家背了这首《悯农》诗。

出了食堂后，谢栋华觉得，学员揭馒头皮肯定有原因。那么，原因何在呢？

在队务会上，谢栋华了解到了揭馒头皮的原因：

一是馒头是前一天蒸的，第二天早上再熘馒头有破损不好看；

二是炊事班在给面兑碱时没搅匀，出现“花皮”现象。

治标不治本，工作等于零!

了解这些情况后，谢栋华找来炊事班班长陈立芳，以及其他骨干，专门开会研究如何搞好学员伙食保障问题。

从此，学员队再也没出现过这种浪费现象。

知识就是智慧，就是力量。

入伍前，谢栋华是初中毕业，文化底子薄。工作中，他感到知识匮乏，力不从心。虽说后来考上军校，又通过了全军的大专、本科自学考试，但谢栋华仍然感觉到知识的重要性。知识面跟不上，怎么办?

谢栋华给自己定了位：“要适应工作岗位，就要在加强学习、提高素质上做文章。”

一不做、二不休。谢栋华将单位订阅的《半月谈》《解放军报》等书籍报刊一本本地啃、一期期地钻，基本上做到了报纸必读、新闻必看、文件必学、会议精神必记，千方百计地提高自己的文化水平、理论水平和领导水平。

既要当好教导员，又要当好教练员。

谢栋华在提高自身素质的同时，每周都组织一两次骨干培训，提高他们的训管能力。另外，学员队还开设了书法、绘画、音乐、摄影等兴趣小组，开发学员的潜力，陶冶学员的情操。

在这样浓厚的学习氛围驱动下，学员的综合素质提高很快。

重大节假日，学员队还积极开展军民联欢会、演讲比赛、篮球赛。在学院运动会上，学员八队多次夺得了集体一等奖的荣誉。

2003 年 2 月 15 日，学员八队参加学院“农副业生产基地”建设施工任务。

基地在平顶山市东工人镇紫云山脚下。3 月份，由于“非典

（SARS）”疫情的原因，奉上级命令，凡在营区外驻训、演习、施工的部队人员一律在驻地隔离。

这一来，原定一个月施工的时间又推迟了两个月，学员们心情非常复杂、又担心家人被感染。

作为教导员，如何使学员情绪稳定？这是头等大事。

谢栋华及时做学员思想工作，宣讲防疫知识，让炊事班做好饮食保障。严格落实部队的作息时间，每天两点一线——工地和临时休息点。这个临时休息点是当地村里的烟叶仓库。

在挖河筑坝铺路基施工中，谢栋华和学员们同吃同住，一起挖土，一样参加施工竞赛，并且每天工作讲评，争上“龙虎榜”。队领导以身作则，带动学员们干劲倍增，大家热情高涨，天天泡在泥水中，出大力、流大汗，风吹日晒，没有一个人怕苦、叫累。

三个月的施工，谢栋华将这些珍贵的镜头拍摄下来。在学员毕业时刻录成光盘赠送给大家，学员们感到非常有意义、无比高兴。

2003 年 5 月 15 日，学员八队历时三个月圆满完成学院“农副业生产基地”建设施工任务，受到学院领导表扬。

谢栋华在学员队当教导员，各项工作千头万绪。每天都是“两眼一睁，忙到熄灯”，但他仍然坚持每天第一个起床、第一个站队出操、第一个到训练场、第一个进课堂、最后一个上床睡觉。

带兵训练，几乎倾注了谢栋华全部的心血和精力。是一种什么样的力量驱使着他忘我工作呢？应该是强烈的事业心和责任心。

军校的生活是丰富多彩的，谢栋华和军校学员们彼此间也结下了深厚的战友情谊。

精耕细作的人，才能拥有收获。

虽然事业蒸蒸日上，但是对艺术的追求，谢栋华一刻也没有放下。

2005 年 10 月 1 日，在庆祝中华人民共和国成立 55 周年之际，学院在军人俱乐部举办了“翰墨歌盛世，金石颂中华——谢栋华书法篆刻作品展”。

平顶山驻军和市文联、书画院领导及新闻记者出席了开幕式，学院领导白富华大校致开幕词。这次展览，集中展示了谢栋华近期创作的书法篆刻作品 80 余件。

金秋送喜来，谢栋华感慨万千，心潮澎湃，他即兴赋诗一首《学书抒怀》：

砚耕伏腊追寻苦，
身在柳营意未疏；
舞文弄墨情弥笃，
人生如画亦如书。

军旅 20 年的淬火磨练历程，可以说就是谢栋华一辈子的财富。

三、亮剑警队

解甲返乡，亮剑警队。手执金盾的崭新战场，是一处保民平安、护佑家园的烟火人间。负重人扎根湖垛，再建新功——

（一）

“生命里有了当兵的历史，一辈子也不会后悔……”，对于有过20年军旅生涯的谢栋华来讲，对这首歌词有更深的理解和感悟。

2006年，因部队撤编，谢栋华怀着依依不舍的心情告别了军营。

窗外，建湖县城上空，繁星点点。

谢栋华起床，推开阳台上的窗户，仰望星辰。

从部队转业回地方，将面临着第二次就业。连日来，谢栋华一直睡不着觉，心里憋得慌！生他养他的谢家庄、培养他的火热军营，一幕幕往日情景闪现在眼前……

不知何时，徐文静已站在了他的身旁。

“不睡？”

“你不睡，我也睡不着。”

看着一贯举止稳重、很有主见的丈夫，自从脱下军装后，就跟掉了魂一样，徐文静很想安慰他几句，却无从说起。

肩并肩，两口子沉默着。

……

“你的选岗积分不低，不是可以去文化局工作吗？去那正好可以发挥你的特长，还烦什么呢？”徐文静打破沉默，柔声安慰。

见妻子询问，谢栋华沉思了片刻，回答道：“不，我不烦，文化局是个好单位。可是，穿惯了军装，突然不穿了，心里空落落的。”

“哪能穿一辈子啊！”

“是啊，军装穿不了，制服可以穿。”

“都转业了，你还想穿制服？”

“想。”谢栋华斩钉截铁地回答了妻子的问题。

徐文静眼泪掉了下来。她很清楚，谢栋华在选择穿警服的同时，也就继续选择了奉献与牺牲。

根据在部队的军龄、职务、立功情况，建湖县军转办采取积分选岗的办法，来安置当年军转干部工作岗位。

在部队，谢栋华是正营职军官，到地方只能做一名普通民警。

环境变了，地位变了。亲戚朋友中，不乏出于善意而替他鸣冤叫屈者。

谢栋华听了，呵呵一笑，他说：“谢谢你们的关心。职务是用来承担责任的，条件是用来做好工作的，地位是用来服务群众的……”

（二）

钟庄交警中队。

这个乡镇交警中队，是谢栋华从警第一站。作为一名基层交警，他的职责是和同事每天在钟庄、冈西、宝塔、高作等四个乡镇的公路上巡逻、纠违、值班值勤。

不经历风雨，岂能见彩虹？

2007 年年初，天寒地冻。县交警大队在上冈开展交通秩序整顿，谢栋华参加了执勤。

检查。执法。忙忙碌碌，一口水都来不及喝。

“啊呀，不就是多拉了几吨货嘛，不多拉点能挣钱吗？”几个货车驾驶员围着谢栋华和同事“据理力争”。

“对不起，按照规定必须要处罚。”

……

不知何时，来了一些周边围观群众。

不得不说，群众是善良的，淳朴的。有群众劝民警说：“你们交警那么认真干吗？人家不过是个违章嘛，又不是杀人放火。”

大部分交通违法行为，确实不构成犯罪。但对交通违法放任自流，必将愈演愈烈，后患无穷。

谢栋华看在眼里，心中一动：“看来，交通安全宣传很有必要。”

想到这，他清了清嗓子，把驾驶员和群众请到货车前，指着负重下沉的轮胎说：“轮胎在超负荷承重，一旦爆胎，刹车是刹不住的……”

群众和驾驶员听得很认真。

到交警队工作前，谢栋华恶补了货车的结构原理，以及道路交通法规。此时，他凭借在部队做思想工作的特长，现场给群众上了一堂普法教育课。

一位群众听了谢栋华的话，情不自禁地感慨了起来，他说：“以前，我不知道交通违法的危害性。现在一听，才知道你们交通整治很有必要。”

磨刀不误砍柴工。谢栋华顿了顿，继续讲交通违法的危害性……

货车驾驶员不吭声了。

那一刻，谢栋华也给自己上了一课，那就是对“擅”治交通和“善”治交通的理解。

天际间，银装素裹，玉树琼花，美不胜收！

谢栋华行走在雪的世界里。

难道，他在欣赏雪景？不，他正在执勤。脚下的这段路，他不知道来回走了多少趟！

2007 年春运期间，一场突如其来的冰雪，把归心似箭返乡的人流截留在回家的途中。

“请出警，有车子追尾。”

“请出警，车子堵了。”

……

谢栋华的对讲机里，不时传来一个又一个的道路警情。

为了千家万户过上一个祥和的春节，为了来往旅客的安全，谢栋华和同事不顾刺骨的寒风和漫天飘舞的大雪，在辖区的道路上压速、封路。

几天几夜的执勤，大伙儿的脸冻紫了、手冻肿了、脚冻僵了，但没有人言苦、言累。因为，这是一份责任！

看着风雪中的交警，过往旅客自发地摇下车窗，不断地招手示意，不时传来一句温暖的话“辛苦了”。

是的，人民警察是很辛苦！因为他们头顶着国徽，身穿着警服，肩负着的是——人民的平安！

警情就是命令。

交通事故接处警，是一项辛苦而单调的工作。

每次接处警，无论是严寒还是酷暑，白天还是黑夜，谢栋华都坚持做到第一时间赶到事发地。

2007 年 4 月初，春风吹绿了大江南北。

谢栋华刚从盐城警校培训回来，就参加了中队辖区一起交通事故逃逸的排查。

伤者是一位 70 多岁的老奶奶，她的老伴周爷爷是一位曾参加抗美援朝的老战士。那天晚饭后，周奶奶过马路时，一辆电动踏板车撞向她。周奶奶倒地后，驾车人弃车逃逸。

医院检查，周奶奶被撞断双腿。

案件虽不复杂，但有点棘手：天黑无目击证人；因家人只顾抢救老人，第二天才到中队报警。

群众看公安，关键看破案。既不能让群众失望，也不能让功臣伤心，肇事者必须承担责任。

中队立即成立专案组，并向上级汇报案情。同时，安排警力到周围寻找线索。

天黑。乡村。人稀。线索难寻！

时间一天天地过去了，正当谢栋华为案件侦破犯愁时，转机来了：在肇事者的电动踏板车后备厢里发现了一张购车发票。

“找到了购车发票，案件侦破就会有眉目！”专案组成员很高兴，并且根据这条线索锁定了目标。

赵敏（化名），女，滨海人，肇事电动踏板车车主。

谢栋华向专案组主动请缨：“我去寻找肇事者。”

然而，当谢栋华等人赶到滨海时，才得知赵敏娘家在滨海，她住在夫家阜宁县陈良镇。

联系方式、家庭地址不详。

下步工作，怎么开展？谢栋华建议，专案组去陈良镇继续寻找车主赵敏。

几经周折，专案组终于找到了赵敏。面对公安民警的询问，赵敏很紧张，一再强调她没开车，更没有撞人。

见赵敏推脱、抵赖，谢栋华出示了肇事电动踏板车购车发票。

赵敏一看购车发票，无法狡辩，只得承认她是车主。那么，车子是谁开的？肇事者又是谁？

赵敏见无法隐瞒，只能如实道出，其丈夫王强（化名）骑电动踏板车去过建湖钟庄亲戚家出人情。

“你丈夫在不在家？”

“不在。”

“在哪？”

"去苏州打工了。"

谢栋华等人马不停蹄，直奔苏州取证。

苏州。工地。

铁证如山。王强无奈承认，他就是肇事者。

案子结了，周爷爷感动得掉下了眼泪，特地做了一面"新包公断案如神"的锦旗送到中队。

在交警岗位上一年多，谢栋华一忙起来就顾不上吃饭，平时很少有节假日，更谈不上照顾家里了。

有时，免不了被家人埋怨，但更多的是一份理解。

谢栋华对家人说："把'平安问候'告诉每一位乘车的人，把'安全提醒'送给每一个司机朋友，把'文明交通'送给生活在这座'水乡明珠'的群众。这，是我的责任。"

2008 年 6 月 8 日，经建湖县公安局考察，谢栋华从乡镇交警中队调整到县公安局政治处工作。

岗位的调整，使谢栋华人尽其才。

（三）

是金子在哪都发光。

2009 年 9 月，为了庆祝中华人民共和国成立 60 周年，建湖县委、县政府组织开展了以"祖国颂"为主题的歌咏比赛。

作为参赛单位之一的公安局，局党委提出了很高的要求，必须全方位、高标准展示新时期人民警察的精神风貌和昂扬斗志。

谢栋华负责这项工作。

歌咏比赛，实力是一方面，关键还得看精气神。

谢栋华根据在部队从事过宣传工作的经验，对合唱队伍的人员编排、动作要领、整齐划一、精神面貌展示等方面进行了逐一设计和揣摩，积极建议，不断改进。

比赛现场，精彩纷呈。

最终，建湖县公安局代表队获得了“祖国颂”歌咏比赛金奖。

这次歌咏比赛任务的圆满完成，是谢栋华从事公安宣传工作第一次展露身手。

白驹过隙，时光荏苒。

谢栋华完成了一件又一件宣传任务，县局领导对他的工作能力越来越认可。

2012 年 2 月，谢栋华受领了一件特别有意义的任务——

为真实反映建湖公安历史发展进程，全面展示建湖公安机关在打击犯罪、保护人民、维护社会治安秩序和社会稳定方面取得的辉煌成绩，充分发挥公安实物档案和史料资政育人的功能；同时，大力弘扬建湖公安优良传统，激励新一代公安民警珍惜荣誉，奋发图强，勇挑重担，努力践行“忠诚、奉献、务实、创新”的江苏公安精神。县局党委决定，由谢栋华牵头负责筹建局史陈列室。

这是一副重担，也是一次挑战！

谢栋华接令后有压力，也有信心。压力是要求高、任务重，信心是局领导信任、两位退休老民警支持。

谢栋华与退休老民警王斯来、徐鹤高组成三人筹备小组，时常开碰头会对工作任务进行分工。

经精心规划，谢栋华对局史陈列室构思、设计、布局等谋划工作拿出方案，并得到了领导的充分肯定。

可是，工作难度不小！

筹备小组克服史料收集年度长、时间紧、任务重等实际困难，工作不断地往前推进。谢栋华和王斯来，查阅档案、到有价值线索老民警家座谈、收集资料。

历任局长政委史料，如何显现？资料是否完善？为了尊重历史，还原历史，并对历史负责，他们的照片和任职时间都必须准确无误。但是，县局首任负责人马宾的资料，记载并不详细。怎么办？通过多方打听，谢栋华找到了一位老同志，并亲自登门拜访。

2012 年 3 月 23 日上午，谢栋华驱车来到塘河桥东退休民警王为民家。

一敲门，门开了。一大清早，王为民正好在家。

谢栋华向老王说明来意，老王很高兴，他说："建局史陈列室是大事，更是好事。时间久了，年轻人对县局以前的历史都不清楚了，许多大案要案，以及公安典型事迹就会淡忘了。"

谢栋华见王为民很支持这项工作，于是就认真地请教了起来。

"老王，您是公安前辈，对建湖公安工作很熟悉。我今天来，是想请您帮助收集县局首任公安负责人马宾的资料。"

王为民看了一眼谢栋华，爽快地说："你可算问对人了。"

听到王为民这样肯定的话语，谢栋华不由得长出了一口气。

王为民拿出了一本笔记本，接着刚才的话题，说起了缘由——

马宾，1913 年出生，安徽滁县人，建湖县公安局首任公安负责人（当时的职务叫保安科长，任职时间是 1919 年 9 月 ~ 1942 年 4 月）。

1984 年 10 月，盐城市公安局筹备整理盐阜公安史。时任市局政治部副主任丁钟带队去北京上海等地，找马宾核实在盐城公安工作时间及任职情况。

那天，王为民带着省厅介绍信，先到公安部换介绍信，再到北京钢铁学院家属区找到县局首任负责人马宾（1944 年以前叫保安科长）的老伴。马宾的老伴听说是盐城来的客人非常高兴，并讲起他们老两口在盐城工作时的往事。谈话中得知，马宾已任国务院经济发展中心主任。

大约 1 个小时，马宾从中心回到家中，讲了许多以前在建湖当保安科长时的故事。临别时，他把自己在盐城工作时的老照片赠送给筹备组。

下午，筹备组工作人员又乘列车到上海，在上海市委办公室安排下，见到了曾任上海市委副书记的杨堤。杨堤是建湖县公安局第二任负责人……

历时近一个半月，王为民等人想尽一切办法，把1997年以前在建湖县公安局任过局长（负责人）、政委的21名同志详细资料收集得完整无缺……

看到王为民做的厚厚的调查笔记本，以及非常珍贵的资料，谢栋华由衷地敬佩他的敬业精神。

如此一来，对谢栋华来说，省却了他大量的时间。

……

经过近一年的努力，局史陈列室筹备工作基本就绪。谢栋华他们将建局以来最具特色的公安保卫工作情况、公安历史重大事件、破获的重大案件、科技强警成果，以及在行政管理工作中的“第一次”“第一例”“第一案”的文字、图片资料，分成“前言”“追溯起源，回眸历史”“亲切关怀，巨大鼓舞”“固本强基、素质提升”“履职尽责，争先创优”“典型引领、警星璀璨”“后记”等7个章节34个板块和6组实物展柜。

局史陈列室资料完整，构思新颖，图文并茂，内容丰富。以翔实的文字、生动的图片、大量的实物和声响效果，展示了建湖人民警察的风雨历程，刻画了建湖公安警队半个多世纪热情服务社会的忠诚形象，讴歌了人民卫士无私奉献勇创辉煌的壮志情怀，再现了几代建湖公安民警用鲜血和汗水铸就的忠诚警魂。

2013年7月21日，时任盐城市副市长、市公安局主要负责人莅临参观指导，给予了充分肯定。局史陈列室经过历时一年多时间筹建对外开放。

这一成果，得益于县局党委对公安局史的重视，以及局领导的工作指导，也凝聚了谢栋华等三人的智慧和汗水。

笔者置身展厅，仿佛穿梭在建湖公安发展的“时光隧道”，感知人民警察职业的荣光与神圣，体验警营文化的魅力与熏陶。

在谢栋华的主持和指导下，上冈交巡警中队、上冈派出所、沿河派出所、庆丰派出所等一批先进基层所队警营文化建设开展得有声有色。

成绩的背后，是勤奋和汗水、敬业和智慧。

2012 年 12 月 31 日，谢栋华任县局宣传教育科副科长（主持工作）。这一岗位，重要性不言而喻。

2014 年 1 月 15 日，春节临近。

这天，谢栋华早早到班。忽然，他在网上看到了关于四川籍农民工在建湖丢失了 14 万元工资的报道。并且，有不少网民跟帖，表示同情。

怎么回事？作为宣传教育科副科长，谢栋华必须了解情况。

事情的经过是这样的——

1 月 14 日 12 时许，在建湖打工的孙庆浩和何龙伍从一工地领取了工资款 14 万元现金准备回家过年。坐上客车时，才发现装有工资款的手提包遗失在送其赶车的一辆三轮车上。

二人发现钱丢了，迅速赶到城中派出所报警，并求助媒体。派出所中午接到报警后，立即派出 10 余警力赶到现场帮助寻找，但未找到。到了下午，共有 80 名警力走上路面。

“农民工挣两血汗钱不容易！”谢栋华感叹道。

他将这一舆情立即向局领导汇报，并建议邀请媒体跟踪报道。

县局领导高度重视，采纳了谢栋华的建议，专门成立指挥部。

大约 11 时许，央视驻江苏记者杨光给谢栋华打来电话，说下午派记者现场直播。

一幕“寻钱记”拉开帷幕。

历经70个小时奋战，先后出动警力500余人次，调阅近千个视频监控探头，终于找到了三轮车车主。

车主吴某（化名）在见到民警后，表示失主的手提包在其住处，并当即主动取出交给警方。

1月17日上午，城中派出所四楼会议室。

“没错，就是我们的包，太感谢你们了！”孙庆浩和何龙伍接过民警送来的手提包，感激之情溢于言表。

经过现场清点，包内钱款分文不少。建湖警方帮助民工找回遗失的14万元工资款在全社会引起强烈反响。

当日，时任建湖县委主要负责人专门作出批示，给予充分肯定。

中央电视台、江苏卫视、盐城电视台等媒体相继报道，央视网、新华网、腾讯网、新浪网等各大网站纷纷转载，对建湖公安民警关爱民工，热心助民的做法给予高度评价。

农民工的工资款找到了，谢栋华很欣慰。同时，他更加认定一个硬道理，以实际行动积极回应群众的呼声，就是公安机关一切“以人民为中心”的体现!

转眼间，谢栋华在县局宣传教育科工作了十年。2018年10月27日，他被任命为科长。

2019年，是中华人民共和国成立70周年大庆之年。全局上下全力搞好国庆安保，维护稳定。民警们牺牲了节假日，涌现了许多感人的故事。

年底，建湖县公安局党委决定，筹办一台公安工作报告会。局政治处成立专班，并筹备相关工作。

这个任务，无疑是宣传科长谢栋华挑大梁。

筹备报告会，县局是第一次，一点经验都没有，而且报告会受邀嘉宾都是县里主要领导和各乡镇主要负责人以及“两代表一委员”。

“层次高、人员多。怎么搞？报告会要展现哪些特色亮点和感人故事。”会议室里，谢栋华一边在思考，一边记录县局领导的工作部署和任务要求。

高质量完成工作任务，已成为谢栋华多年来的工作习惯。

回家后，谢栋华感到压力山大，脑海中飞速闪现建湖公安的典型单位以及优秀民警的感人故事……

以文艺形式呈现给观众，必须深度创作。仅两个小时的晚会，题材广、人员多、脚本创作难、片花相关视频拍摄剪辑量都非常大。如何把握？

于是，谢栋华又干起了编导的活，对近年来建湖公安特色亮点逐一梳理，邀请建湖县文化局、淮剧团专家进行文艺创作。

一项项工作从他手里过，推翻再重来，重来再推翻，以求达到精益求精的效果。

罗伯特·卡帕说：“如果你的照片拍得不够好，那是因为离炮火不够近。”在长期的工作实践中，谢栋华觉得这句话很有哲理。

2019 年，近湖派出所原所长仇海辉积劳成疾。治疗期间，谢栋华走进他的工作和家庭、生活和学习、思想和情感。

送别仇海辉的清晨，大雨倾盆，门口的积水没过膝盖。凌晨四点多钟，谢栋华就裹好照相机，卷起裤脚出了门，蹚着积水走到仇海辉家中，一身警服都湿透了。从仇海辉生命最后的时光到送别，宣传报道的每个细节、每场安排都凝聚了谢栋华的点滴心血。

通过两篇报道及短视频，用近距离的细节和故事打动了群众。不少人说，社会需要像仇海辉这样的好警察、好党员。

这次，仇海辉同志的镜头，就出现在报告会上。

为了让这场报告会，能使人民群众满意，谢栋华白天协调拍摄素材，晚上同创作组同事创作脚本，还要和传媒公司人员一起剪辑画面、挑选镜头。有时候，天气冷，忙得出了一身汗，又趁着寒风赶到大剧院组织彩排。

从接到任务到晚会演出，整整一个月的时间，谢栋华就是一位“拼命三郎”。那段时间，他几乎每天工作至深夜，才拖着疲惫的身体回家休息。几次，妻子都心疼他不注意身体。

2019 年 12 月 31 日晚 7：30，建湖县文化艺术中心大剧院座无虚席。

星光熠熠，掌声雷动，“不忘初心铸警魂——2019 年建湖公安工作报告会”在这里隆重举行。

县领导、市局领导、县法院、检察院主要领导，各镇（街道、区）、各部委办局主要领导，县公安局党委成员，“两代表一委员”，企业家代表，警风警纪监督员，社会各界代表以及全县公安机关民警、辅警代表以及部分民警家属等 1000 余人现场聆听、观看了报告会。

整台报告会，通过视频、讲述、情景剧、歌舞、小品等多种形式，全景展示了 2019 年建湖公安忠诚守初心、奋斗担使命、拼搏新时代的动人画卷，生动再现了建湖公安先进典型可歌可泣的感人事迹。

现场，气氛热烈、催人奋进，引起观众强烈共鸣，并在社会上引起良好反响。

四、古驼精舍

青锋狼毫，壮志雄心。洋溢墨香的古驼精舍，是一间寄托情怀、灵魂升华的数平书屋。矢志不渝，执笔者书写人生——

（一）

室雅何须大，花香不在多。

眼前的小书房，大约九平方米，是谢栋华为艺术留下的一块小天地。

小书房有点挤，被书籍和艺术品占满了，书桌上是文房四宝，书橱里占比重较大的是有关书画篆刻的书籍，还有一大摞子的荣誉证书，以及谢栋华的书画、篆刻作品。

那一年，谢栋华在洛阳买了一个唐三彩，是一只陶制的骆驼。不管如何搬家，他将唐三彩一直放在自己的书房里，并将书房取名为“古驼精舍”，寓意像骆驼一样默默无闻地在沙漠上行走。

当谈到篆刻这门古老的民族艺术时，谢栋华显得有点激动，他说：“艺术是容易使人入迷和上瘾的。”

不错，艺术是有无穷魅力的。

走进谢栋华的书斋，目睹着他节衣缩食收藏来的青铜器、古印玺、封泥、陶器、陶文、铜镜、碑碣、古砖、瓦当等多件与篆刻有关的实物或图片，笔者除了感受到了谢栋华不变的吊古情怀，更感受到了钻研篆刻之用心。

边观摩，边学习。笔者对谢栋华的篆刻风格有了初步了解——

谢栋华的篆刻作品，宗奉秦汉，又博采百家众派，自成体系。在篆刻艺术实践中，他阅读了《完白山人篆刻偶成》《邓石如印存》等图书资料，大量吸取皖派和晚清六家的艺术养分，把篆书千变万化之势运用于篆刻，强调以书入印和刀法的流畅，并在印文篆法中掺以汉篆碑额题字。同时，他又不趋时尚，潇洒落刀，舒卷自如。

《长亭古道》《陷阵都尉》《铁马冰河入梦来》《沙场秋点兵》等印，用刀果断利索，线条极富张力，苍凉浑厚之意境跃然纸上，视觉冲击尤为强烈；《听雨》《长廊芭蕉》《十二生肖》诸印，拙中见巧，涩畅相衬，简约劲朗，优雅闲适之情趣淋漓尽致。

在《中国青年篆刻家作品集》《中国当代诗书画印精品集》《国际现代书法集》《国际书法篆刻作品集》等辞书中，笔者见到了谢栋华的印作。

篆刻是艺苑中的一朵奇葩。

笔者向谢栋华讨教篆刻艺术。

谢栋华说："凡刻印须从圆朱文入手，圆朱文既工，然后汉印亦工，不可废也。圆朱文因其文圆转妩媚，故曰圆朱，要丰神流动，如春花舞风，轻云出岫。我选择工稳和秀美，从不陷于程式，追求圆融洁净，清朗雅正，精严绰约，刀笔俊秀。雅俗共赏并不是取悦于人，而是在不断地探索和进取中，掌握技巧，夯实基础，铸古出新。"

观谢栋华之书，常示人的多为行草书。他的行草以二王为根、米芾为基。用书方圆兼具，扎实、自然，结字多取从势，引带若断若续、似连非连，章法排铺有序、动静相间，深得宋人之"韵"。

范温在《潜溪诗话》中曾说："行于简易闲谈之中，而有深远无穷之味。"这是对"韵"最好的解释，也是书法最根本的审美传统。

谢栋华所追求的"无意于佳乃佳"的境界，也是许多书家毕生的追求。

李白《登新平楼》是谢栋华用长锋羊毫在生宣纸上创作的大幅的篆书作品，虚实疏密得当，圆润中见风骨；《绿柳门前观车马》直幅作品中的每一字不规则中见意趣，充分表现出了甲骨文原型的审美特征。

近几年来，谢栋华不仅在行草书上用功颇勤，在篆书上也下了一番苦功。他的篆书，气息儒雅，淳厚，用笔增加了空灵之气，有南方人的秀美，也有北方人的粗犷。

河南省平顶山市书画协会副会长牛富生，是谢栋华的一位老朋友，擅长画虎。

笔者拨通了他的电话。

牛富生在电话中说："认识谢栋华的时候，还是从部队在一起出板报的时候开始的。谢栋华多才多艺，美术、板书、设计都很完美，因为都在书画上有追求，因而我俩共同语言很多。他当初的书法并不见长，篆刻上已有小成，在许多军地报纸杂志崭露头角。但随着阅历的丰富，谢栋华不满足于篆刻这方天地，认为书法与此相通，就开始致力于书法，临摹米芾作品。其实，谢栋华适合当一个画家，虽然没有经过专业培训，但他后来自己画的国画、山水画都颇见功底。他曾经为部队礼堂画了一幅黄河壶口瀑布山水画，气势磅礴，许多名家见了都称赞。”

冰冻三尺，非一日之寒。

谢栋华无论在何方，对艺术的追求从未放弃过——

他是全国公安文联委员、江苏公安文联理事、中国国画家协会会员、江苏省书法家协会会员。三次举办个人书画展，出版有《谢栋华书法篆刻艺术》作品集。个人专题片《铁汉柔情》《镌刻在生命中的绿色记忆》被多家媒体推介。

他的作品被国家博物馆、军事博物馆、外交部以及诸多文化机构、中外友人收藏；被收入《中国当代名人录》《中国青年篆刻家作品集》《2016 建湖县志》等辞书；先后在《中国书法》《解放军报》《书法赏析》《书法》《中国书画报》《书法报》《人民公安报》《江苏警方》、中国新闻网、新华网、中国警察网等数十家媒体发表 760 余篇（幅）作品。

工作之余，谢栋华追求心灵中的一片寂静。

他在一篇随笔中写道“我愿——在艺术的殿堂里做一个守望者，在追寻和探索中做一个苦行僧”。

甘贫乐道，定有收获，日臻佳境，何乐而不为？！

人世间永恒的愉悦，莫过于追求艺术的至善至美，寻求艺术不也是追求精神财富吗?

当然，对于本文主人公来说，这种痴迷是自然的，很纯净的，非名非利，终生辛劳。这种虔诚和执着，有时他人也是难以理解的。

无数个星斗满天的夜晚和晨曦临窗的早晨，谢栋华都会静静地沉浸在一个人的世界里，青灯黄卷，笔墨为伴，体会着笔、墨、纸带来的快乐，他书写着、体悟着、进步着。

（二）

缘分让人不期而遇，真情永远相随。

江苏建湖和河南信阳市、平顶山市，这三个不相关的城市，是谢栋华将她们紧紧地联系在一起。

在部队驻地这块土地上，谢栋华与艺术的缘分得到了赓续，也邂逅了几位名师。

1987 年 8 月，明港镇文化馆。

谢栋华向镇文化馆张建才老师请教书艺。

张建才老师很热心，他拿出一份《书法报》，上面刊有河南书法函授院招生简章。

谢栋华一看，很动心。

谢栋华暗想："他让我报名也是个很好的学习途径，可以师从河南省书法家协会副主席、著名甲骨书家刘顺导师系统学习。"

笔者查阅资料显示——

> 刘顺，1950 年生于河南省安阳，1998 年病逝。郑州大学历史系毕业。生前任安阳市博物馆馆长、副研究馆员。中国博物馆学会会员，中国书法家协会会员，河南省文联委员，河南省书法家协会副主席，安阳市书法家协会副主席，殷契印社副社长，安阳甲骨学会副会长。擅长四体书，能诗文，善绘画，工篆刻，尤其以甲骨文书法见长。

于是，谢栋华报了名。

出于尊重和对艺术的追求，谢栋华每周按照刘顺布置的临帖课程书写，再将作业寄给他批改。

令他想不到的是，每次刘顺都在作业上用朱笔非常认真地批注，并提出要求和努力方向。

那时，谢栋华还是个兵，他们之间授与受都是通过书信往还的。

1988 年，谢栋华结业。短暂的一年学习时间，刘顺独特的甲骨书风对谢栋华产生了深刻的影响，他的甲骨文印章艺术的长进就得益于刘顺的谆谆教导。

当然，刘顺严谨的教学精神，谢栋华受益匪浅。

遗憾的是，先生英年早逝，谢栋华未能谋面得其亲授书艺。

1992 年 2 月 13 日，谢栋华在平顶山市文化宫“王克印画展”上认识了著名书画家王克印老师。

> 王克印（1932—2003），男，汉族。笔名石山。中国工笔花鸟画家，美术教育家，高级设计师。中国美术家协会会员。曾任平顶山市美术家协会副主席，中国少林书画院高级顾问，河南省中国画院画师，中南书画研究院常年理事，河南省汉风花鸟画研究院副院长等职。1991 年获得“全国最佳设计工作者称号”，1993 年被中共中央国务院授予“全国有突出贡献的优秀专家”，享受政府专家津贴待遇。出版有《王克印花鸟画集》《王克印画集》《王克印画选》等作品集。艺术成就被国内各类媒体和各种国内外大型画册专题报道和登载。1999 年被中国美术家协会评列“中国画三百家”。他的画作《白露秋水》《春秋配》《塘边》分别获得全国美术大展一、二等奖。在日本、新加坡、美国等地巡展，部分作品被国内外博物馆和收藏家收藏。

王克印的作品笔墨随时代而新。他把西画的表现方法融入国画的创作趣味中，追求神形兼备的艺术效果，意境深邃，着色自然，鲜明生动，雅俗共赏。

手捧王克印的画册，谢栋华细品每幅作品和文字，脑中想起了一件印象深刻的事：当兵前家里挂着的四条屏花鸟年画，就是眼前王克印老师的作品。

难怪看到这些作品，如此亲近似故人！

王克印很关心从军营成长起来的艺术家，他对谢栋华说：“每月市区都有书画沙龙，许多书画爱好者将自己近期创作的作品悬挂在大厅，让老师点评，相互切磋，交流技艺，对艺术提高很快。希望能够见到你的作品。”

谢栋华频频点头。

王克印平易近人，谢栋华与其攀谈时，深深地感受到大师的友善与温暖。

那天，王克印向他赠送了画集，他们一同观看展览，合影留念。谢栋华对书画的痴迷之火，在王克印的面前又被点燃得越来越旺了。

……

后来，谢栋华多次向王克印求教，并刻5方印相赠。王克印在后来创作的作品中，多次钤盖谢栋华为他刻的印章。

这，也见证了他们的师生情谊！

期间，谢栋华认识了不少优秀书画家。如著名书法篆刻家李刚田、张建才、耿峰，画家刘德功、彭善喜、韩和平、马根法等。

2003年5月15日下午，谢栋华刻骨难忘！

他和山东青岛籍学员高大光去平顶山人民医院探望病重的王克印老师。

王克印拉着谢栋华的手说，“我还欠你一幅画，现在身体不好，等出院身体好些一定画给你。现在，我送你一本刚出版的画册，留作纪念。”

说话间，王克印拿笔在新出版的画集上签上“栋华法家教正，克印2003.5.15”。

老师的谦和，让谢栋华再次感动不已。不承想，当年6月初，便惊悉王克印老师病逝。

从此，艺术路上少了一位良师。在平顶山殡仪馆，谢栋华同书画界100多名朋友怀着悲痛的心情送王克印老师最后一程。

平顶山，还有一位老师，谢栋华至今念念不忘。

2006年年初，组织决定谢栋华转业。

临别之际，谢栋华想将自己创作的书法篆刻作品编个集子。然而，出集子，没经验，也是一件大事。

“我该征求谁的意见呢？”考虑再三后，谢栋华想到了一位德高望重的老师，对其书法影响较大的著名书法家袁仲骧。

袁仲骧，原名乃喆，号铎，2018年去世。1979年，中国书坛春风乍起之时，在平顶山市率先成立了“平顶山市书法研究会”，并出任首届研究会会长。书法作品入编《世界名人录（第一卷）》《中国当代书画名人大辞典》《中国书画选集》《河南省当代文化名人大词典》《河南省书法选集》《世界当代著名书画家真迹》《博览大典》等。书法擅长行、草、楷。含晋韵而显唐风，尊传统而重创新。书法作品多次获国家级、省级书展书赛大奖。

在一个周末，谢栋华登门拜访袁仲骧老师。

“袁老师，我想出个书法篆刻作品集，想请您把把关。”谢栋华开门见山，将自己的想法和盘托出。

老人家一听，很赞成，连声说：“好，好，好！”

随即，谢栋华把自己的作品情况，向袁仲骧做了详细介绍。

袁仲骧提了一些建议，他鼓励谢栋华说：“这是一件好事。将来不管你在什么地方、什么岗位工作，这条艺术路一定要好好走下去。”

在谢栋华书法篆刻作品集付梓之际，著名书法家李刚田和郑州大学教授西中文分别题写了书名，《中州诗词》杂志副主编蒋朝显撰写了评论文章。78岁老书法家袁仲骧，欣然于丙戌年夏撰古风一首，赠诗《题赠军旅书法家谢栋华》：

栋华气如春景晴，
眼雪齿皓百情生。
徽宣泛砚藏颖秀，
湖笔舞毫爱窗明。
荻茎锥沙指画腹，
金戈铁马翰惊风。
刚正逸雅浑相济，
金距银钩兰亭经。
廿年精苦求研姿，
周鼓秦山追阳冰。
默识诚悬论工致，
我信金石功德成。

从儿时家乡的启蒙老师袁哲元，到离家后得遇刘顺、王克印、袁仲骧等名家老师，谢栋华一直认为，在艺术之路上自己是无比幸运的。

（三）

多年来，谢栋华参展和获奖作品不少，他的艺术成就有目共睹。

1999年11月，在庆祝中华人民共和国成立50周年全军“远太杯”

书画大赛中，谢栋华创作了王维《出塞》诗书法作品参赛，荣获二等奖，受邀赴京参加活动。

“这是何等的荣耀！首都是多么神圣而令人向往的地方！”从小到大，谢栋华没有去过北京，第一次以这种方式去，他激动得几天睡不着觉。

当月26日，坐火车到了北京，谢栋华被安排住在第二炮兵招待所。

第二天上午，参加在军事博物馆举办的展览开幕式、笔会。原总后勤部政委周克玉上将、著名书法家李铎也参加了活动并和谢栋华合影留念。

晚上7：30，在央视演播大厅举行颁奖晚会。整台晚会是总政文工团承办的，主持人是著名演员巫刚，谭晶、戴玉强、蔡国庆等大咖明星都加盟演出，节目精彩纷呈、美轮美奂，鼓舞人心、令人难忘。

第三天，谢栋华和初次相识的获奖代表刘从明打的去中国美术馆看了两场特别有影响的画展。一是中国当代艺术大师、著名画家吴冠中水墨画展；二是李伯安大型国画《走出巴颜喀拉》遗作展。看到这些中国画坛彪炳史册的力作、真迹，谢栋华感到很震撼，更觉得是难得的学习机会。

期间，谢栋华结识了军旅书法家胡崇炜、胡立民、张维忠、倪进祥、汤晓燕、季乐胜。

1999年12月，济南军区联勤部为表彰谢栋华的艺术成就，给予他记个人三等功一次。

2005年12月，谢栋华出席第二届全国百名优秀中青年书画家进京展。

期间，谢栋华应邀为国家外交部创作作品。在外交部橄榄大厅，他受到副部长戴秉国亲切接见并合影留念。

外交部直属机关工会主席陈阴三、外交部书画协会秘书长杨力平，向谢栋华等八位书画家赠送“纪念胡锦涛总书记欧洲五国行”特种邮票一套和外交部青年文化系列讲座音像资料光盘一套。

2005 年 12 月 15 日，谢栋华收到中国共产党外交部机关委员会所致感谢信。

感谢信

谢栋华同志：

您好！

2006 年元旦前夕，您在百忙中与全国书画协会 8 名书画家一道来我部慰问职工并进行现场书画创作活动。谨代表外交部全体干部职工向您致谢！您创作的 3 幅书法作品将由我部收藏。

祝工作顺利，全家幸福，元旦、春节愉快！

外交部机关党委

二〇〇五年十二月十五日

2011 年 7 月 5 日，第四届全国公安系统“卫士之光”书法、美术、摄影展览隆重揭幕。

谢栋华参赛的书法作品，凭借儒雅淳厚、温润雅致的风格深深折服了组委会。在近 5000 件书法、美术、摄影作品中脱颖而出，荣获二等奖，受到公安部政治部通报表彰，并应邀出席在国家博物馆举行的开幕式。系盐城市公安系统唯一获此殊荣的民警。

10 月 23 日，盐城市公安局给予谢栋华记个人三等功一次。

关于给谢栋华同志记功的命令

盐公局〔2011〕119 号

建湖县公安局政治处民警谢栋华同志自 2006 年从部队转业以来，认真从事警营文化工作，积极组织开展基层所队警营文化建设，全力参与打造建湖公安“文化品牌”。在今年 7 月公安部举办的第四届全国公安系统“卫士之光”书法、美术、摄影展览中，他的作品在近5000件作品评比中脱颖而出，荣获二等奖，受到公安部政治部通报表彰。

为表彰先进，激励斗志，根据《公安机关人民警察奖励条令》的规定，特命令：给建湖县公安局政治处民警谢栋华同志记个人三等功一次，颁发奖励证书、奖章和奖金。

此令

局长：夏存喜

二〇一一年十月二十三日

2014年5月1日至5月3日，“丝路书情——西安盐城书法交流展”在西安世博园灞柳轩艺术展厅举行。谢栋华应邀携5幅作品参加交流，在场专家给予高度评价：行书线条飘逸洒脱、篆书结构厚重跌宕、印章构思巧妙精致，整幅作品纵情挥洒、意趣天成。

2015年3月18日，从中国警察网传来喜讯：由人民公安报社、中国警察网、中国中学生报等媒体联合主办的“我的警察梦”主题系列比赛中，谢栋华创作的书法作品荣获书画类一等奖。这次大赛，全国征集了文学、美术、摄影、书法等各类参赛作品1万余件。

……

初步统计，谢栋华入展和获奖主要情况如下：

盐城市纪念新四军重建军部四十五周年、建国三十七周年书法、美术、摄影作品展三等奖（1986.10）

信阳市首届硬笔书法大奖赛三等奖（1988.02）

广西《“花山杯”书画篆刻大奖赛》青年组篆刻优秀奖（1988.05）

湖北省文化厅《“屈原杯”海内外书画艺术大奖赛》优秀奖

（1988.06）

山东省文联《“牡丹杯”国际书画大奖赛》优秀奖（1988.12）

首届全国硬笔书法作品邀请赛优秀奖（1989.04）

全国首届印学团体印章艺术大展（1989.05）

西泠印社《全国印社联展》（1989.06）

河南省文化厅“豫陕港台”四印社联展（1990.03）

平顶山市纪念建党七十周年书法展（1992.07）

中日破体书法国际展（1993.11）

平顶山市职工爱国主义教育书法大赛二等奖（1995.02）

济南军区第五届影视放映人员书画展优秀奖（1995.11）

河南省第九届群众书展（1997）

中国文化部“庆祝香港回归祖国”书画作品展（1997.06）

河南省千人临书大展优秀奖（1998）

西泠印社《首届国际篆刻书法作品大展》（1998）

书法报《第二届黄鹤奖书法篆刻大赛》获提名奖（1998.05）

解放军电视宣传中心、总政治部文化部影视局《“华天杯”首届全军书法电视大赛》优秀奖（1998.10）

解放军总政治部、解放军电视艺术中心、解放军报社联合主办的《远太杯“战士与祖国”庆祝建国五十周年军旅业余书画大赛》荣获二等奖，并应邀进京颁奖（1999.10）

第二届平顶山青年书法家十人书法艺术展（2001.06）

解放军总政治部、中国书法家协会《全军第三届书法篆刻艺术展》（2001.06）

《济南军区庆祝建党 80 周年书画作品展》金奖（2001.06）

《平顶山、漯河、许昌三地市书法家精品艺术联展》（2002.05）

《济南军区纪念建军 75 周年书画摄影作品展》一等奖（2002.08）

山东省文化厅、将军书画院《“将军杯”全国书画大奖赛》二等奖（2002.06）

文化部中国对外艺术中心、江西省文化厅、中国书法艺术研究院《庆祝建军75周年全国书法大展》优秀奖（2002.08）

书法报第三届黄鹤奖（圣茵杯）书法篆刻大赛铜奖（2002.11）

中日友好书法大展优秀奖（2003.02）

第七届全国少数民族传统体育运动会美术书法作品展，并被组委会收藏（2003.09）

河南省殷契印社、宣和印社篆刻联展（2004.02）。

济南军区纪念邓小平诞辰100周年书画展一等奖（2004.07）

在河南省平顶山市举办个人书法篆刻汇报展（2004.10）

庆祝中华人民共和国成立55周年全国楹联书法篆刻大赛三等奖（2004.10）

林散之奖南京书法传媒三年展（2004.11）

书法导报国际书法篆刻大展（2004.11）

第二届全国百名优秀中青年书画家进京邀请展（2005.12）

纪念长征胜利70周年全国书画大展银奖（2005.05）

第五届江苏省公安机关“卫士之光”书画摄影展书法二等奖（2009.09）

第六届江苏省青年书法篆刻作品展（2010.08）

第四届全国公安系统“卫士之光”书法、美术、摄影作品展览书法类二等奖（2011.07）

江苏省政法文化艺术周书画摄影作品展（2012.11）

全国见义勇为书画、摄影作品三等奖（2013.12）

江苏省公安机关“平安家园”书画展三等奖（2013.10）

第七届江苏省青年书法篆刻作品展（2014.07）

全国“我的警察梦”主题系列比赛中荣获书法一等奖（2015.03）

第六届江苏省公安机关“卫士之光”暨纪念中国人民抗日战争胜利70年书画摄影展书法三等奖（2015.10）

江苏省“政法干警永远忠于党”书画摄影作品展二等奖（2017.07）

全国公安系统“迎接十九大，忠诚保平安”主题书画作品展荣获书法类三等奖。（2018.01）

江苏优秀公安文艺作品征集评选活动中荣获书法类优秀奖。（2018.12）

在“古驼精舍”，笔者感受书屋带来的艺术熏陶，回顾主人走过的人生足迹，无论是在军营，还是在警营，他确实像一只沙漠中的骆驼一样往前走……

五、水乡汉子

似水流年，韵味无穷。焕然一新的水乡故土，是一个魂牵梦绕、心灵慰藉的美丽乡村。初心永挚，小红九逐梦青春——

（一）

建河村谢家庄。

三哥谢玉仁，身材瘦小，话语不多。

“兄弟，你也不容易，苦了你了。你十岁左右，大哥从部队退伍回来到县城开公交车，二哥在村里做通信员、电工。那时，家里想办法买了近200只小鸭，由我在村东头芦苇荡边养着，你帮着我放鸭子，晒得黑不溜秋的。”谢玉仁看着身边的谢栋华，兄长的目光中透着对弟弟浓浓的亲情。

想着这个从困境中走出的家庭，谢玉仁百感交集，他说："父亲去世后，母亲领着我们一群年龄还小的孩子过日子，吃不饱、穿不暖。因此，我们几个大点的兄弟就必须多吃点苦。好在苦日子总算挺过来了！人啊，没有吃不了的苦，也没有享不了的福。"

坐在一旁的谢栋华接过三哥的话，他深情地说道："这么多年，家里多亏了你们几个哥哥撑着，我才能在部队安心工作，实在是辛苦你们了。"

当着笔者的面，谢玉仁道出了家中许多心酸往事。

提到最小的弟弟谢栋华成长故事，谢玉仁显得开心："栋华上小学时就喜欢写写画画，写的和画的都还蛮像的。我们家的人也不懂，随便他自己喜欢。1986 年，他想去当兵，家里穷，他去当兵也是条出路。好在他比较争气，在部队提了干，转业到公安。五弟人很好、很顾家，乡邻有事都愿意找他帮忙，而他总是力所能及地去帮助别人。他有一个好人缘，有一份好工作，有一个小家庭，也是我们一大家人的骄傲。"

"怎么顾家？"笔者有点好奇。

"前几年我老感觉胃疼，栋华知道后，带我到县城做检查。得知是胃癌后，他立即给南京战友打电话求助。第二天，他用车子把我送到南京肿瘤医院做手术。现在，手术都几年了，我一直平平安安。要不是他，我早走了……兄弟之间，手足之情。我们今生好兄弟，来生我们还做兄弟。"谢玉仁眼中泛着泪花，说着掏心窝的话。

兄友弟恭，好兄弟！

徐文静，名如其人，文静、贤惠。

作为谢栋华的妻子，她默默地支持丈夫的事业发展。在谢玉仁讲完后，她给笔者讲了一个小故事——

谢栋华在部队养成早起的生活习惯。因此，这个习惯就成了夫妻俩共同的好习惯。

早上，他们各得其乐。一个在厨房，烹饪飘香的饭菜；一个在书房，创作飘香的作品。

这天，家中和往常一样。

突然，书房里传来“哎哟”一声。

“怎么了？”徐文静赶紧放下锅铲冲到书房，看到谢栋华用右手紧紧地捂着左手食指。

挺吓人，血从指缝间流了出来。

“多大的人了，这么不小心？！”徐文静忍不住心疼地责怪了丈夫几句。

谢栋华一边找创可贴，一边笑呵呵地说：“小事，没关系，此乃兵家常事。”

徐文静瞪了他一眼，想想：“确实也是如此！他手被划破的次数，少吗，什么时候叫过苦，什么时候喊过疼？可不就是常事嘛！”

看着谢栋华手上一道道的陈疤新伤，徐文静轻叹了一口气，一种五味杂陈的感觉涌上了她的心头。

结婚以来，这个既是武夫，也像书生的丈夫，除了忙工作，就是搞艺术。哪一条伤疤不是刻录着他对篆刻艺术的追求？哪一张获奖证书不凝聚了他的心血和付出？

“我为你骄傲！”想到这些，徐文静突然间对眼前的丈夫多了几分理解、几分心疼，不由而然地脱口说出这样安慰的话语。她轻轻地拉着丈夫的手，帮他贴上了一张创可贴。

在谢家庄采访中，笔者从谢栋华的家人口中听到最多的一个词是“骄傲”二字。

（二）

建湖。古色古香的茶社中，氤氲着淡淡的茶香。

袁哲元，花白头发，精神矍铄，谈吐得体。

袁老师轻呷了一口茶，兴致勃勃又略带欣慰地谈起了得意门生谢栋华——

1986年10月，栋华光荣入伍，实现了当兵的梦想。他从军二十年，和我书信往来从未中断。在信中，他总是及时汇报并分享自己的进步和成绩。

河南是中原文化发源地，从事书画艺术的人才也很多。他在信阳、平顶山、全军以及全国性的书法大赛中多次获奖并受到领导接见、赞扬、嘉奖，有时候他就把获奖证书和照片寄给我，我至今还保留着一些他获奖的证书、照片和书法篆刻作品集等资料。对此，欣慰之余，我也给予他一些实实在在的鼓励。

每次从部队回来，栋华总是先到我家登门探望，并给我带来一些河南的土特产。我们的师生之情，如父子之情，他把我当父辈一样尊敬，我也把他当成自家的孩子看待。

投之以桃，报之以李。栋华待人诚实，也会有诚实的人相帮。在部队20年时间，他结识并广交了河南省乃至全国许多书画界的朋友，其艺术素质得到了显著提高。

我欣赏他的“诚实”，更一直关注他的成长、成才、成功。

当年，栋华的婚姻大事，他总和我商量。谈婚论嫁事宜，我都为他奔波并到场贺喜，尽到为师的一片心意，也和他家人一样的开心喜悦。

看到栋华的事业大步向前，看到他的家庭美满幸福，看到他的孩子长大成人，看到我们四十多年的师生之情至今不离不弃，古稀之年的我为有这样一位保持特殊情感联系的学生而欣慰！

对此，老朽深感一生无憾啦……

听完这段纯洁的师生情、深厚的忘年交，笔者心中暖暖的！

张华，精神干练，现任建湖县委组织部电教中心主任。

当天，他与袁哲元老师一起接受笔者的采访。听完袁老师动情的回忆后，他也讲述了自己与谢栋华的交往故事。

他说："2015 年 5 月，我因工作关系认识了谢栋华。在谢栋华的支持下，县委组织部和县公安局合作的三部党员教育微视频作品均获得了省级一等奖，并获得了国家级奖项。建湖公安三部曲成为经典，在政法系统的大奖刷新了盐城的历史，在盐城市乃至全省都屈指可数。"

笔者问道："张主任，您与谢栋华交往，仅仅是工作关系？"

张华停顿了几秒，缓缓地答道："我们逐渐深交并成为好友，更确切地说是谢栋华特有的军人气质，让我对他有了更多的信任和崇拜之情。"

笔者接过话题，继续问道："他有什么性格特点？"

张华笑了笑，透露了一个秘密："我因为从事组织工作，有时会不经意间用考察干部的眼光去看待一个人，如果用两个字概括谢栋华——谦虚。谦虚，不是写在脸上，而是实实在在这样做的。看上去，他朴实无华，却是腹有诗书气自华。他自称一介武夫，但我感觉到他文章、书法、绘画、摄影，乃至他所从事的公安宣教工作都是特别优秀的。"

张华想了想，讲了一个小插曲——

上冈交警中队是个老典型，有许多值得称颂的故事。我们搞党员教育工作，希望能用新的表现手法去呈现。

经过一段时间的积淀，我们发现中队长曹流的女儿写的一篇习作《总是“错过”的爸爸》非常具有代表性。

这篇文章，从她作为女儿谈论父亲的视角展示了“与民同行、保民平安、为民服务、让民满意”的上冈精神。

用什么方式去展现？我们考虑，拟用电视散文的形式再现。

可是，找专业团队摄制要花钱！

起初，去县公安局沟通时，方案没有通过，原因是经费紧张。

当日，谢栋华在场。他提出的想法，让我吃了一惊，这位谦虚的老大哥怎么这么实在？！

谢栋华大胆地向领导建议并分析说：“这么好的作品，应该找专业团队摄制。宣传工作出战斗力，典型的作用是无穷的。要想展现建湖公安形象，每一个细节都不能马虎。因此，专业才能出精品……”

领导听完谢栋华的建议，认真考虑了下，觉得可行。

最终，形成了按方案实施的共识。

事后，我与谢栋华交流此事。

谢栋华说：“为了工作的需要，领导会听进去的。刻意奉迎去说违心的话，不是我的性格，也是对工作的极端不负责任。”

我暗暗竖起大拇指，心想：“看来，这就是他的性格。”

谢栋华工作认真，为人耿直，还重情重义。张华又想起了发生在身边的一件令他感动的事——

2019 年 8 月 25 日，谢栋华昔日一起工作的同事、近湖派出所原所长仇海辉因患癌症去世。谢栋华从得知仇海辉生病，便一直关注他，帮他处理各项事务，直到送他最后一程。

时至今日，张华一直觉得与谢栋华值得交往，他说：“好几件事，让我十分佩服他的人品和能力。这背后其实是他的一腔热忱，那种诚实待人简直把心都掏出来了。”

诚实、谦虚就是人格魅力。

（三）

李文龙，谢栋华的战友，现任郑州市科协副主席。因路途遥远，笔者只能电话采访他。

听说笔者要写谢栋华，李文龙很高兴，他在电话中说：“我与谢栋华相处了近十年，现在说起他，我第一念头就是他的人品好，工作有能力，宣传有办法。尤其擅长书法篆刻，算是一个文人，但在人情世故上却有血有肉。”

“人情世故上有血有肉，为什么这么讲？”笔者好奇地追问。

李文龙说：“这个问题很简单。与他相处的人应该都有这样的评价，谢栋华为人忠厚老实、待人真诚友好、乐于助人。与他打交道不用拐弯抹角，有困难找他只要力所能及都会帮，因而他的朋友多，走到哪里都受人欢迎。尤其是，谢栋华有孝心，是一个孝子。入伍后，省吃俭用，攒下的钱都寄给母亲，每年都要把母亲接到部队生活一段时间。”

“他在艺术上有所建树，成功的诀窍是什么？”笔者想探个究竟。

“第一是有天赋。他本该成为一个出色的画家，但因为爱好转型时被书法吸引，才放弃了画画。据他无意中说，小时候家里穷，也没机会拜师学习，全凭自己的兴趣。有一次，见到家里有一张黑白照片，就拿起铅笔在纸上临摹。画好后，很多人看了都说像。”

“那么，第二点呢”笔者问。

李文龙讲了谢栋华在部队的故事，他说：“第二是靠勤奋。有天赋，不勤奋不行，部队在管理上很严格，谢栋华就利用业余时间，只要有空，就不让手中的笔墨闲着。到他宿舍找他聊天，就得接受他的书法洗礼。

当然，谢栋华也是能坐得住的人。只要看书练字，几天不出门也行。有一次，国庆放长假。都以为他不是回老家就是出门了，没想到他竟然足不出户，愣是练了几天书法。因为书法上的成就，谢栋华在部队和驻地名气很大。许多名流都想办法结识他，许多名家都主动与他交流。甚至，许多人找他求字。重要的是，有了成绩，他不张扬，一直很谦虚。谢栋华的勤奋，既有农家子弟固有的本质，更有对人生目标的追求。他入伍前的文化水平并不高，通过自学拿到了大学文凭。书法、篆刻、美术艺术的熏陶，使他文学素养达到了新的高度。同时，他在诗词歌赋上也有造诣，许多诗词随口咏出，颇有文人的风骚。”

正所谓，书山有路勤为径，学海无涯苦作舟。

（四）

对她的采访，是在建湖县公安局会议室进行的。

朱琳，性格外向，建湖日报记者。

“初识，黑黑的皮肤，胖胖的身材，憨憨的笑容，却是一副稳重笃定的模样；再会，依然是黑黑的皮肤、胖胖的身材、憨憨的笑容，却有着一股为工作、为兄弟奋不顾身的倔强；相知，刚正不阿的性格下别有一番侠骨柔情，沉醉于篆刻、书法，喜好钻研、满腹才情，这又让人多了一份钦佩与赞赏！可谓，一介武夫亦书生！”

这是记者朱琳对谢栋华的评价。若说起他们的交往，还得追溯到两年前——

2018 年，县公安局一次基层警务室的宣传活动。

那一天，谢栋华说：“我们建湖县城两家标准化警务室建得很好，周边群众的反响也很好。就是我们的宣传工作还没做到位，警务室的威慑力还未足够显现。其实，警务室就像百姓身边的‘守护神’，时刻守卫群众生活安宁。”

基于这样的认识，那一次的警务宣传活动搞得有声有色，而谢栋华当时讲的话，朱琳至今记忆犹新。

两年的交往，作为记者，朱琳耳闻目睹谢栋华的一言一行所体现的严谨务实、雷厉风行的工作作风，她说：“谢栋华始终强调‘宣传就是战斗力、宣传就是凝聚力’这句话，当然他也是身体力行这样去做的。在他的努力带动下，县公安局宣传工作走在全市前列。”

有一次，朱琳问谢栋华：“常年做单一的工作觉得枯燥吗？”

谢栋华的回答斩钉截铁，毫不犹豫：“只要热爱，就不会觉得单一，更不会怕苦！只要有一腔热血、满腔激情，即使在最平凡的岗位，依旧能做出不凡的业绩。”

2019 年夏天，朱琳看到了谢栋华参加活动的一张照片。

朱琳一看，乐了。照片中，他与几位非洲国家的警察坐在一起。

她在电话中笑着对谢栋华说：“你是因为忙于工作被晒黑的。不过，你还好，比他们白多了……”

日复一日、年复一年的采访奔走、风吹日晒，导致谢栋华的皮肤像炭一样黑。这句话或许带点夸张和调侃的成分，但谢栋华皮肤黝黑确实是真的。

其实，朱琳深知谢栋华黝黑皮肤背后所付出的艰辛。作为一名县公安局的宣传教育科科长，谢栋华无疑是敬业称职的。

好看的皮囊千篇一律，灵活的胖子万里挑一。

人到中年，谢栋华微胖。可是，却彻底颠覆了群众对胖子的俗套感观。他是同事、朋友眼中的“细心大哥”“知心大哥”，只要有他在，就会觉得安心和踏实。

“吟安一个字，捻断数根须。”在工作中，谢栋华有时候为了一个词、一句话、一个细节反复推敲，他求的是一个“细”字、一个“精”字、一个“实”字。正是这股认真与执着、细心和知心，以及对公安宣传工作的情怀，建湖县公安宣传作品亮点频现、精彩纷呈。

朱琳，年轻有活力，现任县公安局宣传教育科副科长。

当然，此朱琳不是上述那位记者，她是一位从事宣传工作的人民警察。

朱琳和谢栋华在建湖县公安局宣教岗位上已并肩作战了六年，他们是同事、是战友、更是师徒。

平日里，朱琳会亲昵地称他一声“老谢”！

宣教工作千头万绪，纷繁复杂。如何成为一名“专业”的宣传工作者？朱琳一直在探索。

“宣传工作不但是脑力活，而且是体力活，更要有一股敬业精神。”这就是朱琳从谢栋华身上看到的、听到的、学到的一个最深刻的感悟——

哪里有公安工作重大活动、突发事件，那里都有谢栋华扛着“武器”随警作战的身影。相机、镜头、支架……这些摄影器材，鼓鼓囊囊的两大包，重达 20 余斤，都是他的武器！

朱琳曾目睹过：顶着酷暑烈日、冒着滂沱大雨、在泥泞中、在滚烫的水泥地上、在寒冷的积雪里，谢栋华一动不动，只为捕捉最打动人的一个镜头。

2020 年五四青年节前夕，为适应宣传工作需要，局里要求拍一些展现青年民警精神风貌的照片和视频。

那天，朱琳组织一群青年民警在县局大院里列队行进。谢栋华则始终趴在水泥地上，拍摄一张青年民警列队行进最完美的镜头。

一位 50 余岁的“老”民警，在一群 20 余岁的青年民警面前，用自己的“专业”和“敬业”，为他们上了一堂生动的爱岗敬业教育课。

谢栋华静默地趴在地上的那一幕，也深深地烙在了朱琳的心里。

新冠疫情发生后，2020 年 1 月 27 日，大年初三，建湖县公安局立即启动战时机制。谢栋华全身心投入战斗岗位，坚守在防控一线卡口、社区和民警一起发放防疫宣传资料，拍摄采访民警、医生参与抗疫的感人画面和大爱故事。仅三个月时间，建湖县公安局在市级以上媒体发表抗疫新闻稿件 200 余篇。

说到这，朱琳竖起了大拇指："老谢，好样的！"

花根楼，现任建湖县公安局政委

在建湖公安大家庭里，活跃着这样一群人，他们在繁忙的工作之余，慧眼发现着民警们的精彩瞬间，泼墨诠释着人民警察忠诚奉献的精神，倾力讲述着一个个感人至深的故事，充分展示了建湖公安的良好形象……而这一切都源于一个好的领头人——建湖县公安局宣传教育科科长谢栋华。

他把赤诚之心奉献给警营警队，奉献给需要他的诗和远方。他以身体力行诠释并展示了建湖公安民警多才多艺、光彩照人的人民警察良好形象。

2019年，电视散文《总是“错过”的爸爸》荣获江苏省党员教育微视频大赛纪实类一等奖和十佳编导奖、“平安江苏”一等奖、中央政法委第四届“平安中国”三微大赛优秀微电影奖、中央组织部第十五届全国党员教育电视片观摩交流活动获得优秀奖。先后在《人民公安报》《新华日报》《新华网》《中新网》《中国警察网》等媒体推出专版专稿，获得好评一片。

近年来，建湖县公安机关涌现一批在国家和省、市产生影响的先进典型。如：“警徽闪耀，守护平安花开”“记‘全国一级看守所’——建湖县看守所64年安全无事故”“与民同行三十年国道卫士写大爱——记建湖县公安局上冈交警中队”“盐城建湖出入境小窗口谱写为民服务大文章”“陈勤：百姓心中的110”……精干团队、优秀人物的塑造传播离不开幕后的“推手”，而谢栋华就是背后默默无闻为警营宣传事业出谋划策、持续推出先进典型的“幕后英雄”。

身先士卒、率先垂范的敬业精神，永远值得称颂。

身边人，身边事，谢栋华有着讲不完的故事。故事里、故事外，都是满满的情怀和追求。

夕阳西下，余晖落在了神龙沟河面上。

神龙沟河畔、凤凰嘴南岸，是谢栋华家以前的自留地。三棵成人才抱得下的老榆树，依然扎根生长，枝繁叶茂。

谢栋华驻足良久，手抚老树，遥望四野，感叹物是人非。

诗人艾青的诗句里有过这样的表述：为什么我的眼里常含泪水，因为我对这片土地爱得深沉。

是啊！离开家乡投笔从戎20载，家乡常常让谢栋华魂牵梦绕。这里的一草一木，父老乡亲的音容笑貌令他情深深、意切切。

沧海桑田，如今的建河村发生了翻天覆地的变化。

一波清泓，勾勒一弯凤凰嘴风韵；

一个传说，演绎一段古龙王庙神奇。

花红柳绿，碧水芦花。水乡建河，一座恬静的小村庄，正日复一日地向世人展现她迷人的身姿。

2017 年，谢栋华喜悉家乡建河村被江苏省评为“美丽乡村”，欣然写下了一首《永恋的故乡——记美丽乡村建湖县恒济镇建河村》：

徜徉在故乡的路上
心头满是和煦的阳光
河网交织田园美
鱼虾蟹鳖跃池塘
宽广大道人来车往
绿树掩映黛瓦粉墙
脱下戎装穿警服
心中长恋是故乡

我亲近这儿的袅袅炊烟
晨曦里鸟儿在清脆地亮嗓
月辉下清风送来阵阵荷香

我能记起每一段远逝的时光
能捕捉每一处曾经的印象
能把相识的人细数
离去的
也能记起模样
细品这儿的乡俗
每逢节日
有传统的舞龙和淮腔老调演唱

常记村东头
岁痕斑驳的古龙王庙和观音殿
还有承载星火燎原
新四军人民报印刷厂旧址——谢家祠堂

我知道我来自哪里
过多的体面都来自她的希望
我知道我是谁
一切的优渥都是她的滋养

走在故乡的路上
我脚步稳健却怕有大的声响
穿着整齐却不怕泥土弄脏
与乡邻热情围坐拉家常
抚摸老人带茧的双手
感受岁月雕琢的过往

如今处处变了样

勤劳实现了梦想

树木花草艳
稻谷满粮仓
玻璃工艺产品远销海外
生活富裕人人享受安康
美丽乡村特色呈现
参观人群来自四面八方

啊！故乡养育了我
她给了我
诚实善良和勇气担当
我深知
践行回报的分量
该放下一切的繁忙
带着家人常回去走走
感恩我
永远依恋的故乡

也许是一样的家庭出身，共同的军旅经历，相似的警察情怀，笔者不断回味谢栋华“一介武夫亦书生”的故事。谢栋华，一段看似普通的凡人岁月，让我久久感佩在怀；一段五彩缤纷的生命过往，让我悠悠感慨万千；一段默默谱就的人生传奇，让我深深感悟于心……我真诚期待着他在警营用如椽之笔继续书写着壮美篇章！

离开了建湖县，告别了谢家庄，笔者的心留在了这块土地上。

注：写于2020年7月。文中部分人的姓名为化名，插图由谢栋华提供。

刘大姑

江苏省盐城市滨海县，地处苏北，濒临黄海。

一条通榆河纵穿县境，是南北运输的“黄金水道”。一条苏北灌溉总渠横贯东西，至扁担港口入海。

海甸风光，滩涂广袤鹤飞影；黄河故道，湿地苍茫鱼跃波。这座苏北小城，既弥漫着水乡泥土的气息，又充满了海滨城市的味道。这里的人们勤劳善良，热情豪爽，爱憎分明。

盐城市公安局亭湖分局一级警长刘婵，就是这方水土孕育出来的好民警。她先后荣获全国公安系统二级英雄模范、全国公安机关爱民模范、中国好人、全省人民满意的公务员、江苏最美警察、江苏省岗位学雷锋标兵、盐城市道德模范等荣誉称号，荣立一等功 1 次、三等功 2 次。

警营 30 余载，悄悄流逝的岁月宛如一首铿锵动听的奋进之歌。水乡出生、海边长大的滨海姑娘刘婵，继承了生养她的那块土地淳朴的乡风和盐阜乡亲豪爽的性格。她用海一般的胸怀，水一般的细腻，火一般的热情，对老百姓付出了真心真情真爱，赢得了人民群众发自肺腑的尊重，被大伙儿亲切地称呼为“刘大姑”！

一、月挂寒门气自华

人生不就如同月亮一样吗？只要多几分勇敢，多几分坚定，多几分努力，就可以战胜人生的“暴雨”。出身贫寒的刘婵，就像天上的月亮一样，月牙儿也会拥有属于自己的月圆之夜。

（一）

滨海县东坎镇立新巷，两间破旧小屋。

1967年7月17日，火辣辣的阳光从四处见光的屋顶霸道地钻了进来，一屁股赖坐在屋内坑洼不平的泥土地面上。室内尘封的墙壁上，蒙着一些大小不一的泛黄旧报纸，掩饰了主人家些许贫穷气息。

男主人刘必树忠厚老实，是个靠拉板车下苦力给供销社送货的汉子。此刻，他在屋内转来转去，神色严峻，忐忑不安。

女主人周家兰温柔贤惠，与丈夫共同播种着两亩地抚养儿子、赡养老人。此刻，她躺在床上临盆待产，第二个孩子即将出生。

下午时分，室外的空气都被融化了，随着一声清脆的婴儿啼哭声，这个普通家庭添了一个可爱的女孩。

周家兰看着襁褓中的女儿长着一双大大的眼睛，乌黑发亮的头发，开心极了，起名刘婵，寓意“月亮”。

转眼间，三年的时光过去了，刘婵又添了个弟弟。父母、奶奶、外婆以及三个孩子，七口之家依靠刘必树夫妻俩艰难打拼的微薄收入维持家庭生活。

不当家不知柴米油盐贵，这种日子实在不好过！

勤劳贤惠的周家兰，每日为了这个家忙得团团转。她除了操持家务、侍弄土地外，还得孝敬老人和相夫教子。

刘婵的奶奶年逾古稀，常年瘫痪在床，生活不能自理。

一日三餐前，作为儿媳妇的周家兰第一句话总是对孩子们说："这些饭菜先端给奶奶吃。"

周家兰这样说了，也是带头这么做了。兄妹三人很懂事，潜移默化中懂得了孝道。

刘必树是家中的顶梁柱。他干粗活体力消耗大，周家兰心疼丈夫，往往会帮他炒一碗蛋炒饭，或者做一块松软的大饼。

日复一日，年复一年。周家兰精打细算地过日子，将全家老小照顾得妥妥帖帖，房间打扫得清清爽爽。虽然一家人穿着旧衣服，但是个个干净整洁，甚至连衣服上的补丁也被收缀得熨帖顺眼。

夏季，孩子天性贪玩，兄妹们到处疯。周家兰担心高温酷暑会晒伤孩子而中暑，她每天中午总是在地上铺上凉席，吆喝他们赶紧躺下，勒令不许到处乱跑。待孩子们安静后，她轻轻地摇着芭蕉扇，给孩子们扇来阵阵轻柔凉爽的微风。扇啊扇，不停地扇，直到胳膊酸麻。然后，看着自家的宝贝疙瘩们进入甜美的梦乡，周家兰才放心地小眯一会儿。

虽然刘必树脾气不如妻子温和，但是他吃苦耐劳，家庭责任感强，疼爱着每一个孩子，盼望着他们快点长大成人，拥有着幸福美好的未来。

刘必树肯动脑筋，酷爱钻研，敢于挑战命运。他进入滨海县港务处后，勤奋工作，团结工友，从一名码头工人先后被提拔为队长、作业区副主任、主任，直至担任滨海县港务处副主任。1978年，由于工作出色，刘必树被盐城市市委、市政府表彰为盐城市劳动模范，并于20世纪80年代连任两届盐城市人大代表。

有人说，穷人的孩子早当家。是的，穷人家的孩子确实不容易！家庭的窘迫、经济的拮据、生活的压力，使刘婵过早地懂事了，小小年纪学会了照顾老人、烧水煮饭，在地里捡拾遗落的麦穗……

贫寒的日子里，全家人相濡以沫，相亲相爱，其乐融融。

涓涓细流，绵绵之爱，滋润着刘婵幼小的心灵。

（二）

那一年，秋高气爽的季节，八岁的刘婵上学了。

每天，刘婵蹦蹦跳跳地背着母亲缝制的小书包，格外起劲地行走在求知的路上。父母要挣钱养家，她每天和小伙伴们步行上学，一路吱吱喳喳，读书上学让刘婵感到十分快乐和满足。

有一天，中午放学路上，三位穿着上白下蓝、戴着大檐帽的警察从刘婵等人身边走过。其中，两位中年男警察、一位年轻女警察，他们气质独特，吸引着孩子们的眼球。

那一刻，刘婵直愣愣地盯着他们看，充满童真的目光半点舍不得移开。这就是电影中抓坏蛋的警察吧？笔直的身板，刚毅的眼神，威武的警服，警察真的不一样呢！

刘婵热血沸腾，忍不住回头快步朝三位警察跟了过去。她在那位年轻的女警察面前停住了脚步，低着脑袋，鼓足勇气，胆怯地问道："阿姨，我能摸一摸您的衣服和帽子吗？"

女警察一听，停住了脚步，微微愣了愣，细细地打量着刘婵。眼前这个圆脸蛋、大眼睛的小姑娘，引起了她浓厚的兴趣。

她微微笑了笑，蹲下身子和蔼地答道："小姑娘，可以摸啊。不过，你要告诉阿姨为什么？"

刘婵抬头，望了她一眼，涨红了脸，扯着衣角，又悄悄地低下了小脑袋，半天憋出了一句话："我也要当警察。"

被刘婵吸引了目光的两位男警察，听了她的话，一起会心地笑了。女警察一把拉住刘婵的小手，放在警服上、帽子上，轻柔地说了声："好孩子……"

童年时代的刘婵，在幼小的灵魂深处悄悄埋下一颗理想的种子——长大后，我要当警察！

（三）

时间总是这样，在指缝中不经意地溜走。

昔日的小月亮刘婵，转眼间长成了大姑娘。女大十八变。她的脸蛋像一轮圆月，两条眉毛像那弯弯的月牙儿，还扎着两条粗粗的辫子。

孩子长大了，总要找个出路。尤其是，女孩子的出路在哪里？

读书求学找出路，是那个年代大多数孩子的唯一选择。

刘婵也不例外，她先后经历了中考、高考众人齐挤独木桥的痛苦煎熬，那种心情的跌宕起伏宛如黄海之水潮起潮落。

那一年。1982 年，火热的夏季。

那一天。望穿秋水，滨海县的中考成绩终于张榜公布。

刘婵的中考分数超过了滨海县高中录取线 20 多分。全家人得知后，喜出望外。

“天啊！这是真的吗？！”刘婵有点不敢相信这个事实，一双大眼睛死死地盯着父母求证。

父母慈爱地瞪了她一眼，笑吟吟地答道：“傻丫头，是真的！”

暑假两个月比两年还漫长，刘婵整日为中考成绩焦虑不安。由于预估不准，她猜测自己不会考得太好，如今如释重负一身轻。能够考上县中，是刘婵最大的愿望，她要在这里读书求学，实现人生梦想。

然而，一分钱逼死英雄汉！

5 元钱的学费却难住了刘婵的父母，家里实在拿不出这笔钱供她读书。难……

刘婵家里，愁云密布！

夜深人静，皎洁的月光洒落在门前屋后。

刘婵躺在床上辗转反侧，无法入睡。她理解父母的难处，她是多么热爱读书，渴望上学啊，可是……

刘婵沉默了。她骨子里对读书的那份执着，父母看在眼里，更让父母心碎。周家兰硬着头皮向邻居陆校长家借钱——

第一趟，陆校长到学校上班了，他爱人身边凑不足5元钱；

第二趟，一看陆校长在室内休息，不好意思打扰只好返回；

第三趟，陆校长听说是刘婵考上高中缺学费，他二话没说，将5元钱递给了周家兰。

陆校长慷慨解囊，事出有因——

刘必树家是一户本分人家，热心肠，肯帮忙，在乡里乡亲中口碑好着呢！

那时，大伙儿的日子都不好过，刘必树家也一样。但每当遇到谁家有困难时，刘必树夫妇总是想方设法去帮助，伸出援助之手。遇到灾年，有人上门讨饭时，周家兰总是轻叹一口气，毫不犹豫地帮他们碗里添上饭菜。

周家兰小学文化。虽识字不多，但她却常教育孩子们说："过日子都不容易，一定要多帮助困难的人，与人为善，千万不能只想着自己。"

这些朴实的话语，和真诚的善举，让刚懂事的刘婵有了这样的念头：我一定要好好读书，长大了帮助有困难的人，让他们都过上好日子。

与人为善，人必善之。在周家兰的奔波争取下，在邻居陆校长的热心帮助下，刘婵如愿以偿地走进了高中课堂。

虽然刘婵读书的梦是圆了，但求学的路却依旧坎坷。

由于英语和物理基础不牢，这两门功课一直拖累着刘婵。她下功夫补齐短板，期望勤能补拙。半学期后，她的英语成绩是芝麻开花节节高。但遗憾的是，物理成绩依然原地踏步。

物理！物理！！物理！！！

这个短板功课一直影响着刘婵学习总成绩的提高。1985 年高考，刘婵因物理成绩不佳，以六分之差遗憾落榜。

“路在何方？我的未来怎么办？”面对“拦路虎”，19 岁的刘婵内心十分难受、彷徨、焦虑，并思考着将来的脚下之路。

她要再拼一回。

知女莫如父母。刘婵的父母支持她继续复读备考。

开学前，父亲送刘婵去滨海县三中报名，勉励她继续努力。母亲也劝导她不要担心家里的负担重，砸锅卖铁也会给她读书。

亲情是一杯佳酿，滋味醇厚悠长，更是一张琴弦，让刘婵弹奏心曲，在迷茫痛苦中鼓足勇气，去追寻心中的那个梦想。

复读的日子里，刘婵拼了，豁出去了。她与弱项功课物理较上了劲，反复训练，苦心解题。

守得云开见月明。月光像一曲扣人心弦的旋律，是刘婵心中永恒的绝唱。月光像一壶甘冽的清酒，酿得时间越久，越发溢出醉人的清香……

（四）

1986 年，又是一个夏季，蝉鸣如乐。

刘婵金榜题名，考入苏州人民警察学校，终于圆了童年时代的从警梦。当拿到录取通知书时，刘婵心潮澎湃，喜极而泣。她不经意间发现，父亲的脸上写满了生活留下的沧桑，母亲的额角增添了几道深深的皱纹，双手裂出深可见肉的口子……

当年九月份，刘婵离开滨海，前往苏州读书。

母亲内心虽万般不舍，却也十分自豪；父亲给刘婵买了一块新手表，让她铭记读书时光的宝贵；亲朋好友、左邻右舍也陆续上门祝贺，还给她送来一些暖瓶、脸盆、笔记本等礼物。

看到这样的场面，刘婵的心中涌起了一股热流，滚烫滚烫。

仰望苍穹，金乌高悬。父母之爱，难道不就是那高天上永远不落的金色太阳吗？即使在乌云密布的日子里，月亮也能感受到那强烈的光芒！

从滨海出发到苏州，要乘汽车搭轮渡，整整九个小时的行程。

因囊中羞涩，且路途较远，刘婵从九月份开学后就一直留在学校读书，直到过年放假才收拾行李回家。

因为大多是第一次离家门，再加上警校训练比较辛苦，许多同学忍不住想家，甚至有人哭了鼻子。

刘婵，她也是初次出远门，何尝不想家！

怎么办？刘婵想到了阅读。

为了排解每日的思乡之愁，刘婵一有时间就耗在图书室里捧起一本本文学书籍。特别是对人物传记爱不释手，她从这些优秀作品中如饥似渴地感悟生命的真谛。

为了多看书、看好书，刘婵灵机一动，她主动向班主任申请义务担任兼职图书管理员。

班主任看了看刘婵，知道她醉翁之意不在酒，会心地笑了。

获得批准后，刘婵看书更方便了。她遨游在知识的海洋里。

那一天，刘婵捧起路遥的著作《平凡的世界》时，一下子就被这本书迷住了。黄土地苦难岁月，是一首忧伤的歌谣，也记载着逝去的岁月，她从那个不放弃梦想的孙少平身上看到了自己的影子。永不屈服的孙少平抗争命运，历经坎坷而更加成熟，靠苦干实干赢得做人的尊严，体现生命的价值。这，让她产生共鸣，打心眼里感到钦佩。

这本书中的每一个细节、每一个人物、每一个场景都是那么熟悉、那么亲切，刘婵读了一遍又一遍，只觉得心头愈发亮堂堂的。她感觉有一股力量积压在她的胸膛，催促她去迎接从警路上的风霜雨雪和历练摔打。

高尔基说，书籍是人类进步的阶梯。

两年的警校时光，两间50平方米的图书室，刘婵利用课余时间将这些书籍基本浏览了一遍，也积累了一定的文学素养，从书中获取了精神财富，开阔了视野、增长了见识。

时至今日，刘婵深情地回忆说："父亲视事业为生命，拼命三郎的性格深深影响了我。母亲善解人意，细腻体贴的特性也融进了我的血液之中。就这样，贫寒家庭造就了我刚柔并济、不畏苦难的性格。父母的谆谆教诲，是我一生用以自我激励的法宝；父母给予我的纯洁而美丽的心灵，是我一生享之不尽、用之不竭的宝贵遗产；父母的言传身教，勤劳善良是我永不衰竭而奋勇向前的动力；父母的殷切希望，是我一生展翅翱翔的指向。而广泛阅读，从书本中获得的知识和营养，也给我的人生插上了坚硬的翅膀。

二、小荷才露尖尖角

当烈日悬空时，小荷的脸颊红彤彤的，它享受着阳光的沐浴，也在更加努力地绽放。因为它渴望着有一天，也能为世界献上一片绿荫。初出茅庐的刘婵，如同一朵含苞欲放的小荷花。

（一）

火热的太阳炙烤着万物，串场河里的水也升温了。

1988年7月，21岁的刘婵，风华正茂，她作为见习民警来到了盐城市公安局城区分局双元派出所工作。

双元派出所，是当年刚成立的新所，比较偏僻，周边道路坑洼不平，一排十几间红色平房，被办公区、宿舍区、仓库等占得满满的。12位民警负责沿河社区、双元村等十几个社区、村组及国家机关、企事业单位安全保卫工作。交通工具依靠自行车，所里只有一台电话机负责内外联络。遇到上级下发协查通报，就要派人赶到刑警大队去手抄。

刘婵的岗位，是新西和板桥居委会社区民警，工作重点是安全检查、知识宣教、刑释人员管理、排摸线索等。

作为见习民警，她的警师是派出所指导员还红艳。

那时候，还红艳35岁，是一位享誉全国的军嫂。她的丈夫夏海明在老山前线参加对越自卫反击战，而她以柔弱之肩既要干好本职工作，还要鼓励丈夫保家卫国，并照顾好全家老小。

夏海明不负众望，在部队立下了战功，正如《十五的月亮》中唱道："军功章啊，有我的一半，也有你的一半……"

还红艳，能文能武，平易近人。她在工作中总是不知疲倦，身先士卒。最可贵的是，她对民警关心备至，犹如家人；对群众真诚热情，广受好评。

虽然工作条件艰苦、任务繁重，但能与这么优秀的领导共事，刘婵丝毫没有觉得苦和累，她认为这是宝贵的学习机会，高兴时与还红艳分享快乐，烦闷时向她倾诉心思。

那时初来乍到，刘婵不知道盐城登瀛桥在哪里，不懂得怎样与群众沟通，更担心自己能否胜任工作。她忐忑不安，生怕工作中拖后腿。

怎样接待群众，怎样入户走访，怎样检查安全？还红艳善于与人主动沟通，她将业务知识在举一反三中传授给刘婵等新警。她带着刘婵等新警一起奋战在基层，手把手地教业务，心贴心地干工作。

人非生而知之者，孰能无惑？惑而不从师，其为惑也，终不解矣。一边是师傅肯教，一边是徒弟爱学。刘婵学以致用，上手很快，脸上常常露出笑容。

刘婵管辖的社区居民住宅大多是平房，一家挨着一家自建的房子比较狭窄。她每天穿着警服、背着工作包、蹬着自行车，沉到社区了解居民情况。到居民家中走访调查是个硬功夫，人家能否掏心窝、谈真话，第一印象非常重要。

怎么办？刘婵自有妙计。

她每天都穿得干干净净，皮鞋擦亮，警帽戴正。

一到社区，她嘴甜手勤。“爷爷”“奶奶”叫得欢，“大哥”“大姐”拉家常，遇上人家正在捡菜，立马伸手去帮忙，边帮着干家务边聊天。刘婵与群众打成一片，很快就站稳了脚跟。

群众很朴实，只要是公安民警，都尊称为“干事”，意思是在政府办事的干部。居民每天看到这个年轻女警没架子，好说话，肯做事，开始主动找刘婵道起了家长里短。就这样，21 岁的刘婵成就为群众口中的“刘干事”。

成了“刘干事”，必须要干事。

那时候，群众对偷盗自行车的蟊贼恨之入骨。一辆自行车，不但是群众主要出行工具，而且也是家中重要财物。

刘婵跟着还红艳等人执行盗车案侦破任务。他们早出晚归，连续作战，快速破获了一批案件，追缴了一批赃车。

当失主高高兴兴地从派出所领回车子，一个个朝公安民警竖起了大拇指。

在双元派出所，刘婵接受了最真实的群众观念教育，也感知了基层公安工作必须深深扎根于人民、服务于人民！

师者，所以传道授业解惑也。刘婵从还红艳的身上学到了优秀的品行、扎实的作风，特别是对群众发自内心的那份牵挂。

还红艳，这位慧眼警师一直关注着刘婵的成长进步。18 年后，经过她和几位领导的力荐和组织严格挑选，刘婵从基层派出所走上亭湖分局信访岗位，开启从警生涯新的征程。

（二）

桂花飘香的季节，刘婵抵达了她从警之路的第二站。

1989 年 10 月，她被调到城区分局城西派出所工作，担任水街和北城两个居委会的社区民警。

新岗位，新情况，新挑战！

刘婵管辖的社区有 3000 多户、8000 多位居民，同时还有盐城轮船公司、盐城第二农业生产资料公司等单位。其中，不少职工家属户口在农村，孩子多，负担重，面临着不少困难。

俗话说，天有不测风云，人有旦夕祸福。住在轮船公司宿舍的郁文花很不幸，突然家遭不测，丈夫是名水手，工作期间溺水身亡。

单位照顾郁文花在轮船公司幼儿园当临时保育员。家中“靠山”倒了，她与 6 岁的儿子徐明明相依为命，艰难度日。

刘婵走访后得知，郁文花和儿子的户口都在滨海县农村，她不但无法转为正式工，而且还要花钱买高价粮吃。最为紧迫的是，她的儿子就要上学了！要想改变家庭生活质量，郁文花的唯一出路就是户口“农转非”。

有了城市户口，符合安排工作政策，真正是决定着人生命运！

但是，“农转非”指标相当紧缺。这对孤儿寡母怎么办？刘婵心里盘算着……

对弱者的同情，对社会的责任，让年轻的刘婵觉得肩上担子沉沉的。她觉得，往上拉一拉、往前推一推，这娘俩的日子或许会好转起来。

“怎么个帮法才有效呢？”刘婵心中也没底。

一番深思熟虑之后，刘婵开始手把手地教郁文花写“农转非”申请报告，协助她收集整理相关材料。并且将她的特殊情况向所领导报告，争取早点搭上“农转非”这趟车。

有心人，天不负。经过刘婵精心准备和逐级审批，就在当年郁文花娘俩的户口从滨海县农村被迁入盐城市区，吃上了商品粮。赶上了好政策，她由一名临时工转为合同制工人。不久，她的儿子也顺利报名上学，家里的日子好过多了。

工作岗位的磨砺，使年轻的刘婵做事愈发老练。

考虑到郁文花儿子年幼，还要赡养老人，家庭负担比较重，刘婵多次去轮船公司工会，协调帮扶郁文花家庭。

六年后，郁文花组建新家庭。那天，她邀请刘婵一起吃了顿团圆饭。席间，郁文花对刘婵动情地说道：“这辈子遇到您，是我和儿子最大的幸运。恩人帮助我们这么多年，现在我们日子越来越好了。”

刘婵发自肺腑地祝福郁文花。后来，每当郁文花的亲朋好友遇到困惑时，第一个就会想到找刘婵寻求帮助。

这是人民群众的无比信任，这是对人民警察的充分肯定，这更是警民鱼水深情的真实体现。刘婵的援助之手，总是能帮助困境群众渡过难关，开启新的人生。

（三）

珍惜宝贵的时间，等于延长了人生的岁月。

1989 年 8 月至 1997 年 5 月，刘婵在亭湖分局城西派出所担任社区民警，对工作充满激情。

期间，她每天踏着自行车进社区，然后步行到居民家中走访。刑释人员通过她的管理教育，重新违法犯罪率明显下降；她对关系紧张的家庭，摸清原因进行疏导；她对特殊困难户，协调社会力量进行帮扶。

渐渐地，两个居委会秩序井然了，矛盾减少了，家庭和睦了，案件下降了。

春季的一天，封某年迈的母亲向刘婵反映：她心太累了，特别无助。

刘婵一听，心里猛地一沉："怎么回事？"

原来，封某与妻子离婚后意志消沉，带着女儿与父母居住在一起，过起了"啃老"生活，每天除了睡觉，就是到处闲逛。

封母既要照顾瘫痪在床的老伴，还要抚养 6 岁的孙女，对儿子封某"逍遥"事外的态度失望至极。多次苦心劝说无效后，想到儿子如此消沉绝情，让父母年老无依无靠，封母常常夜不能寐，忍不住老泪纵横。

说实在话，这件事就是家务事。表面上看是母子不和，但刘婵从中看到的是因为中年儿子的不负责任，而引发家庭关系恶化的连锁反应。如果民警知道这件事而置之不理，其家庭矛盾会愈发加深，甚至会酿成家庭悲剧。

刘婵了解情况后，痛心疾首。这个不负责任的封某成了扎在她心里的一根刺，她下定决心："我要与他较劲，逼他走上正道。"

第二天清早 7 点钟左右，刘婵约上社区治保主任登门。

封母弓着腰在晾晒一大盆衣服，封某与往常一样呼呼大睡。老人家没有想到刘婵他们这么早就过来，茫然无措地看着刘婵，也不知道究竟该做些什么？

刘婵与封母打过招呼后，微笑着点头安慰她，然后使劲拍拍封某房门大声喊话："起床啦！"

好丑不开口，神仙难下手。封某不吭声，故意赖床不起。他以为，刘婵会知难而退，更想不到她究竟会咋样？

见此，刘婵和治保主任相互眼神一对，快步拎起封某的被角就晒到了晾衣绳上。

春暖乍寒，冷风袭体，封某浑身一激灵。他一看这架势，估计装聋作哑是躲不过去了，只好悻悻地穿衣起床。

刘婵搬来小板凳，请来左邻右舍，就地开起了现场会。发动群众，解决封母家的难题。

他一言，你一语。大伙儿越说越激动，说封母的辛苦疲惫，说孩子的教育成长，说封父的病情护理……

犯了众怒，激了民愤，封某不傻，自知理亏。他脸上白一阵，红一阵，如坐针毡。

现场会很成功，效果非常明显。封某当场表态要改变心态，体谅父母，担起责任，为女儿放好样子。

帮人帮到底，治病要除根。为了治好封某意志消沉后养成的懒病，刘婵动开了脑筋，开出了两剂良药。

一是邀请封某参加义务巡逻队，进行跟踪教育；二是介绍他在交通岗亭当一名协管员，使他逐步走上人生正轨。从此，刘婵下社区时，总要到封母家坐一坐，问问近况，跟踪服务。

半年后，封某下班途中，见到抢包贼作案，他与另外两位市民合力制服犯罪嫌疑人。刘婵得知后，将他们的事迹及时整理上报，受到亭湖区见义勇为基金会的表彰。

这下，刘婵放心了。不久，当刘婵把封某获奖证书和奖金送上门时，封母流泪了……

（四）

每天走进群众、贴近群众、帮助群众，老百姓与刘婵越来越亲。她，大刀阔斧地开展工作，朝气蓬勃，秉公执法，无私无畏。

曾经，刘婵一个月收到群众三封感谢信，其中一封信还被张贴在派出所的大门口。

这既让刘婵惊讶，也让她羞赧，更让她有动力和信心，只要捧出一颗真心交给父老乡亲们，就会收获警民同心的美丽春天。

这三封感谢信是三个不同的故事，也是三种不同的处理方法，取得了政治效果、法律效果、社会效果的有机统一。

第一封感谢信中的故事：

一天上午，某公司汪经理报警称“有几个山西人闯进他的办公室砸坏了茶几，还在闹事”！

“有这事？”

接警后，刘婵带着两名辅警赶到现场——看到双方涨红了脸，剑拔弩张，吹胡子瞪眼。

汪经理见到“救星”来了，告状词一串又一串。他痛斥这个山西胡科长太过分了，必须让他当着民警的面赔礼道歉，还要赔偿被损坏的茶几、茶具等等。

而胡科长等人则一脸不屑，催促汪经理赶紧把10吨煤炭货款结清。否则，他们就驻扎在这里，不走了。

汪经理是本地人，很自信，毕竟强龙不压地头蛇。他以为与派出所民警熟悉，企业拖欠货款总有各种各样的理由和原因，估计民警会偏向他。

胡科长是外地人，很没底，带着大大的问号。人生地不熟能得到公平处理吗?

听完双方陈述，刘婵明白原委了。此事说白了，就是汪经理公司拖欠货款，对方上门讨债发生争执。

刘婵冷静地分析，她在想："如果简单处置，让他们走诉讼程序，矛盾没有及时解决，就像埋着炸弹随时爆炸。"

想到这，刘婵一不做、二不休，当场义正词严地对汪经理指出："必须尽快结算货款，这事关企业信用和企业形象，否则声名狼藉难以生存。长期恶意拖欠，还要承担法律责任。"

"啥？看来这女民警说话凭良心？"双方听了，都愣住了。

被刘婵抓住了问题要害，汪经理态度转变了，主动与那个山西胡科长商量分期付款，达成共识。胡科长当场表态，买张新茶几和茶具赔偿。

一个月后，让刘婵没有想的是，胡科长风尘仆仆地从山西赶过来感谢她。

他把红彤彤的感谢信捧着交给刘婵，说："没有想到，异乡遇好人啊……"

第二封感谢信中的故事：

87岁高龄的乔奶奶一生未育，十几年前老伴去世后，脾气逐渐变得古怪，而且疑神疑鬼，惹下了麻烦。

这天，她与住在轮船公司平房宿舍的邻居杨奶奶杠上了。

她指桑骂槐地说，有人偷了她家的米和油。

杨奶奶听了后，心里不舒服，忍不住与她发生争执。

口角升级。双方在拉拉扯扯的过程中，乔奶奶突然跌倒在地。

这一跌，闯祸了！乔奶奶的尾骨跌伤了。

乔奶奶跌伤前，刘婵曾多次走进她家，帮她晒棉被、刷碗筷，打扫卫生。

周围群众见了，开玩笑地问刘婵："你不怕她脏吗？"

刘婵淡然一笑，说："谁都会老，照顾老人，怕啥？"

不仅如此，她还拜托谁家有好饭菜捎一口给老人家，陆续带动大伙儿一起关心年迈的乔奶奶。

突然出了这档子事，周围邻居一溜烟地跑来找刘婵处理。

杨奶奶见闯祸，慌了神，锁了门，走了人。避祸！

乔奶奶受了伤，疼得直叫唤。痛苦！

"这事确实棘手，怎么办？"

为了减轻乔奶奶的痛苦，刘婵发动邻居帮忙，把她送到医院救治。同时，联系了乔奶奶丈夫单位和社区干部共同商议此事。

这样一来，人多力量大，形成了一股合力。

其实，闯了祸的杨奶奶虽然不见了踪影，但是心里还是高度关注事态发展的。主要原因是——

她女儿正在谈恋爱，毛脚女婿是位教师。她听说，乔奶奶泰州娘家人不好惹，暗想，如果不出面尽快处理好，万一其娘家人到女儿单位去闹事，女儿这门亲事指不定就会黄了。毕竟，谁家愿意和爱打架的人家结亲啊？女儿已经 29 岁了，婚姻是终身大事，耽误不得！

刘婵从现场调查中获取的证据看，双方责任各一半。

解铃还须系铃人。乔奶奶受伤，虽是意外事件，但杨奶奶不现身如何是好？

刘婵想了想，都是街坊邻居应该相互有联系。于是，她郑重地请周围邻居“传话”，让杨奶奶放下思想包袱，赶紧现身，妥善处理此事。否则，会很“麻烦”的。

躲在外面的杨奶奶每天度日如年。她听邻居说，社区民警刘婵和同事如何细致调查，如何为老人救治操心，还有社区干部和群众都关注着这件事，她心里更加吃不准了。虽然悔不当初，可她拉不下老脸。

世上没有不透风的墙。意外转折出现了，也是刘婵意料之中的转折——

第二天傍晚，杨奶奶的女儿与当教师的毛脚女婿听说了这件事，主动出面找到了刘婵。

他们在刘婵的牵头下，买了一些水果一起去看望乔奶奶。

俗话说，万事开头难。此头一开，接下来的事情就好办多了。

刘婵拉着杨奶奶也来了。

杨奶奶赔着笑脸，和女儿为乔奶奶擦洗身子，安排家人每天轮着看望照顾她。

伸手不打笑脸人。况且邻里之间，本无深仇大恨。乔奶奶看在眼里，气也顺了，很快取得谅解，并达成调解协议。

过了半个月，乔奶奶娘家侄子来盐城出差，登门看望姑妈。他听说了事情的前因后果，并从老人口中得知刘婵一直在照顾他的姑妈。于是，他认认真真地写了一封感谢信，恭恭敬敬地贴到了派出所门口……

第三封感谢信中的故事：

那一天，华通公司传出一个新闻——行政科收水电费的老赵挨揍了。

奇怪了！光天化日之下，是哪位大好佬敢动手打人？

有，真有，一般人惹不起。打老赵的人姓朱，华通公司职工，为人彪悍，行事独特，平日里没人敢招惹他。

至于打人的起因，说来并不复杂——

老赵抄表时，随口质疑了两句："你家有三口人，水电费太低了，不合常理啊。"

"少吗？"

"不对头呀！"

话不投机半句多。朱某勃然大怒，毫无征兆地抡起了拳头，"咚咚"几下打得老赵眼冒金星。

住院。检查。脑震荡。七七八八，花去了三千多块。

"天塌了，呜呜呜……"丈夫是家中顶梁柱，干工作被打得倒下了，老赵妻子哭哭啼啼地找公司领导做主。

公司保卫科长头大了，第一个想到了刘婵，赶紧联系请她速来"救场子"。

华通公司总经理办公室，刘婵板着脸。

"刘干事，辛苦你了！你看这个事怎么处理好？"总经理边客气地寒暄，边试探刘婵的口风。

"朱某这个刺头，您和公司怕他吗？"刘婵反问了一句。

这一问，是刘婵的激将法。因为刘婵在来的路上可没闲着，她在分析案情，考虑怎么破局？

"公司怎么会怕一个工人？"总经理自信地说。

"好，我们成立'专班'来处理这起涉及水电问题，要请行政科和保卫科派人参加，怎么样？"

"行，没问题。"

……

刘婵"吆喝"出专门力量来办，还要整出动静，其目的就是要在阳光下办案。

当天，"专班"人员行动，围绕水电费问题刨根问底——

抄表之前这几个月，朱家几人居住生活、家电情况，排除了空关房、长期在外面等情况，证实了朱家在水电方面动了手脚。

刘婵认识到，这件事显然是做错事被戳穿，挟私报复打伤人。性质变了，必须认真处理，不能让歪风邪气占上风。

细致而快速完成证据收集之后，刘婵依法开具传唤证，传唤朱某必须四小时内到案。

当天上午，公司保卫科长带着朱某来到派出所。

刘婵冷眼瞥他一下，一句话不说，安排他先坐到讯问室。然后，刘婵请公司保卫科通知朱某的父亲，一起来处理此事。

朱某的父亲，是华通公司的退休工人。听公司领导说儿子打了人，还进了派出所，从兴化老家匆匆赶来。

见到闻讯而来的老人，刘婵向他通报了情况。朱某的父亲明白了，儿子这次闯大祸了，得先端正态度才行。

安排他们父子短暂碰面，白发父亲的焦虑满满地写在了脸上，朱某眼皮耷拉着。

对朱某审查，过程较为顺利。他如实地交待了经过。

朱某的父亲带着儿媳和孙子来到医院，三代人向老赵陪礼道歉，并主动赔偿各种合理费用。

刘婵还责成朱某将道歉书张贴在宿舍区门口，警醒他人遵纪守法，并赔偿水电费等，后对其依法处拘留 10 日。

浪子回头金不换。从那以后，朱某像换了一个人，改变恶习，努力工作。

公司干群更是反响强烈，说派出所治好了一个孬人。

老赵在外地工作的儿子听说此事，给刘婵寄来了感谢信。

虽说从警时间不长，但刘婵有着正确的从警观，她始终把人民高举过头。谁是老百姓的贴心人？群众看在眼里，记在心里。他们自然忘不了这开展工作崭露头角的“刘干事”。

三、逐梦十年图圆梦

梦想是无限美好的，有梦想就去追逐，没有梦想的人，灵魂是空虚的。无数人在实现梦想的道路上遭遇了无尽的荆棘，但是仍然朝着心中的梦想前进。不懈追求的刘婵，就是一位警营逐梦者。

（一）

改革的目的，就是为了更好地发展，公安机构改革也是如此。

1997 年 5 月，盐城公安机构改革在拂面春风中拉开序幕。

亭湖分局城西派出所和亭湖分局越河派出所合并为亭湖分局先锋派出所，首任所长陈根海、教导员周龙，来自市局交巡警部分转隶人员组成了一支新队伍。全所有 52 名民警，60 多名辅警。

不久，刘婵的工作职责由社区民警调整为派出所内勤。因此，她的办公室紧靠着所领导的办公室。

时任所领导班子搭得好，所长和教导员堪称一对黄金搭档。他们除了自身要求高外，还敢于动真碰硬，各种苗头隐患得到及时排除，渐渐磨合煅造出一支战斗力比较强的队伍。

“怎样把工作干好？怎样把队伍带好？”所领导每日谋划工作。

目睹他们的敬业精神和工作方法，刘婵把这些当成是非常难得的免费培训和学习。

那时，电脑办公尚未普及，大量的文字材料靠手写，动作必须要快才能完成繁重的工作任务。如山般的压力扑面而来，每天陀螺般运转，刘婵化工作压力为工作动力，高标准地做好工作，包括文字汇报、调研报告、报表汇总，还有新闻宣传、档案管理、内务卫生、每月考核等等。

“领导给我压担子，是在考验我和培养我。”面对挑战，迎难而上。刘婵虽然感觉累，但却累并快乐着。

日积月累中，刘婵将内勤工作干得有声有色。她通过不断的锻炼和积累，文字功底得到了逐步提高。她抓紧点滴时间采访撰稿，在省、市广播电台和《盐阜大众报》《盐城晚报》发表了一批新闻稿件，“战地黄花”的新闻稿件散发着清新的气息；她撰写的“中等专业学校犯罪问题”调研报告被分局主要领导批示后，有关部门开展了一系列针对性专项整治；她还经常受邀为辖区中小学讲授法制课，把深奥的法律知识通过鲜活的案例进行阐述，传授防范知识，为师生们精心烹制出一道道生鲜法制特色菜；她还发现挖掘出周龙秀等12位见义勇为人员事迹，牵头召开大会进行表彰，号召干群向先进人物学习，弘扬正气，转变风气。

此外，刘婵不断提升内勤工作质量，从偏冷处着手，开辟服务新天地。都说，档案工作枯燥乏味，一般情况下很难出成绩。她逆向思维，注重学习，从不起眼之处入手，亲自管理，拓展图片档案，注重开发利用，热心服务群众，不断总结提炼，相继在《档案建设》杂志及省厅、市局网站发表一批文章和信息。

2004年年底，市局组织派出所档案管理考核，先锋派出所在全市198个基层所（含边防所）中名列第一名，爆出了冷门。

懦弱的人只会裹足不前，只有勇敢的人才会大步流星。刘婵勤恳敬业，边干边学，学以致用，应了这么一句话——不下水，一辈子不会游泳；不扬帆，一辈子不会行船。

（二）

每年12月4日过政治生日，成了刘婵最幸福的事。她会重温党章，手抚党徽，回顾一年来的得与失，并开启加油键。

1998年12月4日，在鲜红的党旗下，刘婵举起右拳庄重地大声宣誓："我志愿加入中国共产党……"

经过组织考察批准，刘婵成为一名光荣的中共预备党员。

那一刻，她眼中涌动着激情，内心充满了豪情。加入党组织，一直是刘婵的心愿和梦想！

这个梦想，不是一蹴而就，是刘婵对党的认识逐步积累而成。

中学时代，刘婵看过一本翻得卷角的小说《红岩》。江姐为了党的革命事业，不惜抛头颅、洒热血，壮烈牺牲的事迹，曾几度让刘婵眼中噙满了泪水。根据《红岩》创作的歌曲《绣红旗》，影响了一代又一代青少年。刘婵对这首歌非常喜欢，也常在忙碌之余哼唱。

刘婵的伯父刘必胜、伯母张锡珍是入党多年的党员干部，他们将对党的深厚感情化为对事业的执着追求。从小到大，刘婵崇拜自己的伯父和伯母，时常与他们交流思想。耳濡目染下，对他们的人生追求有了更多的理解和钦佩。

在双元派出所工作期间，刘婵与张宏明等年轻民警在警营温暖的大家庭里，凝聚成积极向上的蓬勃力量。

2000 年 5 月 9 日，张宏明同志积劳成疾，年仅 35 岁因公殉职，牺牲在工作岗位上。

噩耗传来，刘婵无比悲痛，泪如泉涌。

……

英雄就在身边，榜样就在眼前！这些优秀党员就在刘婵的身边，每天在影响着她、教育着她、感动着她。

垂髫年纪，期望穿上警服是刘婵的第一个人生梦想。

如今，加入党组织是刘婵的第二个梦想。她一天天地迫切地向往着，能够戴上那枚红艳艳的党徽。

几番摸爬滚打，几度风霜雪雨，几重严峻考验。刘婵经过 10 年不懈追求，3 次书面申请，3650 个日日夜夜的朝思暮想，终于化为实现夙愿的灿烂画卷，她的心中更增添了无穷的力量。

从 1997 年底至 2007 年 3 月，刘婵在先锋派出所当了近 10 年的内勤，历经三任所长。她从不同的优秀“领头羊”身上，学到了不同的工作思路和方法，性格变得更加沉稳，对群众工作有了更深的感悟。

心中有梦想，脚下有力量。刘婵又有了第三个梦想——建功立业在警营，奉献自己的聪明才智，更好地为群众做实事！

（三）

2007 年 3 月，春暖花开。

刘婵迎来了新的工作岗位，她再次接受新的挑战。所领导研究决定，她担任先锋派出所声远路社区和城西村 1、2、11 组社区民警。

作为一名党员民警，刘婵愉快地服从组织决定。但谁都知道，这角色不容易，那里有许多难题横亘着……

辖区最远处，涉及盐都龙冈化肥二厂、鞍湖加油站等，这些单位人员户口挂在声远路社区，治安由当地公安机关管辖。城乡交叉，跨越宽阔的蟒蛇河，居民和村民混搭在同一区域，不同的户籍关系不同利益，还有工厂、门市、场所等，情况异常复杂。

“干，就要干好！”刘婵走马上任，下决心迎难而上。

一日之计在于晨，一年之计在于春。东方刚泛出鱼肚白，刘婵骑着电动车驰骋在春风里。她进社区、去乡村、访群众，双脚跑遍辖区每一处，以较快的时间打开了工作局面。

有一件关乎学生成长的故事，见证了刘婵为了孩子而“眼中进不得沙子”的工作作风——

离盐城市建筑工程学校不远有家小饭店，因为学生爱换口味，所以他们常来这里用餐。

这让不安分的店主动了歪心思，悄悄提供扑克牌供贪玩的学生“摸几把”。

如此一来，连吃带“彩头”，学生花费增加。有些学生生活费不够开支，就写下了一张张欠条。过些日子，一些家长被孩子喊来还债。欠条上分明写着是欠款，虽心里万分恼火，但却无可奈何。

纸终究包不住火。一些老师发现了不安定的苗头。

老师找到刘婵，反映了情况……

刘婵听了，很震惊，愣住了，脸色愈发难看。旋即，她拍案而起：“胆大得很，居然敢这么坑孩子？”

当夜，她在思考咋与店主过招取胜？

第二天中午时分，刘婵约上三位同事，带着法律书籍，开着警车突然停在小饭店门口。

一见警车停在小饭店门口，店里的学生饭菜没吃完撒腿就跑。

店主夫妻俩见了，脸色一变，赶紧迎了上来。

刘婵板着脸，四下看了看，当着几名客人的面诘问店主夫妇：“刚才那一拨子学生为什么匆忙溜走啊？”

“他们害怕，可能是……”刘婵这么一问，店主夫妇愈发紧张，丈夫吞吞吐吐地憋出一句。

“为什么我们到饭点来检查？”刘婵利剑般的眼光盯着心虚的店主夫妇。

他们的目光躲躲闪闪……

“饭店还能这么挣钱？看来，我要好好普法了。”说完，刘婵不慌不忙地拿出《治安管理处罚法》，翻到赌博处罚规定部分，当场组织夫妻俩开展学法教育。

学完后，让他们工工整整抄写好，将这部分内容贴在店堂墙上醒目处。

邪不压正。店主夫妇心虚理亏，在正气和正义面前灰溜溜地败下阵来。

刘婵严肃地说："从今天开始，我带队每日不定时检查，直到赌博绝迹。"

此后，刘婵连续跟踪10多天，防止反弹。

该店主，果真改邪归正。

千里之堤，毁于蚁穴。刘婵采用敲边鼓震慑，以及严看死守扼制赌博的方式，切断了引诱孩子违法犯罪的渠道，也守住了家长的血汗钱，将游走在违法钢丝绳上的摇摆人拽回到坚实的大地上。

这，只是刘婵在这里担任四个半月社区民警的一个工作画面。那段时间，正值集体换发第二代居民身份证。刘婵一切从头开始，打了一场漂亮的翻身仗，连续三个月考核居全所前列。

金杯，银杯，不及老百姓的口碑。刘婵在基层派出所19年，大胆开展工作，密切联系群众，把满腔热情倾注在党的公安事业上，在群众中取得了良好的口碑！

（四）

勇于负重前行，刘婵练就了一副宽肩膀。

2007年9月19日，经刘婵的第一位警师、时任亭湖分局负责信访工作的纪委副书记还红艳等领导向组织推荐，亭湖分局研究决定，刘婵从先锋派出所调动到分局纪委，主要从事信访工作。那时，她40岁，面临全新的业务和考验。

有人认为，信访工作只是哄哄信访人。

还有人认为，信访岗位艰苦复杂，没油水，难出成绩，难提拔，能干出啥名堂?

刘婵听了，笑了笑，摇了摇头。她认为："这个岗位非常富有挑战性和意义。如何接待信访人，怎样处理信访件？这些都需要较高的统筹协调能力和应急处理能力，智商、情商、逆商都要高。而自己，之前干的工作与这还有不少差异，要解决各种各样的诉求，我必须要扎下身子学习新业务。”

刘婵去市公安局信访处跟班学习，还向大丰、东台等地公安机关拜师取经。同时，她利用业余时间，先后认真研读了《阳光信访》《孙子兵法》《心理学》《演讲与口才》等书籍。

那时，刘婵刚走上信访岗位，人到中年万事忙。她家里接二连三地发生了不少大事——

父亲患上结肠癌，动了手术，体质较差，身体恢复慢；

之前患上淋巴癌的哥哥留下严重的后遗症，基本丧失劳动能力，经济十分窘迫；

那些年，她的六位直系亲属患上重病，可怕的癌症先后夺取母亲、公婆、丈夫的大姐等四位亲人的宝贵生命。

奔波在不同的医院，并在多张手术单上无奈签字，刘婵未被如山的压力击倒，她尽力做好每一项工作，也尽心照顾每一位亲人，生活的层层重压将她锻造得更加坚强。

坚守信访岗位 13 年，刘婵将信访窗口变成普法教育、心理疏导、人生引导、帮扶解困基地。接待 5300 多名信访人，通过办理信访案件依法处理 121 人、破案 150 起，为群众挽回经济损失 105 万元、上级交办 36 起案件全部化解，停访息诉率 100%。她撰写的《信访问题分类化解工作法》被省厅作为群众工作创新工程典型经验在全省公安机关推广，她受聘为盐城市处理疑难复杂信访问题专家库成员。

13 年的信访工作经历，让刘婵打开了一扇窗户，她看到了真实的社会百态，也看到了人性的真实面目，更看到了工作中的短板弱项。这扇窗户，也让她看到了信访工作的价值所在，人民公安的职责担当。

回顾自己取得的成绩，刘婵说：“正是家人无怨无悔的支持，才使我义无反顾地走到今天。也感谢我的爱人默默地支持我！”

说起刘婵的爱人和他们的爱情故事，那要回溯到1989年3月——

那时，刘婵在双元派出所工作，性格开朗的她与社区干部群众像一家人。

他们像家人一样关心着刘婵，为她着想张罗着终身大事。常有人询问：“刘干事，有对象了吗？”

新西居委会副主任周银是位热心人，她说：“邻居徐奶奶家儿子徐苏林在市工行工作，做事踏实，为人可靠，我看与你合适呢……”

工作不足一年的刘婵，听他这么说，羞红了脸，吃不准到底咋办？

此后，天天与社区干部打交道，刘婵忙得热火朝天，忘了这茬事。

那天上午，周银又提了这件事。

刘婵一看，不能再不表态了。

“先认识看看吧。”禁不住周银的反复劝说，刘婵答应见一见。

相互约好见面时间和地点，刘婵在周银的陪同下，顺着一条小巷子，步行走到中国工商银行盐城分行楼下，进入一楼营业厅。

一名中等身材，穿着西装，微卷发型，面带微笑的沉稳青年出现在刘婵眼前。

刘婵的心突突直跳，红着脸，瞄了徐苏林一眼，赶紧拉着周主任的手往回撤退。

“他在工作，不能随意打扰。”刘婵总是替别人着想。

这一瞥，彼此留下深刻的印象。当刘婵偶然看到徐苏林好几张获奖证书时，心中更添几分好感。他们交往10个多月，感情趋于稳定。

经过双方父母的点头许可，1990年1月，刘婵和徐苏林领取了结婚证，当年正月初六在盐城举办了简朴的婚礼。

第二天，小夫妻俩陪着父母参观新四军纪念馆，用红色文化缔结同心。

岁月悠悠，悠悠岁月。他们携手走过三十年，结下了深厚的夫妻感情。一路走来，他们共担风雨，共渡难关，相濡以沫，平凡中有感动，扶持中见真情。

信访工作，马虎不得。全身心投入工作，刘婵数次错过了家庭重要时刻，也留下了不少遗憾。

生活中，很多人扼腕长叹：子欲养而亲不待。

这句话表达的意思是：趁父母健在之际，抓紧时间去尽孝。出身贫寒之家的刘婵，更懂这个做人道理。可是——

2001 年 3 月，父亲刘必树 60 岁生日。家里邀请了亲戚朋友，摆了几桌家宴庆贺一下。

亭湖分局是省公安厅信访工作联络点，接到通知：省厅信访处领导这两天将赴盐城调研。

一边是尽孝，一边是职责，刘婵愧疚地给父亲捎去一句“福如东海，寿比南山”的美好祝福，委托家人表达贺寿之情。

刘必树老人知道女儿忙，不计较。但有一次，刘婵真的惹他生气了——

2008 年 8 月初，北京奥运会前夕，刘婵投入到安保工作中。

突然，一声晴天霹雳在耳边炸响：生活在滨海县陈涛镇的姨母，突遭车祸，抢救无效身亡。

刘婵悲伤不已，流着眼泪，心中暗想：“母亲已病故，为姨母吊唁，表达晚辈敬意是我的责任。”

但是，安保任务异常艰巨的节骨眼上，我该怎么办？

刘婵纠结之余，请弟弟刘卫代表她前去吊唁，自己坚守岗位。

“嘀铃铃”，电话响了。

刘婵一看，是老父亲的电话，接了。

“丫头，要通人情风俗，不要忘了亲情啊……”电话里，性格耿直的刘必树老人一顿数落，隔着电话都能闻见浓浓的火药味。

奥运安保进入战时状态，战士在战场上怎能临阵脱逃？

刘婵小心翼翼地解释道："全局上下都在岗在位，我不能请假……"

"啪！"

老人一听，非常生气，重重地挂了电话。

刘婵除了做好信访工作外，还承担着督察任务，并且是分局兼职审计民警。这个为了工作，忙得停不下来的人，似乎真的忘记了亲情——

2011年春天，大哥的女儿出嫁。那天是周四，周四是局长接待日。一般情况下，上级交办件和疑难案件，当事人会分批接待。这项工作主要由刘婵牵头对接，所以她提前安排家人到场，自己坚守阵地。

2012年，丈夫徐苏林受单位派遣到南通开发区工商银行工作。她因任务繁重，丈夫在南通两年，她竟然从未去看望过他。徐苏林理解她，每隔半个月自己打道回府。

儿子在苏州读书，在上海工作，刘婵也没有去看过一次。

这样的故事还有很多很多……

刘婵的亲情去哪了？留在了寻常百姓家。小小信访室，人生大舞台。刘婵在这里流汗，在这里担当，在这里奉献，在这里成长，在这里历练，在这里歌唱……

慢慢地，群众口中的"刘干事"逐渐被另外一个称呼"刘大姑"代替！

四、心底无私天地宽

生活的天空不仅是风和日丽，也有风霜雪雨。信访工作既要刚直不阿，还要善于在荆棘中行走，穿越迷雾，揭开真相。心怀坦荡的刘婵，使迷途的人走上正道，重新开启新的人生。

（一）

2012 年秋天，亭湖分局接连收到上级转办的信访案件。

这份打印的信访件，分量不轻！

信中称，邵某作为某单位负责人，被黑恶势力骨干成员孟某打成重伤。某派出所放纵犯罪，一直未公正处理，他们的家人准备近期一起去天安门前上访。

言之凿凿，硝烟弥漫。

同时，市委、市政府主要负责人，省政法委领导也收到了这些信访件。

刘婵眉头紧锁，暗自思量："投诉是否属实？如果不能及时有效处置，事态还会发酵。"

到底怎样处置才能稳妥？

刘婵认为，只有全面调查，还原真相，依法依规处理。

她再次主动请缨，牵头组织调查。

刘婵接访谈话，详细记录信访事项和诉求，了解并掌握了邵某的有关情况。

"我是通过竞聘走上中层管理岗位的，吃辛受苦严格管理得罪了一些小人，他们内外勾结，买通孟某算计我。那天早上，他居然在单位门口堵截我，出我洋相，要结算工程款，还打得我浑身是伤。又买通派出所拖案不办，不但未追究嫌疑人责任，连我用去的八万多元医药费至今没有说法。唉！人家都知道我欠下不少债务，儿子对象谈不成，谁家愿意将女儿送进债窟窿？"说着，邵某涨红了脸，目光喷出火焰。

凭事实说话，靠证据办案！伤情到底有多重？究竟如何形成的？

刘婵分析信访人的谈话记录，认为疑点重重，迷雾重重，必须通过扎实细致的调查来解开谜团——

谈话中，邵某声称：是在单位门口处被孟某拳打脚踢致腰部受伤。

刘婵调阅派出所卷宗，一页一页详细研究：市、区两级法医均鉴定其腰伤为陈旧性伤，且案发时未受新伤。因要债引发纠纷且情节轻微，符合调解情形，两次组织调解，邵某两次均因故临时失约。该所根据调查事实，对孟某治安处罚结案。依据法律规定，邵某医疗费用等应通过诉讼途径解决。而他没有起诉对方，却写了一沓沓信访材料，到处寄发。

邵某的伤情到底是新伤还是陈旧性伤？这是一个非常重要的关键点！

几经周折，刘婵找到了邵某多年前一起工作的同事。

有人反映：18年前，邵某进入单位不久，爬电线杆施工过程中，不慎摔下，腰部受伤。

可是，邵某依然坚称：腰部就是孟某殴打所致，时常疼痛，无比痛苦。

是非黑白，不能凭嘴说，必须让证据来说话，让科学来解答！

刘婵商请上级公安机关信访部门协调伤情鉴定。随后，她带着邵某来到省公安厅再次鉴定，依法告知鉴定意见为陈旧性伤。

邵某铁青着脸，一言不发……

那么，孟某及其所在单位是否长期涉黑涉恶？他与邵某之间是雇凶伤人，还是纠纷所致？

刘婵商请建湖公安局调查该公司。

调查结论为：法人政治清白，业绩突出，公司合法经营，信誉良好。特别是其施工的亮化国道项目，受到盐城市城管局领导高度评价。当地公安机关也从未接到群众反映该公司涉嫌违法犯罪的报警线索。

接着，刘婵又到孟某原籍地和现住址走访调查。

当地干群反映：孟某为人忠厚，做事踏实。两年前应聘到这家公司工作，深受大家好评。因为债务人单位在亭湖区，与孟某居住地不远，公司安排他近期工作以向邵某单位结清工程款为主。因此，他与邵某之间发生的行为，是履行职务行为过程中发生的纠纷。

经过警务平台查询：孟某没有前科劣迹，也排除了公司涉黑涉恶的嫌疑。

至此，基本认定邵某是恶人先告状。但邵某口口声声说，医治伤情花了八万多元，无人出面处理，承受巨大的压力，受尽他人非议。

医院怎样救治的，费用总共有多少？刘婵来到为邵某治疗的医院调取费用清单，向医护人员和护工了解情况。

意外获知：在医生明确告知陈旧性伤病，无需住院回家静养时，邵某与医生发生争执，强占病房赖着不走，除夕夜才在医院多次督促下出院。期间因病情较轻，无需请护工，费用清单显示总共开支 9000 多元。他每天泡在病房，不停打电话，策划弄出动静来，企图将其所在单位拖欠的 28 万元工程款一笔勾销。

其实，28 万元的工程款早就过了结算期。原因是即将结算的时候，适逢区划调整，邵某所在单位的主管局从射阳县划入亭湖区。两个主管局，都认为应该由对方结算工程款，始终未能形成共识。

这笔工程款怎么办？调查过程中，刘婵两次来到邵某所在主管单位沟通情况，商请领导出面稳妥解决拖欠工程款问题。

很快，法制部门案件评查结论也出来了：事实清楚，证据确凿，处罚适当，程序合法。对因邵某拒不到场，无法调处医疗费用等问题，建议其依法通过诉讼途径解决诉求。

这份执法体检书，印证了办案人员付出的心血和汗水，以及承受的诘难和压力。

正当刘婵等人紧锣密鼓多方调查时，邵某也在四处奔波着……

他不但找了在某党政机关基层执法的姐夫作为“军师”，还联系了一位学校老师为他“仗义执言”。一些亲朋好友听信他的一面之词，都感到愤愤不平，一定要扳回战局，讨个“公平、公正”的说法。

邵某铁定决心，要让公安机关付出沉重的代价。同时，他自信那笔28万元的工程款也会一拖了之。

哼，谁让这些“黑心公司雇凶手”光天化日之下，竟敢对一名中层干部“下毒手”呢？

刘婵将调查报告呈送局领导，又忙着准备召开信访案件听证会，地点就在邵某所在地镇政府会议室。

同时，刘婵等人准备了详细的答辩提纲，将对应证据一一进行标注，邀请了当地镇、村代表、法律工作者、新闻记者、人大代表、政协委员、警风警纪监督员等九名同志作为听证员。

当天，刘婵作为信访案件主要承办人通报围绕邵某诉求逐一开展调查情况。

富有戏剧性的是——

邵某带来的亲朋好友参加听证会，起初个个志在必得，气势很足。目睹听证过程中逐一出示的证据，支支吾吾，节节败退……

谎言被戳穿，真相大白天下。

大势已去，回天无力，邵某颜面尽失。他没有想到公安机关调查工作做得如此细致扎实，无懈可击，让他彻底露馅了，让他带来的亲友团无功而返！

不久，邵某因违反财经纪律被纪委查实。

从此，邵某安稳了……

（二）

都说，城市的发展离不开农民工的付出。

尤师傅是位农民工，一直跟着彭老板在市区某楼盘干活。虽然“晴天一身灰，雨天一身泥”，挣两个血汗钱养活着一家老小，但是平平安安的小日子却很幸福。

2016 年 6 月的一天傍晚，一场意外彻底打破了尤师傅平静的生活——

正在施工场地干活的尤师傅不慎从脚手架上摔下受伤。

住院期间，他花去六万多元医药费；后经司法鉴定：构成九级伤残；事情过去大半年了，他的腿部还是不太方便。

这一摔伤，对尤师傅伤害很大！

亭湖区人社部门根据伤者及家属的申请，对这起事故是否构成工伤及时开展调查。

调查发现：该楼盘由曾老板交给老梁承建，老梁转包给彭老板，尤师傅是在“三包”负责人手下干活时出事。

不就是经济赔偿吗？只要能赔到钱，啥话都好说，啥事都好办。毕竟，大家都很忙，手中都有事，谁有那么多的精力耗在上面？

虽然工伤认定意见书尚未出具，但是当事人都想尽快调解结案。文化程度不高的尤师傅没多想，他也不想打官司耗下去。

几方人员几轮抚慰谈判协商后，终于达成调解协议，真是皆大欢喜！

2017 年 1 月 16 日，在人社部门的见证下，甲方老梁、老彭和乙方老尤达成协议：除已垫付部分医疗费外，一次性支付 8.5 万元；支付方式为甲方在保险公司款项赔付到位后七日内乙方支付完毕，如一方违约，须向对方承担违约金 5 万元。

白纸黑字写好了，应该放心了。大家乐观估算，保险公司很快就会全额买单，从此就会高枕无忧。

同时，这起事故的处理效率和效果，一度让曾老板对“二包”“三包”负责人的办事能力和水平比较满意。

可是，泼冷水的事来了！

盐城某保险公司审核申报资料后认为：按照合同约定，尤师傅不构成九级伤残，只能赔付医药费，无法赔付伤残费。

意料之外，怎么办？

甲方老彭受老梁之托几次前往交涉无果，后投诉到盐城保监会。均认为必须按合同履行，对争议问题可启动重新鉴定伤残等级程序。另一份投保单在阜宁保险公司，对方答复盐城保险公司赔付到位后才能跟进赔付。

眼瞅着3月底还没个说法，尤师傅心急如焚，多次向相关人员交涉，获知赔付办理不顺畅，全家人更加恐慌。

在别人的指点下，尤师傅找到了亭湖区信访局，让政府出面解决自己的问题……

2007年4月8日，刘婵挂职亭湖区信访局副局长。

10日大清早，刘婵正在熟悉工作。忽然，一楼接访大厅传来吵嚷声，她下意识地抓起笔记本参与处置。

接访人员看刘婵走过来，向当事人打了个手势，让他们停止争吵，并向刘婵介绍事情的前因后果。

此刻，尤师傅带着家人和曾老板吵成“一锅粥”。因甲方老梁和老彭均称自己在外地出差，暂无法赶回盐城处理此事，曾老板根据住建局通知来到信访局协助处理此事。

终于见到“有抓手”的老板，尤师傅满心希望他痛快买单，先垫付全额赔偿款。他承诺只要保险赔偿款转到他的银行卡上，就会在第一时间全额返还曾老板。

曾老板坚决不肯代为赔偿，理由是承建合同约定：一旦出现安全事故，全部由施工方负责赔偿问题。

尤家人又气又急，一口咬定老尤就是做这幢楼盘的活才受伤致残，获利最多的大老板就该负起责任。

当曾老板试图驾驶奥迪汽车离开时，老尤的妻子瘫倒在汽车底下，双方僵持不下。

几位局领导都外出执行任务了，唯一在家的刘婵冲到了第一线。

她赶紧将绷着脸的当事人都劝进会议室，泡上热茶，认真记下他们的基本信息和反映的情况。

反复沟通和劝导，一直工作到中午时分。矛盾双方都认为自己没有过错，不愿作出一点让步，继续相互指责、较劲。

曾老板气得冲到马路上，大声向“110”报警称：汽车被人非法扣押。

东城派出所接警后，民警很快赶到现场。刘婵与派出所同志沟通后，讲明情况，继续做双方思想工作，效果还是不太明显。

曾老板拨通电话，与身在外地的老梁联系时大倒苦水，责怪他把事情办糟，害得他无缘无故汽车被扣。

老梁认为，保险公司赔偿款迟早会直接打到老尤银行卡上。那时，这么“蛮缠”的老尤怎么可能退出到手的钱，他极有可能获取双份收益，让甲方白花这冤枉钱，明确表示不同意老尤提出的代为垫付赔偿款方案。

……

天色已晚，天空渐渐下起了雨，丝丝寒风吹在脸上凉飕飕的。

刘婵站在雨中与堵住汽车的老尤夫妇再次沟通，请他们相信政府，一定会尽力帮助解决难题，不能淋坏了身子。

可老尤还是担心车子开走，真的没法拽住哪个老板买单了。

其实，死看硬守一夜的老尤思想压力挺大，这辆北京牌照的奥迪车一旦出现闪失，赔偿数额太大，他哪能承担得起？但是，为了赔偿金能够尽快到手，也只得硬着头皮盯着这“烫手山芋”。

经过信访局多次沟通联系，12 日下午 4 时，所涉单位和当事人被约到局会议室进行磋商。由于当事人彼此失去信任，一直谈到晚上 7 点，仍然无法达成一致共识。

时间一分一秒地往前走，夜幕再次降临，终于敲定了处理方案：老梁向曾老板借出 2 万元工程款押到民调中心，作为预付的赔偿金 . 甲方专人对接保险赔偿金，剩余不足的差额部分，由甲方相关人员平均分摊。以上全款 2 个月内全部到位，信访局落实专人跟踪督办。

当晚 9 点多钟，事情顺利解决。

在亭湖区信访局签订的这份补充协议，给几方人员都吃下了定心丸。

连续工作，极度疲劳，刘婵饿得胃部痉挛。但想到这是她在亭湖区信访局参与处理成功的第一起复杂案例，心中更多的是喜悦和安慰，她体会到做好群众工作的重要性，以及信访工作的责任感和使命感。

（三）

心中永远有人民，人民永远在心中。

这些年，刘婵为那些“迷途的羔羊”写过的一封封书信记载着岁月的沧桑，也留下一幕幕难忘的记忆，让她更加珍惜为民服务的美好时光。

20 岁的妮儿幸福地依偎在白发父母的身旁。显然，这是一张幸福感满满的“全家福”。

看着眼前的照片，刘婵不由得长长地舒出一口气，心里荡起阵阵涟漪。又有谁能想到，这个幸福家庭曾经陷入风雨飘摇的绝境？

妮儿出生在赣榆县的一户农村家庭，是个懂事乖巧的女孩。她从小就崇拜白衣天使南丁格尔，刻苦求学，跳出农门，考上了某医学专业学校。

想到独生女将来会成为救死扶伤的“白大褂”，老实巴交的老张夫妇做梦都会笑出声来。十里八乡的亲朋好友，谁不羡慕他们家？

一个电话，彻底让这家人偏离了正常的生活轨道——

2010年春节前夕的一天，刚上大一的妮儿放寒假回家与父母团聚，接到盐城女同学小陶的电话，称其离异多年的母亲出车祸住院，毫无经验的她无法招架，请求学医的妮儿帮助护理几天。

接电话后，善良的妮儿与父母匆匆道别，赶往盐城。

可是，谁也没有想到，此去竟是“黄鹤一去不复返”。

无法团圆的春节，他们担心女儿的安危，老张妻子急得病倒后住了院。

新年开学了，妮儿依然杳无音信。老张夫妇快急疯了，他们发动亲朋好友帮助查找，还是无果。

无奈之下，他们向赣榆县警方求助。

警方发现，2010年2月份的一天，妮儿在盐城某银行取款2000元，分析其可能陷入传销组织。

大字不识的老张体弱多病，为了尽快找回宝贝女儿，豁出一条老命，带着妻弟连夜赶到盐城。

走大街、串小巷，愁得满嘴生泡，累得喉咙嘶哑。又到盐城火车站附近连续寻找10来天，毫无进展。

想到自己风华正茂的妮儿没了，他们肝肠寸断，举步维艰，一路打听来到亭湖公安机关，向信访民警求助。

紧急行动，刻不容缓！

刘婵热情接待后，一边抚慰情绪，一边协调查找，又在多个工作微信群里发布信息：“从连云港赶来的家人寻找女大学生妮儿，请大家关注并转发”，附上妮儿父女资料和照片，期盼着奇迹尽快出现。

刘婵主动留下手机号码，并为他们妥善安排食宿。老张焦急的情绪得以舒缓。

妮儿的情形不符合技术侦查条件，寻人工作进展艰难。

然而，妮儿的母亲思虑成疾，病情加重，老张和妻弟无奈返回赣榆。

刘婵没有放弃。她一边与他们保持热线联系，一边力争用亲情感化妮儿，不断用手机向其发送母亲病重的消息，并附上多张老张夫妇憔悴不堪的图片，反复叮嘱只要她回到家中，家人不会责怪。同时告知她，已协调学校保留其学籍，期待花好月圆的时刻早些到来。

无尽的忧虑，每时每刻都在折磨着老张夫妇，让他们痛不欲生，刘婵的心始终牵挂着，持续与多部门联系，与多警种对接，寻找突破口。

千呼万唤始出来，铁树开花清香逸。2010 年 4 月 8 日深夜，妮儿终于被民警找到。

老张夫妇见到失联已久的女儿，激动得热泪长流，立即向刘婵致电表示感谢。电话那头，传来的是阵阵哽咽声……

那是欣喜的泪水，那是感激的泪水，那是百感交集的泪水。

一轮明月高悬天穹。仰望遥远的星空，刘婵彻夜无眠。每当看到群众那一张张笑脸，她的心里就像吃了蜜，甜美而醇厚，幸福而悠长。

安全返回家中的妮儿在刘婵的苦心教育和规劝下，幡然醒悟。

不久，刘婵收到妮儿寄来的快递，信中称："敬爱的刘大姑，您好！虽然我们没有见过面，但是我能感觉得到您是一位善良热心肠的人。从我回家之后您还不忘打电话与我谈心，着实让我感动，感谢您对我的挂念。明年我就要实习了，我学的是护理专业，我一定好好珍惜上学的机会，好好努力。"

信封里还有一张封塑的"全家福"照片，慈爱的父母和娇柔的女儿幸福地依偎在一起。

情深深，爱切切，风雨过后见彩虹！想到几百里外的普通农家又恢复了宁静，重新过上幸福的生活，刘婵心中的"大石头"终于卸下。

为了引导妮儿珍惜亲情和前途，刘婵向她掏出了肺腑之言："手捧你的来信，读了一遍又一遍，看到全家福照片中的你，是那样年轻美丽，充满活力，这样美妙的年龄正是增强本领、提升素质的黄金岁月。我希望在以后的日子里，你能睁开智慧的双眼去识别周围的一切，走好未来的人生之路，打拼出属于自己的天地。”

面对着远方的妮儿，刘婵在心底默默诉说：“作为未曾谋面的长辈，我要告诉你，任何时候成功都不是一件容易的事情，都要经过艰难险阻、千回百转、持之以恒和漫长积累。盼你从此更加懂事明理，更加孝顺父母，更加自立自强，更加勤奋努力，做内心安静，性格阳光，眼界宽广，富有内涵和底蕴的人，成就一番事业，为社会作出积极贡献。”

其实，受害的何止妮儿，还有一起案例与其相似。

徐州市丰县欢口镇的老杨夫妇远赴新疆打工多年，用勤劳的双手将儿子养育成人。眼瞅着日子越过越好，他们信心百倍，在异乡继续努力打拼，憧憬着迎娶儿媳妇、安度晚年的幸福时光。但一年前，平静的日子被彻底打破——

2016 年春节后，从青岛大学毕业的长子杨登登只身来到常熟太阳能设备厂工作。他多次致电万里之外的父母，告知单位组织培训学习等，需要缴纳不菲的费用。

年已半百的老杨夫妇为了儿子的美好前程，将省吃俭用的 6.5 万元血汗钱汇到杨登登的卡号上。他们千叮咛万嘱托，让儿子安心工作和学习，不要惦记家里的事，争取干出成绩来，早点带回女朋友给家人看看。

杨登登与父母视频时拍着胸脯，信誓旦旦保证：一定会干出一番事业来，绝对会让家人放心和满意。

老杨夫妇翘首相盼传佳音，然而等来的却是一声晴天霹雳。

2016 年中秋节后，杨登登毫无征兆地手机不通，从此杳无音信。

人去哪了？老杨夫妇担心儿子的安危，辞去新疆的工作，火速赶往常熟寻找爱子的下落。

无法团圆的春节异常孤寂，老杨的爱人整天以泪洗面。夫妇俩顶着寒风，咬牙坚持，多方走访打听。

听说儿子来到盐城做生意了，带着唯一的希望，他们匆匆来到盐城。

在一个举目无亲的陌生地方，要想尽快找到杨登登谈何容易？

老杨夫妇走大街、串小巷，逢人就问，到处打听，累得喉咙嘶哑，愁得满嘴生泡，又到盐城火车站附近连续寻找十来天，依旧毫无进展。

2017 年 2 月 4 日，亭湖分局信访接待中心接待了老杨夫妇。这一下，事情有了转机——

刘婵一边安抚老杨夫妇情绪，一边向局领导报告。

亭湖分局高度重视。时任副区长、公安局局长王健立即指示，落实治安大队牵头查找。

茫茫人海，大海捞针，寻人工作艰难进行着。

2 月 8 日下午，老杨夫妇再次来访。

刘婵对寻人工作跟踪督办，协调相关部门继续拓展工作。她还在多个微信群发布“老杨夫妇万里寻亲，找儿子杨登登，请大家关注并转发”信息，附上老杨和杨登登的相关资料和照片。同时，还留下自己的手机号码给老杨，告知采集血样的有关程序，方便及时联络，宽慰疲惫不堪的心灵，使群众焦急的情绪得到舒缓。

经过连续 10 多天的持续寻找，大海里捞出了一根针。

2 月 16 日凌晨，民警在亭湖区航运东村某出租屋内找到杨登登。现场查获 7 名疑似传销人员，移交文峰派出所进行核查。

接到刘婵电话通知后，老杨夫妇终于见到了失联已久的儿子，热泪长流。

登上返家客车前夕，老杨夫妇向“刘大姑”致电表示感谢。

刘婵多次通过长途电话对杨登登进行教育疏导，专门写信引导其积极向上，珍惜亲情和幸福。

安全返回家中的杨登登在“刘大姑”的苦心教育和规劝下，幡然醒悟，表示此后一定走正道，再也不做伤害家人感情的事。

看到儿子重新振作，老杨夫妇惊喜万分。

2017年2月27日，他们代表全家人向“刘大姑”寄来了感谢信和封塑后的“全家福”照片。

两封信、两张“全家福”的故事，纸短情长，承载着刘婵的万丈柔情，像这样朴实无华的暖心故事在她身上还有很多很多。面对群众的难事，她常捧出一颗真心，感同身受，直到难题彻底解决。

信访工作，来不得半点敷衍马虎，靠的就是“认真”二字。否则，无法向群众交代，就会失去群众的信任。

五、手握密钥解铁锁

多和群众握手，多听群众呼声，多帮群众解忧，用心灵的熨斗温暖百姓的心。执法为民的刘婵，用心灵的熨斗当着做好群众工作的密钥，把群众的心焐热了，坚冰也会融化。

（一）

同一个“礼”字，写法一样，表达的意义未必一样。

2016年11月4日，刘婵被盐城市委宣传部授予盐城市“时代先锋”荣誉称号。连日来，从不收礼的刘大姑收到了不少群众发自肺腑的祝贺，还有这样几件特殊礼物……

刘婵感动地说：“这些礼物，是百姓们把我当成了自己人。”

其实，每一件礼物背后，都是一件件正能量满满的暖心故事。

淳朴的人民群众是这样祝贺刘婵，并表达她们自己感情的——

11月18日，刘婵收到一幅书法作品“时代先锋”。作品创作者，是江苏省的一位书画家。那么，他为什么要送刘婵这幅书法作品呢？事情的原因是这样的——

他的内侄女童年丧母，因思念母亲，平日里她都不会笑了。70 多岁的外公外婆年老体弱，辛苦地拉扯着她，整天担忧她的性格和未来。

2016 年年初，刘婵偶然获知这个女孩的情况。

同情之余，她决心帮助这个家庭，并联动滨海县公安局民警张珍巧共同当女孩的“警察妈妈”。

女孩很快融进“张妈妈”家，与她的女儿梁斯睿结成好姐妹。她们一起学习文化、书法、音乐，提高综合素质能力，一起去看大丰荷兰花海，欣赏大自然美景；一起去野外拓展训练，放松愉悦心情，姐妹俩好得分不开。

刘婵很忙，但时常挤出时间登门看望老人，时常用电话和女孩情感交流。从此，女孩不再冷漠，性格阳光，心里亮堂，学习进步，甜美的笑容增多了。

老人和女孩常常念叨为他们牵线搭桥的“刘大姑”，当他们从报纸上见到“刘大姑”获评“时代先锋”称号报道后，非常高兴。

书法家有感而发，精心创作了“时代先锋”书法作品，表达由衷的敬意，他说：“没想到，侄女有了两位警察妈妈！”

从电视新闻中获知，刘婵获得“时代先锋”称号后，亭湖区新兴镇居民老王夫妇立即发来短信，表示衷心的祝贺，并祝愿她“在今后维护老百姓合法权益的工作中再立新功”！

2012 年年前，老王夫妇因邻里纠纷等问题到亭湖分局上访，从此与刘大姑相识结缘。

从报纸上看到刘婵荣获新的荣誉，陈女士感慨地在微信里写下“刘大姑是盐城公检法司的名片楷模”，连同报纸的截图一起发送到朋友圈。

凡事皆有因。陈女士因信访而与刘婵结识，相处五年来结下深厚的感情。有一次，看到刘大姑辛苦操劳，嘴唇干裂，她心疼不已，送来了润唇膏。后来，她家添了个大胖孙子，就来到信访室送上孩子的照片，告诉刘大姑："现在全家人过得很幸福。"

看到刘婵获得"时代先锋"称号这篇报道后，老胡致信"刘大姑"寻求帮助。求助的原因是：2015 年 11 月初，亭湖区黄尖镇林场老胡等居民因借贷纠纷当事人失联等问题纠结不已。

刘婵第一时间走访咨询，对受害人耐心沟通，详细讲解，联系对接有关部门，复杂的纠纷及时进入诉讼途径进行解决。

2017 年上班第一天，刘婵收到老胡代表乡亲们写来的贺信，信封上是"刘婵刘大姑收"，书信称"刘大姑全家好"。这封朴素无华的来信，承载着老百姓的充分信任和理解。

……

寒冬腊月，这一份份真情来得格外温暖、温馨。

人民群众给予公安机关的认可，就在这平凡的点点滴滴之间，"人民在我心中"融于心灵深处，牵挂着民生事、民生计、民之忧、民之难，刘大姑把担当和责任稳稳地扛在肩上并坚定前行。

（二）

"刘大姑，我添了个小外孙，给您报喜来了！"

2016 年 10 月 15 日晚上，正在家中休息的刘婵家来了一位客人。这位客人，是她相处 10 多年的老友田大姐，并且带来了 13 枚幸福的喜蛋。

接过喜蛋，刘婵开心不已，笑呵呵地说："女儿结婚生子，也算是了却你最大的心愿啊！"

"是的，是的，确实了却我最大的心愿。"田大姐不但连声点头，而且兴奋地掏出手机，给刘婵看她小外孙的照片。

看着她高兴的样子，刘婵更高兴。

10 多年前，田大姐和丈夫离婚。正上初中的女儿因家庭变故，性格变得很叛逆，成为街坊邻居口中的“问题少女”。

当时，还在派出所工作的刘婵在走访中听说此事，便记在了心里。

她主动找到田大姐了解情况，田大姐流露出自己无力管教女儿、对未来心灰意冷的悲观情绪。

刘婵决定，帮助这对母女打开心结。从此，她成了田大姐家中的常客，还成为了她女儿小丽的知心朋友。

在刘婵的引导下，母女矛盾渐渐地消失，小丽也在刘婵的鼓励下走上了正道。

当天晚上，刘婵和田大姐聊得很欢，仿佛有永远讲不完的话、叙不完的情，一直聊到次日的凌晨。

命运多舛的田大姐遇到了好人刘婵，她的命运得以逆转。但是还有一个女人，她在生命之途中也邂逅了刘婵——

来自阜宁县农村的汤建华，真是个苦命的女人。

她嫁到市区后不久，丈夫便患上重病离世，留下他们母子无依无靠。

她的丈夫户口注销了，而她和孩子还要在市区继续生活。按当时的政策，户口注销无申请人资格，汤建华将面临带着孩子返回阜宁县农村的窘境。

“回老家？不行，孩子将来怎么办？”经过一番激烈的思想斗争，汤建华无奈之下，跑到了派出所找到了刘婵，讲述了她的这段心酸事。

“这样的家庭得不到帮助，就会失去生活的信心和勇气！”刘婵推己及人。

她多方奔走协调，多次请示汇报。最终，汤建华丈夫的原单位出面申请，帮汤建华把农村户口迁到了市区。

解决了汤建华家的户口问题，按理说刘婵公私已关心到位，但是她又犯愁了。

“如何帮助这对母子解决生计问题？”刘婵的“老毛病”又犯了，她考虑既要治标又要治本。

刘婵马不停蹄。她帮助汤建华申领了低保，还隔三差五上门给她家送点生活品，更为关键的是帮助汤建华学习了一门缝纫手艺。

岁月如梭，光阴似箭。汤建华凭借着勤劳的双手，将儿子小赵拉扯大，而刘婵也成了他们家的一员。

时至今日，刘婵与汤建华早已情同姐妹。每次刘婵到他们家去走动时，小赵都会亲切地喊她一声“刘妈妈”。

2018 年夏天，汤建华寻思着送一件礼物给刘婵。

“贵重了，肯定不收。送什么好呢？”她想了半天，终于想好了。

考虑到刘婵一年四季总是骑着电动车走街串巷，汤建华便计划着在冬天来临前织条毛裤送给她穿。

10 月 20 日，秋天来了。汤建华送来了毛裤，对刘婵说：“有了这件拥警毛裤，这个冬天就是‘暖冬’。”

为孤儿寡母重燃生活的希望，让他们过好日子走好人生路，在刘婵身上像这样的故事还有很多很多。这个冬天，必然是“暖冬”。因为还有什么比群众的关心更温暖人心呢？这应该就是刘婵的幸福来源，也是她奋斗的不竭动力吧！

（三）

五福，是指长寿、富贵、康宁、好德、善终。五“福”临门，是人民群众对心目中好人的美好祝福。

熟悉刘婵的人都知道，她的微信图像是不同风格的五“福”。

说来话长，那是前年春节前夕，盐城幼儿高等师范专科学校仇培九教授寄来的贺词：五福临门迎新年，警民情深春意浓。

该校 17 岁的学生小敏，父亲不幸病故，母亲体弱患病。

获知女孩困境后，刘婵立即联系结对帮扶。

在刘婵等人的关爱下，女孩成长为多才多艺的优秀师范生。

闲暇时光，刘婵为该校部分老师创建“艺术人生创意室”微信群，探讨摄影、书法、文学等知识，提高生活品位，提升精神追求，畅叙精彩人生。不久，群里喜讯不断——

杨芳老师加入省摄影家协会、喜获市“关心下一代传承好家风”最佳征文奖；

仇培九教授多幅书法作品在全国书画创作大赛获奖；

刘婵加入江苏省公安作家协会和盐城市作家协会、当选“中国好人”。

……

当仇培九教授回到家乡阜宁县板湖镇孔荡村，看到灾后恢复较好，听当地人说起刘婵抗灾的故事，他挥毫泼墨，为刘婵写了四句话：“从警生涯数十载，悉心为民如一日。满面春风解难题，众口皆碑好大姑。”另外，还有五个红彤彤的“福”字。

这些年，彭奶奶的几袋玉米糕、“唠叨大妈”孙子的照片、杨师傅一整车的喜蛋、村民自种的西瓜和玉米，每样礼物都无比珍贵，承载着厚重的情谊。

真诚对待信访群众、热心帮助困难乡亲，刘婵得了个响当当的外号“刘大姑”。“刘大姑”，这是许多群众对刘婵的昵称。那声亲切的“刘大姑”拨动着刘婵的心弦，让她久久回味那难忘的时光和奋进的岁月。而她的花白头发，总会让人觉得温暖而贴心，成了她的标志和造型。

（四）

金山银山，比不上绿水青山。

公安民警和信访干部的双重角色，让刘婵有机会深入到亭湖区黄尖镇洋尖村八组和涵洞村六组。

洋尖村是亭湖区农业大村，地势低洼，连年的雨水冲进八组河道，长期未得到疏浚。久而久之，一千多米长的河道渐渐成为废道。

环境差了，这条干涸的福河是65户村民的心头之痛。如遇涝灾，泄洪闭塞；如遇旱灾，水流不畅；如遇火灾，水源不保。

这条河，困扰了村民20多年，大家都盼望今年夏季暴雨来临前河道能得到疏浚治理。河水欢唱，碧波荡漾，灌溉庄稼，一直是村民们的心愿和梦想。

73岁的老党员朱爷爷和乡亲们知道这项工程有多难办，因为之前多次努力都没有结果。如今，杂草遍地，荒芜不堪，眼瞅着河道现状，他们忧心不已。这道难题就一直横亘在他们的心头！

全省干部大走访。2017年4月份，因刘婵帮助过洋尖村特困女生小游，所以村民们都知道热心肠"刘大姑"。

端午节那天，刘婵正在家中休息，接到8组组长郭立奇电话，代表村民反映闹心的河道和大伙的期盼。

刘婵当即答应抓紧时间到实地查看，并拿出解决方案。

次日，刘婵向亭湖区信访局领导报告此事，得到高度重视和大力支持。

顶着炎炎热日，刘婵与信访干部再次来到洋尖村8组，和村干部一起察看河道。

她拉着年迈老人粗糙的大手，坐在一条板凳上；她将群众的话记在大走访笔记上，面对面商议解决的方案；她给每个人都双手送上党群联系卡……

看到目光坚定、性格爽快的刘婵，乡亲们心里有了盼头——看来，这花白头发的"刘大姑"做事有戏！

河道疏浚涉及测量预算、立项审批、筹集资金、施工监理、竣工验收多道工序，不是那么简单！如何尽快筹集上万元施工资金成了最关键问题。

怎样操作才稳妥可行呢？刘婵一直在考虑修河行动中的每一个环节，想着如何尽力去为父老乡亲们快点儿办成实事。

2017 年 5 月份，刘婵参加亭湖区政府大走访推进会。黄尖镇党委书记陈志洲交流发言中提及刘婵写的《大走访手记》引起有关部门的关注，已印发镇各党支部，要求全镇党员干部组织学习。

刘婵的这些做法都很平常很普通，为群众付出的真心真情和一举一动产生较好的社会反响，正能量就这样在快速传播着，并且不断与相知相识的知音发生碰撞，激发出干事创业的火花！

散会后，刘婵趁热打铁盯上陈书记，向他汇报河道现状和疏浚设想，主动提出自己适当捐款，帮助村民办成此事。

陈书记诚恳地说："这几天，我也到洋尖村看了，你常为群众做好事，花了不少钱，修河这件事由镇里想办法，谢谢你关心这件事。"

那一刻，一席话语，一份承诺，力量在传递，信心在传递，责任在传递；那一刻，刘婵的内心感到十分温暖，也十分踏实。

有了地方党委给出的定心丸，刘婵放心了。她一鼓作气，主动作为，提速推进，组织技术员到现场测算工程量，搞好预算，对接村干部通过议标程序挑选有资质施工单位，联系 3 名镇领导接力关注进展情况。

巨大的挖土机在隆隆声中开进现场。村民们一圈一圈地围着它，脸上流露出的是惊喜。

这一天，盼了那么久；这一刻，终于来临了！

看到身穿警服的刘婵出现在施工现场，站在高高的挖土机前，大声对操作师傅和监理人员提出明确要求，认真督办施工质量和进度，许多人露出灿烂的笑脸，挽住"刘大姑"的胳膊，纷纷竖起了大拇指。

由于前期准备充分，组织周密，经过连续三天连轴转，工人们挖出 3500 立方米泥浆，安装了圆圆的水泥管道，1000 多米长的河道终于彻底疏浚畅通。

连续20多天的努力，碧波荡漾农家乐在洋尖村八组成为新农村建设的一道靓丽的风景。

饮水不忘挖井人。当刘婵回到工作岗位后，陆续接到朱爷爷等几十位淳朴村民感激的电话。

盛夏的清晨，百鸟争鸣，瓜果飘香。

洋尖村村民采摘田里自种的西瓜和玉米，装满整整一车，顶着酷暑从40公里外专程赶到工作组看望刘婵。

老百姓们心疼“刘大姑”嘶哑的喉咙和日益增添的白发，而刘婵则感激村民们真挚的心意，与同事们共同分享这份散发着泥土芬芳的情感。

（五）

刘婵记不得自己去过多少家庭，但她用双脚连着千万家。

王国民，68岁，亭湖区黄尖镇洋尖村村民，患双膝关节重度关节炎、内翻畸形，腰4椎弓崩裂、椎体滑脱2度，丧失劳动能力。

2017年6月3日，大走访来到了洋尖村。王国民老人引起了刘婵的关注。

那天，刘婵挽着王国民的胳膊，慢慢走进家门，她主动询问病情诊治和残疾证办理等情况。

这种情况，如鉴定构成相应伤残等级，可领取一定的生活补助，将给他的晚年生活带来有尊严的实惠。但他不清楚办理残疾证流程，刘婵当场承诺全力给予帮助，并用手机拍摄老人拿出的一沓治疗资料。

临别时，刘婵掏出身上仅有的200元钱塞到老人的手里。

王国民和老伴不过意，反复推让。

刘婵握紧老人的双手，劝导他收下这份小小的心意。

次日，为了及时准确弄清楚王国民的病情，刘婵来到盐城市公安局法医室虚心请教。她认真记下专家讲解的每一个字句，迅速与亭湖区残联取得联系，拍摄了残疾证办理流程图。

一周后，刘婵再次登门来到王国民家中，一字不漏地详细讲解并在一张白纸上写全流程后交到他手上，老人满意地点头笑了。

6 月 16 日，农忙时节的夜晚，到处洋溢着收获的味道。

刘婵行走在颠簸不平的乡间小道上，来到黄尖镇涵洞村六组，与辛勤劳作一天的乡亲们掏心窝拉家常。

露水渐浓，夜色沉沉。当地两位老人的特殊境况，牵动着刘婵的心——

68 岁的王奶奶蜷缩身子坐在小木凳上。她告诉刘婵，自己两次跌跟头导致腰部受伤，患腰椎压迫神经、骨质增生、高血压和甲亢。

七旬老人朱奶奶是一名老党员，命运坎坷，两个女儿婚嫁在外市。前几年，留在身边的儿子在一场车祸中身亡，长期的思念导致老人健康严重受损，患上胃病、心脏病，身体干瘦，精神孤寂，仍坚持下田劳作，不愿给组织添麻烦。

在涵洞村六组一直走访到半夜。

当晚，刘婵赶往洋尖村，住到农户家里，继续了解情况。

凌晨 4 时，她走到田间地头，走访起早干活的村民。

王国民看到连续工作的刘婵忙得汗流满面，脸色疲惫，他悄悄来到灶间，煮好五只荷包蛋；

邻居徐大姐一口气采摘五根自种的黄瓜，反复冲洗，叫刘婵快点吃下解渴。

……

头顶着火红的太阳，刘婵连续走访 28 户村民。她发现一位有着特殊经历的伤残军人——

陈爷爷，1960 年入党，在原沈阳军区当兵时曾赴朝鲜建筑营房，左脚趾砸伤，患肺门淋巴结核和风湿性关节炎。1963年复员回乡后，在担任村组长11年的时光里，想方设法造福乡里，始终保持军人吃苦奉献的本色。

怎样关心帮助这些困难乡亲，怎样给予他们精神的慰藉？

建党节前夕，有着20年党龄的刘婵决定来到农户家中，过一个特殊的节日，为这些党员送上一份情意。

6月30日下午，刘婵驱车赶往涵洞村和洋尖村，看望慰问患病的王奶奶、痛失儿子的朱奶奶、患重病党员顾爷爷、伤残军人陈爷爷和特困学生小游。

握手谈心，心心相印，刘婵为他们送上了慰问金，表达党员民警和信访干部的一份情谊和心意。

看到穿着警服的刘婵，他们就像见到久别重逢的亲人。

陈爷爷穿着戴党徽的迷彩服，腰板笔直，拉着孙女和刘婵一起合影；

久病卧床的顾爷爷竟然站起来，拿出红彤彤的党员证给刘婵看，由衷感谢这份特别的温暖和关怀；

满头银发的顾奶奶说，晚年有了贴心的警察闺女，真幸运真幸福；

曾经失去母爱的小游身穿红裙子、白衬衫，举着“三好生”奖状报喜，搂着刘婵久久不愿松开，感谢刘妈妈让她重新获得母爱，有了战胜困难的勇气和信心。

……

那几天——

在刘婵的悉心指导下，王国民正准备申报资料，他将重新到市级以上医院检查，待申报资料完全后联系刘婵，由她帮助进行申报：

返回盐城后，王奶奶儿子给刘婵发来长长的短信，感谢她在百忙之中看望他的母亲；

小游的多名亲友纷纷来电，感激刘婵安排她暑期来盐补习英语、参观警营和观看钢琴音乐会，夸小游爱笑了，爱美了，会说心事了。

在菜花遍地的乡间田野上，在蛙声一片的阡陌池塘边，在袅袅炊烟的屋檐灶头，刘婵与更多的农户近距离相处接触，触摸到来自最底层的阵阵心跳，倾听到最真实的强烈呼声。

六、情洒幼苗盼成林

当播下的是一颗充满生命力的爱心种子，则必然深深扎根在人格的土壤里。随着年轮递增默默地奉献自己，也渐渐地壮大自己。无限芬芳落尽，唯有绿树依然。爱心护花的刘婵，愿做一滴水。

（一）

天真烂漫的孩子，在刘婵心目中是最可爱、最需要用心去呵护的花骨朵，而困境儿童、留守儿童更是她心中不舍的牵挂！

2019年12月13日下午，亭湖区黄尖小学沐浴在冬日暖阳中。

“我可以看看吗？”

“这些书都是给我们的吗？”

……

刘婵一走进亭湖区黄尖小学，立刻被在那里读书的留守儿童围得里三层外三层。孩子们笑脸灿烂，一边好奇地翻阅着“刘大姑”带来的80多本新书，一边兴奋地诉说着心中小小的愿望。

“能看，当然能看，这些书就是带给你们的。”刘婵一边慈爱地抚摸着孩子们的小脑袋，一边笑呵呵地答道。

“哇，太好了！”当孩子们得到肯定的回答时，一个个开心得又蹦又跳。

这是当天黄尖小学在举行“雏鹰展翅”之“书香致远·暖冬行动”时出现的一幕。其中，一名叫小煜的女孩子一直跟在刘婵身旁，一个劲儿地叫“刘大姑”！

有人很好奇，询问她们俩是什么关系？

学校老师张继梅解释说：“她俩关系不是一般的亲。要不是刘大姑牵线搭桥，这孩子可没有现在这么开朗。”

紧接着，张老师道出了事情的来龙去脉——

小煜住在黄尖镇涵洞村三组，是黄尖小学五年级的学生。六岁时，她的妈妈溺水身亡，爸爸常年在外打工，她与年近古稀的奶奶共同生活。孤寂的日子里，年幼的小煜分外渴望一份母爱。

一次校园赠书活动中，刘婵听说了小煜的境况。

“没妈的孩子是根草。”她心里很不是滋味，决心为小煜帮找一对爱心父母。

唐洋是市公安局网络安全保卫支队民警，陈文婷是市公安局亭湖分局五星派出所副所长。这对伉俪，有一对可爱的儿子，盼着有一个乖巧的女儿。平日里，他们目睹刘婵的善举，非常敬佩。听说小煜的情况后，夫妻俩非常爽快地答应认亲。

言必行，行必果。2019 年 7 月 24 日上午，刘婵带着陈文婷来到小煜家中走访，给孩子赠送了蚕丝被、书籍和牛奶。陈文婷自愿当起了小煜的“警察妈妈”，长期结对帮扶。虽然小两口平时工作繁忙，但是只要一有空闲时间，就开车 40 公里来到小煜家，为其带来换季新衣服和学习用品。学校放假了，他们会把小煜带到市区和自家孩子玩耍，或者去公园和景区里游玩。

在刘婵和唐洋夫妇的关心下，腼腆内向的小煜逐渐变得活泼外向起来。其实，除了小煜外，刘婵还长期帮助小游、小敏等困境女生。

一册书籍一份情，一缕书香一份心。如今，刘婵再次来到了黄尖小学，高兴的不光有孩子们，还有老师和校长。

一提起刘婵关爱留守儿童的善举，黄尖小学校长刘少红就非常激动，他说：“学校现有学生 551 名，类似小煜这样的留守儿童有 225 人，而且贫困单亲家庭占比不小。他们在渴望家的温暖，更渴望读到更多的书。刘大姑多次发动社会力量，带领爱心人士来到我校，给予我们实实在在的帮助。特别是对留守儿童和困境学生的精神引领和无私关爱细致入微，令人十分感动。”

那天，除了举行赠书仪式外，一同前来的盐城市城市文明观察团观察员周祥和亭湖区非凡艺术团，他们向孩子们捐赠30双保暖鞋、几十双手套、护手霜及卡通围巾，艺术团的演员们带来情景剧《绣红旗》，这些都让一张张天真无邪的笑脸洋溢出冬日里鲜有的光芒。

孩子的心灵是纯洁无瑕的，孩子的感情是自然流露的。谁对孩子们好，孩子们就对谁亲，这是硬道理！

（二）

虽然工作岗位变了，但是刘婵的那颗爱心不变，满腔真情始终留在寻常百姓家。

2017年3月26日，中共盐城市亭湖区委任命刘婵挂职担任亭湖区信访局副局长。别人喊她刘局长，她不适应。但是，她的微信名“刘大姑”，却从未换过，依然一如既往。

深入田间地头，脚踏泥土清香。大走访，真走访，动真情，办实事，刘婵主动认下了三个儿子和三个女儿。许多人亲切地称她为“刘大姑”，那是因为她扶贫扶志，更重要的是她有一颗真心、爱心。

2018年5月，刘婵在黄尖小学启动了“书香致远放飞梦想”行动。她牵头成立微杂志《人民作家》亭湖区黄尖小学工作站，并打造成文学创作基地、儿童心理驿站、家长培训中心、爱心中转枢纽，发动社会力量关爱孩子们成长，多次组织社会实践活动等。工作站成立至今，在《人民作家》等公众号发表作品50多篇，使同学们真正爱上阅读。徐文杰、黄凯、陈定佳等同学作文获得市“盐渎风”读书征文一等奖和二等奖，黄尖小学书香校园建设步入快车道，并引起社会各界关注。

2018年10月份，该工作站被亭湖区文明办评为亭湖区十佳文明新事。

人的一生做一件有意义的事或许不太难，但难在、贵在一直坚持去做。那么，刘婵究竟做了哪些实事呢？

刘婵——

她是彭爷爷等特困党员、伤残退伍军人的贴心人；

她为黄尖镇洋尖村百姓筹集资金疏浚千米河道，改善生态环境；

她帮助涵洞村残疾群众解决实际困难；

她建立中国梦农家书社，助力振兴乡村战略实施，筹集农业、科技、法律、文学等书籍杂志 1200 余册，发动黄尖镇洋尖村留守妇女孙汉兄担任社长，服务群众。因成绩突出，孙汉兄获评市优秀青年志愿者，还被亭湖区委宣传部评为优秀阅读推广人。

她还是笔耕不辍的警营作家，饱含深情地宣传身边典型，展示基层民警的风采，传播正能量。

……

把一颗心交给百姓，人民群众当然能够听到刘婵的心声。

（三）

有人说，群众与刘婵很亲，是她没有血缘关系的亲人。

事实是否这样呢？回答当然是肯定的，也是不容置疑的——

刘婵是失去女儿女婿的乐家顺夫妇的“闺女”，是孤儿杨汇文的“警察妈妈”。乐家顺老两口家里的玻璃台板下压着刘婵和他们全家的合影，他们已把刘婵当成家庭的重要成员。

在人生最艰难的日子里，刘婵主动融入这个特殊家庭，担起了照顾杨汇文和外公外婆的重任。数年如一日，她用实际行动温暖了这个特殊家庭，让他们活得有奔头、有信心，而重获母爱的杨汇文亲切地喊刘婵为“刘妈”。

在“刘妈”的言传身教下，一颗善良的种子在杨汇文心中生根发芽。杨汇文懂得感恩，并积极回报社会。他开始跟着刘婵一起去帮助别人，多次参加无偿献血和义工服务，帮扶西藏拉萨单亲家庭特困女生卓玛，为困境少女小敏、孤儿小宇捐赠学费、衣服等。

值得一提的是，在去大学报到前，杨汇文专门为刘婵画了一张人像素描，每年腊月都给刘婵寄来围巾和书信。

令人高兴的是，在大学期间，杨汇文积极要求进步并光荣入党，获得 2 次国家级表彰、7 次省级表彰，2018 年 3 月获评“亭湖好人”。

难能可贵的是，2018 年 9 月 14 日下午，杨汇文响应国家号召，参军入伍报效祖国，在部队里表现突出被评为“优秀士兵”。

2018 年 9 月 14 日下午。盐城火车站候车室。

那一天，数百名新兵迅速离座，起立整装，精神抖擞地登上火车；送行的亲人们不断地挥手作别，泪眼婆娑；轰隆隆的列车昂首奔向远方，开往那金戈铁马的火热军营。

刘婵站在人群中，红着眼圈，泪水悄然滑下，她的心儿也随着列车而去。不，是随着她亲爱的文儿而去，一件件往事闪现眼前……

2007 年 9 月 19 日，刘婵调到亭湖分局纪委工作，主要负责公安信访工作。当时，她是分局唯一的专职信访民警。

夕阳西下，红霞满天，草木渐黄。

一次特别的接访后，刘婵带着水果跨进了一个特殊的家庭，她来看望一个特殊的孩子，一对特殊母子相遇相识在金色的秋季里。

4 岁那年，一天深夜，杨汇文痛失父母，依靠外祖父母乐家顺老两口抚养。命运发生了大逆转，这个家也处于风雨飘摇之中。

将来，年幼的孤儿怎么办，年迈的老人如何承受这样的重击，谁来挑起这个家庭的重担？这道道难题似崇山峻岭横亘眼前，又如同漫长冬季里的厚重坚冰难以融化！

从踏进这个命运多舛的家庭第一步，刘婵情不自禁地想到了年幼时自家那个贫困的家庭；从看到可怜巴巴的杨汇文第一眼，一种责任感在督促刘婵发誓：我要将这个孩子拉扯长大，让他读书成才，过上幸福美好的生活！

刘婵擦拭着眼角的泪花，拉着老两口的手说："让我做你们的女儿，当孩子的妈妈吧！"

……

一句承诺，重如千钧。

当娘的心细，而警察妈妈的心更细。不久，刘婵发现单薄瘦小的杨汇文总是怯生生地打量着、观察着、揣度着她。艰难的生活让孩子早熟、敏感，他忧郁的眼神里时不时地流露出"刘妈会不会真的管我们呢"？

"唉！"刘婵看在眼里，疼在心里。

这一天，刘婵带着杨汇文走进了一家书店。

面对着一本本好书，刘婵心中一动。她精挑细选了几本书，然后拉着杨汇文的一双小手，慢慢讲起自己贫寒的家庭，以及如何靠阅读走上从警路，启发他励志成才。

一番语重心长的话，深深地打动了少年脆弱无助的心。书香飘逸，爱意浓浓，杨汇文手捧一本本好书，倚靠着刘妈的肩膀，孤独无依的心从此有了依靠和归属。

春去秋来，寒来暑往。在那些心心相印、并肩同行的平凡日子里，这对母子有了一个美丽的约定——打擂台读好书，用知识改变命运。

这个美丽的约定，又成为无穷的动力，更像一把日夜燃烧的熊熊火炬，引领着他们一路往前走。

1987 年夏季，路遥长篇小说《平凡的世界》深深地打动了刘婵，她立志成为公正执法、深情爱民的好警察。32 年的从警岁月里，刘婵一直战斗在最前沿，始终不忘初心，勇于担当，搭建警民联动的桥梁，切实解决群众的疑难杂症，被老百姓亲昵地称为“刘大姑”。

如今，杨汇文也同样爱上了《平凡的世界》这本书，他读了一遍又一遍。在“刘妈”13 年的关爱下，杨汇文变得阳光开朗、好学进取。2014 年 7 月，他考取了山东理工大学美术学院。

临行前，刘婵送了一枚党徽给杨汇文，让他记着党的关怀，争取早日加入党组织。此后，她几次写信给杨汇文的学院党委，将教育关怀培养人责任无缝衔接。刘婵还不放心，写信给杨汇文，鼓励他励志成才，学有所成。

2018 年“七一”前夕，刘婵应邀来到山东理工大学，参加学校党日活动。当刘婵目睹杨汇文穿着戴有党徽的学士服，她的心里充满了慰藉，阵阵幸福暖流在胸中激荡。

……

火车站站台上，随风飘来几片枯黄的落叶，军运列车已经渐渐远去。刘婵一直静静地站立在原处，不断地擦着眼泪，心里默念着：“列车啊，请慢点儿开，让我再看看那个戴着大红花战士帅气的样子。”

儿行千里，悠悠之心。刘婵挥手作别，列车轰鸣向前，载着她的心一直向前……

（四）

“56个民族56朵花，56个兄弟姐妹是一家……”这首《爱我中华》，曾经唱响了祖国的大江南北。

中华民族是由56个民族组成的大家庭，而民族团结是国家统一、繁荣昌盛的前提和保证。有国才有家，刘婵关心着大家庭里那些处于困境孩子的成长。

2014年9月1日，拉萨江苏实验中学正式开办。这是全国率先实行组团式援藏的学校，江苏省一批骨干教师响应党的号召，告别亲人，来到万里之外的雪域高原执教。

2018年7月份，刘婵从新闻上得知盐城市援藏老师孙吕山的先进事迹后，不禁肃然起敬。随即，她遂与远在拉萨江苏实验中学任教的孙老师取得联系，询问能否尽点绵薄之力？有无困境学生需要她帮助？

家乡警察刘大姑对教育事业的关心，对藏族孩子们的爱心，得到了孙吕山老师的高度赞赏。他牢牢记住了刘婵的嘱托，对学生家庭情况详细了解后，及时与刘婵进行了沟通和反馈。

17岁的高二年级女生卓玛家境特殊，她和阿妈靠极其微薄的保洁工资相依为命10多年。懂事的卓玛勤奋好学，立志考上大学，让阿妈过上好日子。

“唉……”刘婵听完卓玛的家庭情况介绍后，一声长叹，眼中泛起了泪花。她与家人商量后，决定资助卓玛。

杨汇文得知“刘妈”要帮助卓玛，电话中对刘婵说道：“这么多年来，我得到了社会的帮助，也要学习您把爱传递下去。”

挂完杨汇文的电话，刘婵很欣慰。

她对接了卓玛的班主任徐老师，说出了深思熟虑的想法："我们先帮助卓玛，等她有能力后，再结对帮助其他困境学生，源源不断地传递关爱。"

徐老师深受感动。

就这样，杨汇文在踏上从军之路前夕，通过"刘妈"向卓玛捐赠了在大学里获得的部分奖学金。

"千年的雪山绽放笑容，千年的期盼正在圆梦，祥云飘绕的青藏高原哟，天边上飘下一道最美的彩虹……唱起节日欢快的歌谣，放飞喜悦的心情尽情舞动，洁白的哈达相伴最美的彩虹，藏汉民族血脉永相连……"

远在拉萨的卓玛做梦都没想到，万里之外的"刘大姑"家庭承诺资助她至大学毕业。当收到一次又一次的爱心捐赠，捧着写有励志话语的优秀书籍，卓玛和阿妈心里暖洋洋的，耳边仿佛回荡着索南扎西演唱的《藏汉一家亲》。

卓玛感恩、感动，心中增添了无穷的力量和信心，更加努力，更加勤奋，她深情地遥祝江苏的刘大姑"扎西德勒"，她说："汉藏一家亲，我一定要考上大学，和阿妈过上幸福生活。"

刘婵的努力和付出在社会上引起强烈反响，更多人在她的感召下加入到了爱心队伍。在刘婵的带领下——

盐城"最美警察"张红霞结对帮扶困境女生小玥、孤儿晓伟、维吾尔族学生伊马拉等；

"江苏好人"赵一鸣走进黄尖小学、黄坝小学，捐赠学习用品，结对帮扶困境儿童晓浩；

"中国好人"陆春銮走进方向小学，为孩子们作励志报告，并捐赠生活用品；

2020年1月下旬，空军工程大学信息与导航学院学员范华晨探亲回到盐城，听刘婵提及孤儿小宇的身世后，他向这名困境男孩伸出了援助之手，捐赠学费和优秀书籍。此外，他还多次向单亲困境家庭送去慰问金。

……

一滴水可以折射出太阳的光辉。刘婵甘愿做“一滴水”，让幼苗们沐浴阳光，享受雨露。

七、血脉相连心连心

就人性说来，唯一的向导，就是人的大爱之心。只要人人都献出一点爱，世界将变成美好的人间。爱心满满的刘婵，为别人送去温暖，为他人分担痛苦。

（一）

关爱生命，无偿献血，是人间传递真情的纽带，是千百年来中华民族传统美德的弘扬，是社会一员所应有的责任。

17年来，刘婵多次无偿献血，带动许多人加入无偿献血队伍。

2018年4月2日，刘婵非常高兴，她收到了一份特殊的礼物——全国无偿献血奉献奖铜奖荣誉证书和纪念章。

从市中心血站领到这份礼物后，刘婵感慨地说：“血液延续的不仅是生命，更是爱的种子。我只是在心底种下一颗善良的种子。希望通过无偿献血凝聚大爱，为生命加油。”

短短的几句话，总有一种力量让人心潮澎湃，总有一种感动让人热泪盈眶！

无偿献血，回报社会。献血者收获了奉献的快乐、健康的身体、纯洁的友谊、深厚的感情，同时也收获到了幸福的人生和美好的生活。

试问，还有什么比为生命加油更有意义？

提起刘婵献血的故事，打开日历往前翻——

2003 年 12 月 1 日下午，盐城市区大铜马附近的献血屋。

刘婵第一次无偿献血。

填完献血表后，护士王雪梅为她现场检测、采血 200 毫升。热心地给刘婵递上牛奶和面包，耐心地给她讲解献血知识——血液生理知识、无偿献血法律法规、无偿献血发展历史和现状等。

刘婵静静地听着王雪梅娓娓道来，她觉得这位大眼睛、白白净净的女护士有种独特的气质吸引着她。她的一举一动，是一种对生命无限敬畏的呼唤，不光体现着崇高的职业素养，也让刘婵从那时起决定坚持无偿献血，奉献社会，点亮生命之光。

从此，每隔半年，刘婵都会主动去献血。17 年的献血历程中，刘婵总是穿着警服去。

有一次，爱人见刘婵穿着警服往外走，疑惑地问她："今天不上班，你穿着警服干啥去？"

刘婵说："我去献血。"

"去献血，还穿着警服？"爱人摇了摇头，诧异地看着她。

刘婵稍微停顿了下，接着说："是的，穿警服好。"

刘婵为什么要穿着警服去献血呢？

作为一名人民警察，刘婵认为，每次去献血屋如同走进心灵深处，走进神圣殿堂，心中涌动阵阵暖流。穿上警服，带着仪式感填表、检测、抽血，感觉对"人民警察"4 个字有了更多的体会。当殷红的鲜血汩汩流淌着，她会感到内心愉悦充实，有了挽救生命带来的幸福感，会对那身藏青蓝警服格外珍惜。

（二）

卢梭说，善良的行为有一种好处，就是使人的灵魂变得高尚了，并且可以使它做出更美好的行为。

刘婵的爱心善举，引发了传递大爱的良性连锁反应！

刘卫，送货员，刘婵的弟弟。下岗前，他是滨海县柠檬酸厂的职工，曾 5 次受到县原轻工业部门表彰。

2003 年，刘卫耳濡目染刘婵的凡人善举，他觉得应该向姐姐看齐。于是，他和妻女悄然踏上了无偿献血之路，并积极宣传无偿献血的重要意义。

为了保证血液质量，刘卫注意饮食调节，每天坚持锻炼身体，每年都在用血紧张的关键时刻，伸出援助之手。

至今，刘卫已献血 9800 毫升，妻子刘小芳和女儿刘湛分别累计献血 5300 毫升、3700 毫升。

2015 年 3 月，原国家卫计委、中国红十字总会、中国人民解放军总后勤部卫生部授予刘卫“全国无偿献血奉献奖”铜奖。

2018 年 3 月 21 日，响水县陈家港化工厂发生爆炸。

刘卫得知有人员伤亡，迅速组织臧嗣雅、何爱萍、张丽娟、程跃、许为平等爱心人士参加无偿献血，奉献爱心。

数年来，刘卫深深地爱上了公益事业，他既是志愿者，也是宣传员，还是一名安全防范员。利用业余时间，他编写了一些通俗易懂的安全防范口诀和诗歌发在朋友圈，提醒身边人提高自我防范意识。同时，他还关注并维护社会治安。那天——

2018 年 10 月 1 日，国庆，滨海县吉达广场路口。

刘卫发现一名可疑男子不停地拉扯停在路边的汽车门。作为警察的弟弟，他很敏感。于是，他用手机拍下了可疑男子盗窃作案图片。固定证据后，及时通过微警务平台和电话同时报警，积极协助民警抓获犯罪嫌疑人，由此破获了多起系列盗窃案件。

2019 年 2 月，滨海县见义勇为基金会奖励刘卫 1000 元。刘卫还加入到看护精神病患工作中，用爱心温暖特殊病人的心灵。2019 年 8 月，刘卫获评“滨海好人”。

这位“连续献血 17 载的柔情铁汉”事迹，上了新闻，更多的人从他身上汲取力量，加入公益事业。

每次看到刘卫身上满满的正能量，刘婵总是笑吟吟地说：“弟弟积极向上，造福社会，我的内心感到无比欣慰。”

刘湛，刘卫的女儿、刘婵的侄女，盐城市公安局“110”接警员。受到父辈们的影响，刘湛于 2015 年 6 月参加了造血干细胞样本的采集活动，HLA 分型相关资料被输入中国造血干细胞捐献者资料库，为需要造血干细胞移植的患者带来重生的希望。

值得一提的是，响水“3·21”事件发生后，本打算怀孕生子的刘湛，做通家人思想工作，毅然决定推迟生育。次日一早，她赶到采血点献血 400 毫升，为受伤群众伸出援助之手。

一棵善良的种子在刘湛心中种下，让她和丈夫智文龙爱上了公益事业。他们除了将绿色环保理念贯穿于生活，还将不用的衣物等通过支付宝平台捐给需求者，并于 2018 年 9 月份和 10 月份先后向海南成美慈善基金会、中华思源工程扶贫基金会“情暖少数民族女孩”和“善举的力量”项目捐款，帮助困境学子和少数民族女孩得到更好的生活保障。

（三）

俗话说，不是一家人，不进一家门。

多年来，杨汇文与他的“刘妈”一直心意相通——

2016年6月23日晚，刘婵从网络上获知阜宁、射阳等地部分乡镇遭受冰雹和强龙卷风等恶劣天气侵袭，人民群众生命财产安全遭到严重威胁，房屋倒塌，断水断电。

那晚，刘婵一夜未眠。

24日凌晨5时，亭湖分局党员先锋突击队冒着暴雨赶到灾区，并且把鲜红的党旗插到了灾区，唱响了《突击队员之歌》。

每天揪心地看新闻，向灾区捐款，关注战友们一线救灾，刘婵还在思考：我能为灾民做些什么？

执行督察任务的途中，刘婵与杨汇文通了个电话，她说："我想到灾区帮助乡亲们……"

正在准备期末大考的杨汇文与刘婵的想法不谋而合，他对刘婵说："刘妈，这么多年来我得到好心人的关心，现在我长大了也要回报社会。"

挂完电话，刘婵很欣慰，儿子长大了……

杨汇文是个雷厉风行的小伙子。挂了电话后，他简单收拾一下行李，连夜从山东淄博长途跋涉赶到盐城。

经过审批，27日早上7时，"警察妈妈"带着她的文儿一起向灾区出发。灾区的景象，让这对母子俩阵阵心痛，成片瓦砾废墟，树木拦腰折断。

阜宁县板湖孔荡村2组，87岁老奶奶王怀珍家的三间瓦房被飓风刮垮。

轻抚着王奶奶右手面的伤口，看到她左肩胛青紫的伤痕，还有那满头白发和仅剩的一颗牙齿，刘婵搂着老人哭了。

那一刻，刘婵伤心、伤感，她心疼这么大年纪的老人担惊受怕，她仿佛见到了自己去世已16年的老母亲……

帐篷里，刘婵为老人送上苹果、香蕉、纯净水；土灶前，刘婵烧好了水，为老人洗脸梳头，将剥好的香蕉喂给王奶奶吃。

刘婵的热心，让老人不过意了，她连声说："刘大姑啊，你和这么懂事的儿子看我，还带东西给我，真过意不去。"

刘婵说："王奶奶，您别怕，有党和政府，一切会好起来的。"

老人听了，点了点头。然后，她拉着刘婵的手，指着自家东山墙说："解放军为我家扒出了几百块砖头，码得整整齐齐，将来建房子还能用。志愿者帮我刨出黄豆、小麦、菜籽，都用塑料薄膜盖好，秋天就能耕种了。明年 4 月，菜籽会开花，5 月份就能收了。田里还有豆苗，家里还有 4 只鸡子。这么多好心人帮助我，现在心里有底了！"

中午时分，刘婵和杨汇文为王奶奶领来盒饭。刚吃上两口，天气突变，大雨滂沱，狂风呼啸。

刘婵和杨汇文冲出帐篷，冒雨解开帐篷四面的 15 个结，迅速拉好每一根拉链，将缝隙粘好，帐篷牢固些了。

突然，刘婵发现帐篷顶上方还有一个三角形空隙。

"漏雨？"刘婵心里嘀咕了一声。她赶紧踩着泥浆，站到凳子上，踮起脚后跟，胳膊拼命往上伸，终于拉紧了篷顶上方的拉链，大雨再也无法淋进帐篷了。

临时床铺上堆放着一些食品和日用品，这儿又有了家的氛围。刘婵和杨汇文匆忙扒下几口饭，听说一辆外地企业送来救灾物资，又快步跑到路边准备接车。

雨停了，刘婵闲不住了。她找到当地干部亮明身份，口头申请做义工。

当地干部一听，伸出大拇指，连连说："好，我代表乡亲们谢谢你们啦！"

刘婵和杨汇文立即融进运输大军，争分夺秒抢运救灾物资，将一箱箱的面包、方便面、八宝粥等食品送到定点处，还抢运了衣服、蚊香、花露水、84 消毒液、踏花被等物资。

卸完救灾物资，刘婵和杨汇文赶往东沟镇计桥村，和滨海县10余名志愿者一起向受灾的妇女和儿童发放盒装奶粉。

村西头的王大姐刚建五年的房子被龙卷风刮倒了，还有个残疾小叔子一直跟她家过日子。受灾后，她特别难过，天天哭红了眼，担心日子过不下去。

刘婵耐心地将残疾人政策讲给她听，帮她争取到一份300多元的捐赠品，并留下自己的电话号码。

分别时，王大姐依依不舍，握着刘婵的手说："刘大姑，你们这么远来帮助我们，我忘不了这份情。"

此刻，刘婵发现她的眼睛亮了。

举目望去，到处党旗飘飘。志愿者活跃在一线，国家电网的技术人员正在全力抢修电路，乡亲们在运粮、扶树、补苗……

刘婵和杨汇文驱车来到阜宁县人民医院附近爱心献血屋，分别填写了献血者登记表，准备各自献血300毫升。

工作人员查询献血管理系统，拒绝为刘婵采血。

原来，系统显示：刘婵，2月27日献血，累计已达4100毫升，今年再次允许献血时间为8月27日。这是《献血法》的规定，采血站必须执行。

刘婵反复沟通，仍遭婉拒。

"唉！我咋把这档子事情给忘了呢？"刘婵无奈，只好陪着杨汇文献血，看着他的热血流进采血袋，内心暖暖的……

夜来了，刘婵和杨汇文在王奶奶的帐篷里点上了蜡烛，陪老人吃晚饭。

看着眼前的警察闺女，王奶奶的心里踏实多了。

吃着王奶奶小儿子烧的鱼，刘婵的心里别有一番滋味。

刘婵不停为她夹菜，边吃边聊，王奶奶介绍了家中情况，告诉刘婵说：“我有五个儿子，一直盼着有个闺女，看见你心里再也不怕了。”

“好，以后我就是您的闺女。”刘婵望着王奶奶，乐呵呵地说。

老人愈发高兴，掉牙漏风的嘴笑得再也合不拢了。

刘婵给王奶奶细心地洗好脸和脚，点好蚊香。

帐篷里有了充足的生活必需品，她终于放心了。杨汇文拿出画笔，画下“母女”情深的幸福时刻。

夜深了，风雨渐小。刘婵和杨汇文拿起手电筒再巡逻一遍，乡村的夜晚漆黑一片，乡亲们在帐篷里过夜，烛光摇曳，映红了一张张的脸，脸上没有悲伤，有的只是希望。

次日，刘婵找到村支部孔书记，拜托他多关心王奶奶一家人的生活。

分别时，刘婵和杨汇文分别向王奶奶送上了捐赠款。王奶奶和她的儿子拉着“亲人”的手，舍不得他们离开。老人说，过九十岁生日时，一定请刘大姑母子过来吃碗长寿面。

……

一个普普通通的女警，她用凡人善举书写了警民之间血浓于水的深情厚爱!

八、天灾无情人有情

当灾难来临时，万千生命为继续生存下去而不懈努力，中华民族救死扶伤的优良传统，激励着人们守望相助。一往无前的刘婵，用实际行动演绎出一篇篇感人肺腑的大爱故事。

（一）

一方有难，八方支援。

2020年新春，疫魔在荆楚大地肆虐，疫情的扩散牵动了全国人民的心。

武汉加油!

中国加油!

人民警察在逆行，一组《刘婵日记》，真实记载了刘婵以及盐阜公安爱民故事。本文摘录其中四篇日记，以飨读者——

1月25日正月初一

上午8时30分，我和亭湖区道德模范、盐城捷翔广告装饰公司负责人周祥走进社区开展防疫宣传和新春慰问，来到新洋街道城北小区，在社区党总支书记黄万兵陪同下，看望尿毒症患者戚某。戚某今年36岁，妻子多年前离家出走，女儿上小学二年级，父亲因打工期间遇车祸导致小腿骨折，母亲长年患病需服药，家庭十分困难。

我们详细了解戚某治疗情况，拜托社区干部对这户特困家庭多帮扶，送上500元慰问金和大米食油，并宣讲冠状肺炎防控知识。

戚某说:“没想到正月初一你们还不休息，关心着我们，今天讲的这些知识真及时真管用，还是共产党好啊！”

他的老母亲拉着小女孩将我们送出好远。

荣某夫妇原是失独家庭，儿子十年前因溺水死亡。2019 年夫妻俩思儿心切，举债做了试管婴儿，生下双胞胎女儿。后查出其中有一个女儿天生脑瘫，全家人仅靠 50 多岁的荣某在水果市场打临工维持生活。

“这些奶粉、米粉、纸尿裤给孩子们，祝她们健康成长，特别是这个特殊时期，千万要保重身体，做好自身防护，孩子抵抗力差，一定要减少外出。”我一边说着，一边把带来的物品递给荣师傅。

“还有 500 元慰问金和米油。”周祥向孩子们送上了红包。

“谢谢你们这些好心人关心着我们，今天你们送来的这些东西真好，我们保证按照要求去做，常洗手、常通风，不外出串门。”荣师傅和妻子笑着说。

两个娃儿拍着小手，眼睛一直盯着我们。

“希望你们把日子过好些。”黄书记语重心长，一起为他们鼓劲加油。

南京邮电大学研究生晓杰家住西城逸品小区。他的父亲去年 5 月查出急性白血病，进行骨髓移植后效果不佳，当年 11 月底不幸去世，留下不少债务，家庭陷入困境。我多次奔波、多方联系，爱心人士纷纷伸出援助之手。我们为其送上励志金 2000 元和大米、食油，鼓励他在社会各界的关爱下，顺利完成学业。

“新年第一天，我又得到好心人的帮助，一定会铭记在心，化为前行的力量。”晓杰说着，脸上有了别样的光彩。

返程途中，周祥深有感触地说：“今天我们慰问困难群众，就是要将温暖和信心传递下去，让社会变得更美好更和谐，我觉得这个春节过得特别有意义。”

这些年，我常被身边平凡的人和事感动。20年前，周祥下岗不失志，自主创业，励志有为，帮助10多名下岗工人学成技术，解决就业难题。2017年以来，他连续3年带领志愿者及儿子前往广西灵川县帮助大山里的贫困学生，组织招募爱心家庭结对帮扶6名特困学生。去年12月初，我们一起去黄尖小学关爱留守儿童，周祥还向孩子们捐赠了护手霜和卡通手套。

我们的城市，因为有了温度更加温暖，因为有了关爱更加和谐，因为有了牵挂更加美好！

1月26日正月初二

往常，这天都是回娘家的日子。我们一家三口与亲友相聚在一起，30多年的习惯这次被彻底改变。

大年初一，中央政治局常委会议研究新型冠状病毒感染的肺炎疫情防控工作，昨晚的《新闻联播》头条传递着强烈的信号，全国总动员集结号正式吹响。无论多么艰苦复杂，这场阻击战役中国必胜！

红灯笼分明在挂着、红对联分明在贴着，可我们的心早已进入战时状态。

战疫情，保平安，成为全体公安民警的头等大事。工作群内不断有新的要求发布，每一条都与我们密切相关，我按照规定如实及时进行汇报。

我省启动重大突发公共卫生事件一级响应，为全力防控新型冠状病毒感染的肺炎疫情，维护人民群众的身体健康和生命安全，亭湖区食安办、区市场监督管理局果断亮剑，亭食安办〔2020〕4号文件“横空出世”，对群体性聚餐活动紧急叫停。

“少聚一次餐，亲情不会淡。”我将这些通知转发亲朋好友，呼

吁大家积极响应党委政府的号召，

“微信拜年，宅在家里。”一波波的回复承载着浓浓的关爱，有的还附上了表情包，看着看着，我的心里踏实了些。

“刘大姑，我家楼下停了一辆鄂字牌号汽车，咋办呀？”中午时分，我接到好友韩女士求助电话。

“别着急，我发个疫情防控办电话给您，一定会有人过问的。”一边言语安慰，一边查找发送。

“刚才来人查过了，车主的车牌是十年前在湖北做生意申领的，回盐城好几年了。警报解除。”我和韩女士都松了一口气。

特殊时期，特殊工作。这份敏感会让我们时刻保持警觉，加强自我防护，就必须从身边的小事做起。

1月27日正月初三

疫情就是命令、防控就是责任。全局民警迅速回到岗位，不怕疲劳，守护平安，分局提升了巡防勤务等级，加强社会面整体防控，加强定点医疗机构、隔离场所安保工作，指导相关单位强化治安管控和内部安全防范措施，全力维护医疗、隔离秩序。

一名热心市民顶着寒风为东城派出所赠送50只N95口罩。人民群众的纯朴深情让连续作战抗击疫情的公安民警深受感动，人民群众永远是我们的坚强后盾。

“刘大姑，请注意身体，切记戴口罩！”清晨，先锋街道健康路社区汤大姐给我发来了微信，腊月里，她为我编织红围巾、包好水饺，心疼我白发日益增添。

小年夜上午，汤大姐收到我的爱心购物卡和大鱼等年货，她说：“你帮扶我家20多年了，好人一生平安。”

当晚，我和盐城平安好人范华晨等人巡逻结束后，又去看望她，小范送上了慰问金。

“去年春节前，小范给我送慰问金，今年又牵挂着我，你们都是大好人。”汤大姐紧握着我们的双手，久久不愿松开。

“闺女啊，厚重的年礼收到了。”79岁的父亲打来了电话，对缺少绕膝之乐的新年毫无遗憾。

“任何时候干好工作最重要，我们永远支持你！”这是一位劳模的心声，这是一位父亲的叮咛。

家是爱的港湾，荡漾着深深的理解，沐浴着不变的真情。其实，正是无数的警属为我们扛起了大后方，才能让我们义无反顾地坚毅前行。

1月29日正月初五

这几天，好几家新婚喜宴取消了，大伙儿都是相互理解和包容。婚宴虽然延期了，但属于新人的幸福绝不会延期。这份幸福经过考验、经过等待、经过期盼，经过腊月和正月的酝酿、经过岁月和时光的发酵，变得更加醇厚悠长，历久弥坚。

盐城的文艺“轻骑兵“出手不凡，市曲协群口快板《万众一心抗疫情》礼赞英雄、鼓舞士气、传递正能量，展现了曲艺人的责任和担当，作品迅速传播——逆行的人儿披战袍，万众一心你我共将战鼓擂……

陈澄老师演唱的淮剧《白衣战士无畏惧》，满怀盐阜人民对医护人员的感激之情。《平安盐城》和《平安亭湖》公众号和短视频制作精良，非常接地气。百姓名嘴和文明志愿者走村串户，加大宣传力度，网上网下，整体联动，往日喧嚣的场面不见了，城市乡村安静了……

放弃了休假，离开了家人，各所民警依旧马不停蹄，坚守在抗击疫情的第一线，配合村居和卫生部门做好疫情防控和日常消毒指南宣传，对辖区内饭店、浴城、宾馆、棋牌室、活禽交易场所等予以暂时关停。

我们为人民利益而战，我们为国家安全而战，夜深沉，踏月归，不负韶华不言悔，坚决打赢疫情防控阻击战。

钟南山，这样的英雄是时代先锋、民族脊梁。这个冬天最美的逆行者，值得我们每一个人致敬。待到春暖花开时，河水清粼粼，草木绿成片，鸟儿唱得欢，蝴蝶舞蹁跹，幸福的日子里我们更要呵护大自然，百倍珍惜生命，守护好温馨美好的家园。

……

日子在忙忙碌碌中度过，刘婵就是一个大忙人。她热心关注群众各种各样的难事，每天忙于疫情防控和知识宣传。虽然戴着口罩，但她和善的双眼和花白的头发特别显眼，走到哪里都让人信任和尊崇。

（二）

白衣天使与铁警战士共同抗击疫魔，刘婵牵挂着一线的援鄂医护人员。

宗明珠，江苏省盐城市中医院驰援武汉医疗队员中的“90后”队员。她抵达武汉市江夏区大花山方舱医院后，立即挑起了护理病患的重担。

3月3日下午2时，刘婵紧锣密鼓地忙三件事。

第一件事：写封信。

刘婵在不断关注疫情，她在牵挂一个千里之外的人，她给驰援武汉的医疗队员宗明珠写了一封信。同时，准备了女生喜欢的小礼物，真丝丝巾、丝质钱包和化妆盒，还有两本《盐阜警风》杂志。

一切忙妥当后，刘婵准备委托市中医院工作人员帮她代为寄送。

她说："'三八'节快到了，我想这些书籍和小礼物，远在武汉的明珠会喜欢的。"

千里送鹅毛，礼轻情意重。宗明珠应该喜欢，尤其是刘婵代表家乡父老乡亲写的那封信。信中写道——

宗明珠同志：

你好！

此刻的你和同事正在与时间赛跑，抢救新冠肺炎患者的生命，你们是盐阜人民的骄傲。

从媒体和公众号中读到你的事迹，我非常感动。你是盐城市中医院第一批驰援武汉医疗队员中年龄最小的队员，90后的女孩抵达武汉江夏区大花山方舱医院后，变成了冲锋在前的战士，挑起护理病患的重担，瞬间变得成熟稳重。

近段时期，湖北、武汉等地成了我们最牵挂的地方，每天，我们通过电视、报纸、网络等关注前方动态，在最危险的地方，白衣战士以坚强信念、顽强意志、精湛医术在这场没有硝烟的战场上发起总攻。我们坚信，在党中央的坚强领导下，胜利的号角一定会吹响神州大地，迎来春暖花开，春光明媚！

视事业如生命，视患者为亲人，驰骋疆场，为国分忧，在这特殊的岗位上，每一次上岗进舱操作过程中，你和同事都无惧困难，细致周到，耐心医治护理每一个病患。其实，我们都知道穿着那么厚重的防护服，六个小时无饮水不如厕是怎样的生理考验，你与同事们一天天在默默承受着；我们知道你们在那种闷热的环境下体能消耗极大，随时面临着被感染的风险，当冲上战场时，你们把病患当成了心尖尖，唯愿患者早日康复出院，与家人团圆。医者仁心，大爱无疆，把温暖和关爱送给病患，击退病魔，敢打胜仗，这就是担当，这就是奉献！

当你们在前方浴血奋战之时，我们在盐城打响了疫情阻击战，基层党组织、共产党员和干部群众凝心聚力，投入特殊的战斗中，红袖标、志愿者、“好人团”纷纷加入群防群治队伍，汇聚起磅礴力量，抵御病魔的侵袭。经过精心医治和护理，盐城病例全部治愈出院，成为低风险地区。抗疫为全社会上了生动的生命教育课，敬畏自然，珍爱生命。

明珠，你在守护百姓健康，我在守护群众安全，我们都是人民的卫士，祖国的长城，使命光荣，责任重大，我们团结一心，攻坚克难，一定会打赢疫情阻击战！

武汉疫情严峻复杂，请务必做好个人防护。“三八”节快到了，寄些书籍和礼品给你。祝您一切顺利，平平安安早日凯旋！

盐城市公安局亭湖分局刘婵

2020 年 3 月 3 日

第二件事：去献血。

刘婵是献血站的常客，10 多年来累计献血 4800 毫升。

当天下午，刘婵急急忙忙地赶到了市区万达广场的献血车上。工作人员反复检查各项指标后，发现刘婵的血压高出临界值不少，此时不适宜献血。

检查结果，让刘婵有些懊恼。长期过度疲劳，她的身体出了一些状况，咽喉做了手术留下后遗症，血压也不正常了……

第三件事：去看人。

刘婵准备去看望一个人，这户家庭住在西城逸品小区。

刘爱祥，73 岁，女婿于盐兵去年 5 月突患急性白血病，缺钱治疗求助时与刘婵相识。刘婵骑着电动车，一趟趟帮于盐兵跑社区、街道、市社会救助中心等单位，跑手续、筹款。

刘婵认为，做社会最需要我们做的事，给予弱者一个信心，就是好事。

于盐兵的儿子是一名研究生，给父亲移植了骨髓，但还是未能挽救他的生命。于盐兵去世后，刘婵又联系台湾爱心商人徐石雄，每月捐赠 1000 元学费资助孩子完成学业。同时，刘婵又联系多名爱心人士定向捐赠，帮助这个家庭。

下午 3 时 40 分，刘婵在小区大门口遇到了刘爱祥。

“刘大姑，您每隔两周就会来看我们，还送菜送物，这次又送来了洗护用品，是我们一家的亲人啊！”老人接过刘婵手中的袋子，感激地说。

“不用客气，谁都有困难的时候，是不是？”刘婵拉着刘爱祥的手说。

下午 4 时许，刘婵赶到盐城市中医院，联系上采购供应中心主任徐明，将准备寄给宗明珠的信和礼物交给他。

“特殊时期，我们负责所有给武汉的医护人员投寄物资，确保稳妥到达。我们一定会将刘警官的心意带到，感谢您对我们医护人员的诚挚鼓励。”徐明接过书信，庄重地承诺。

一份情真意切的书信，捎带着暖暖的叮咛，承载着浓浓的关爱，飞越千山万水，于 3 月 10 日送达正在抗疫一线的宗明珠手里。

3 月 12 日，刘婵收到宗明珠的回信，信中写道——

刘大姑：

您好！

3月10日，在习总书记考察武汉的当天，在我们战斗的大花山方舱医院宣布休舱的特殊日子里，我收到了您的千里飞鸿和节日礼物，无比激动，平添鼓舞，我与您素昧平生，您却惦记着小小不言的我。

我把您的来信给我们的领导和同事们看了，大家都争相传阅，感谢您这样的道德模范为我们医护人员点赞，我们保卫武汉的信心更强了。

若有战，召必上。在武汉保卫战中，有许许多多的优秀盐阜儿女，坚决响应习近平总书记和党中央的号召，在武汉人民、祖国人民最需要的时候，毅然决然地奔赴抗疫的最前沿，与时间赛跑、与病魔较量，从治疗方法寻策，从死神手里抢人，有的挑战生理极限，有的瞒着家人来到抗疫一线，他们的事迹可歌可泣，值得全社会学习。与他们相比，作为90后的我确实太渺小了，只不过是为了武汉人民的安康，尽了一己绵薄之力而已。

医者仁心，万众一心。您在来信中高度评价我们全体医护人员在前方抗击疫情，感谢您关注前方动态、牵挂医护人员，更感谢您对我们群体的夸奖。我们盐城中医院的9名队员，在2月10日加入国家中医治疗队江苏队驰援武汉，和来自湖南、河南、山西等中医国家队的队员们一起，在中央指导组专家组成员、中国工程院院士、天津中医药大学校长张伯礼，中央指导组专家组成员、首都医科大学附属北京中医医院院长刘清泉等领导的带领下，在武汉市江夏区大花山方舱医院，夜以继日、连续工作26天，共治愈395名患者，为武汉方舱医院创下病人“零死亡”“零回头”、医护人员“零感染”的人间奇迹，贡献了盐阜老区应有的力量。

3月10日，在抗击疫情的关键时刻，习总书记到武汉考察，为打赢湖北保卫战、武汉保卫战指明方向。总书记的到来，我们前方医护人员倍感责任重大、使命光荣。我深深感到，有习总书记的亲自指挥，有党中央和全国人民的倾力支持，有英雄的武汉人民的无私奉献，我们就一定能够击退疫情、夺取战疫全胜。

疫来而上，疫退乃还。3月10号，是我们来武汉“满月”的日子，这一天，我们江夏方舱医院正式休舱，也是武汉最后休舱的方舱医院。目前，我们国家中医医疗队江苏队75名队员正在住地休整，请大姑放心，我们的中医战队个个精神饱满，一定会牢记不获全胜决不轻言成功的要求，以不破楼兰终不还的斗志，随时准备听候祖国和人民的召唤。因为这一个月来，我看到了全国上下团结一心的力量，看到了武汉人民的坚强勇敢，所有的人都在努力，祖国就是我们强大的后盾！此行抗疫，我从无畏惧！

最难忘，战疫之舱。3月10日凌晨3点半我下夜班，特意关照同事在7点40分叫醒我，因为早上我必须要去医院一趟，那是第一次也是最后一次在外面好好看看方舱的机会，心里满是说不出的情感。在这里，我和患者结下了同心战疫的深厚情谊，在这里，留下了那么多难忘的记忆……在方舱医院的门口，我们和出院的病人互道保重，不说再见；在方舱医院的草坪上，大家席地而坐，放飞思绪；在回来的大巴车上，愉快的歌声满车飞……

3月3日那天，我们医院的采购供应科主任徐明从后方联系我，说作为中国好人的您，联系他们说要寄信和礼物给我，真的没有想到您会关注到我。我百度后得知您不仅是中国好人，还是全国公安系统二级英模、全国公安机关爱民模范、盐城市公安局亭湖分局一级警长，同时您和我一样，都是一个滨海人。在我的心目中，您就是一个英雄，是我们盐城人民和滨海人民的骄傲，是我学习的榜样。

哪有什么岁月静好，只不过有人在为你负重前行。您在来信中告诉我，盐城已经成为低风险地区，这是市委市政府坚强有力领导的结果，是盐阜人民奋力抗疫的结果，更离不开广大公安民警的辛勤付出。作为警察的您和战友们，是和平年代奉献和牺牲最大的队伍。此刻，您和您的战友们，也正在我们的家乡，为了800多万盐阜人民的安康，夜以继日地战斗在抗击疫情的第一线，你们也是新时代最可爱的人。

我在网上得知您还是江苏省公安作家协会的会员，拜读了您妙笔生花的文章，我平时也参加医院里的宣传工作，在前方我也加入到江苏队宣传组写了一些报道稿件。我也想当一个好人，成为一个充满正能量的人。您寄来的《盐阜警风》杂志和礼品我非常喜欢，等以后有机会，我一定要向您讨教如何传播正能量。

没有过不去的冬天，没有到不了的春天。我们坚信，在党中央的坚强领导下，在全国人民的大力支持下，我们一定能够携手战胜疫情。期待春暖花开之时，我们在盐城相见！祝您工作顺利、事事如意！

宗明珠写于武汉

2020年3月12日

“哪有什么岁月静好，只不过有人在为你负重前行。”宗明珠这句话说得真好，道出了逆行者的艰辛和不易！

（三）

2020年4月17日下午，春意盎然，柳树成荫。

盐城市新洋实验小学喜气洋洋，迎来了两位特殊的客人。

在宗明珠完成定点隔离后，刘婵与她携手相约来到该校，温情关爱全校师生。

刘婵给师生代表送上了关于病毒防护、民生热点等优秀书籍，宣讲爱国卫生运动和创建文明城市知识要点；

宗明珠向师生宣讲了援鄂的故事和中医健康常识，解答了教师的保健疑问。

现场，掌声雷动。

此外，她们还对该校五年级励志女生云云（化名）进行精准帮扶，赠送励志金、《江苏省青少年征文大赛优秀作品集》、水果、牛奶等，勉励她增强信心，刻苦求学，成长为励志好学生。

这对“警医”组合的到来，无疑是给师生们带来了一场荡涤灵魂的精神盛宴!

“都说咱老百姓啊，是那满天星，群星簇拥才有那月呀月光明……”

每当听到《咱老百姓》这首悠扬动听的歌曲，心头都会涌动汩汩暖流，引发深深思索。

后记

走进刘婵工作室，映入眼帘的是各种荣誉、照片、书籍、锦旗，第一感觉，就是震撼和敬佩。

一份份群众赠送的特别“礼品”，温暖人心；一张张与百姓的合影，记录的是深厚的警民鱼水情。新婚夫妇的婚纱照、天南海北的感谢信、栩栩如生的人物素描、遒劲有力的书法作品、充满温情的婴儿百天相册……

刘婵，从警 32 年，公正执法，深情爱民。她是盐城市处理疑难复杂信访问题专家库成员，盐城市三八红旗手协会副会长，盐城市文明风尚宣传员，盐城市亭湖区好人志愿者协会理事，盐城市亭湖区全民阅读促进会理事。刘婵工作室分别被盐城市公安局和亭湖区文明办评为民警随岗培训基地和新时代好人志愿服务实践基地。

回忆这些年走过的从警之路，刘婵动容地说："衷心感谢组织上长期以来对我的教育培养，亭湖分局党委将我从先锋派出所调至信访岗位，给了我事业发展新的平台。历任领导以高超的智慧和出色的能力带领我们将信访等工作打开新的局面，推向新的层次，教会我们群众工作方法，提高了我们的业务水平。我的战友和同事给予我大力支持，社会各界提供了不少帮助，人民群众的理解、信任和配合，使我在为民服务中实现从警梦想和人生价值。这一切，我永远铭记于心，化为前行动力！"

一提起刘大姑，盐城市亭湖区副区长，盐城市公安局亭湖分局党委书记、局长连大猛说："刘婵同志长期扎根基层，勤奋工作，为党分忧，为民解难。在她的身上体现了忠诚的品质，为民的情怀，她是亭湖公安公正执法深情爱民的一个缩影。"

黄海，涛声依旧，为盐阜大地的刘大姑大声喝彩。

串场河，河水悠悠，日夜讲述着刘婵的从警故事！

刘婵，32 年扎根基层，服务群众。这位普通女警，比他人多了不少父母，多了不少兄弟姐妹，也多了不少儿女。她从盐阜大地走到北京人民大会堂，受到习近平总书记等党和国家领导人的亲切接见，获得荣誉无数，可最让她引以为荣的还是那声街坊邻居叫了多年的"刘大姑"。

2019 年 6 月 25 日，盐城市公安局交警支队民警陈正洋同志作词的歌曲《亲亲的刘大姑》微视频出现在学习强国江苏学习平台。这首歌深情、厚重，唱响于黄海之滨，唱出了盐阜人民群众的心声——

叫一声刘大姑哟情真意又长
心中有千言万语要把你赞扬
白发老人的喜忧牵挂在心上
留守儿童你牵手播种着希望
疏浚河道绿水环绕滋润着生态乡

为了百姓和和美美快乐吉祥
啊刘婵亲亲的刘大姑哟
动人的事迹一件件
美丽的故事一桩桩
你是盐城人民的骄傲和荣光

喊一声刘大姑哟温暖涌心房
你是俺老百姓学习好榜样
受助孩子们欢乐学习在课堂
促膝谈心在农家院亲切拉家常
掏出心窝实实在在为百姓把话讲

帮助百姓熨平忧伤喜气洋洋
啊刘婵亲亲的刘大姑哟
做过的好事说不完
满满的都是正能量
要把盐城建设得幸福安康
……

注：写于2020年5月。文中涉及的群众均为化名，插图由刘婵提供。

这里情怀依旧

——评报告文学集《水乡铁警》

赵长国

这，是你的一个梦。

两年前，我们因文学而结缘。友好交往中，你对我说过："我写过一些散文，对报告文学知之甚少。因为工作需要，我想尝试创作，争取出一本报告文学集。"

在我们朝夕相处的一年中，我有幸见证了你为此付出的勤奋和努力，见证了你每次领受创作任务后的绞尽脑汁和搜肠刮肚，见证了你深入采访中的来回奔波和辛勤劳碌，也见证了你每篇作品问世时的春风得意和喜形于色——那时那刻，那种追求中的满足、成功时的快慰，还有那种渴望理解、渴求鼓励的表情，就会一览无遗地挂在你脸上，连同你脸上那纯真的笑意，一直深刻地留在我的记忆里。

这一次，收到你传来的此书文稿电子档，我知道，你圆梦在即。这是一个文学性、纯个人的成果，也是一种对读者、对社会的奉献。为此，作为你的战友、警友和文友，我对你第一部报告文学作品集的正式面世，奉上最诚挚的祝贺、祝愿和祝福！

高邮，水乡泽国；盐城，“百河之城”；兰州，素有“金城”之称，但有中华民族的母亲河——黄河，穿城而过，一路向东流去。

在你的散文作品里曾经表达过这样的感慨：“站在高邮运河的大堤上，感受着大运河的水韵，使人浮想联翩，那里是生我养我的地方。”“在兰州服役，我时常来到母亲河河畔看水东流，并把浓郁的乡愁洒在浑浊的黄河水中，期望着能够随着流水流回我的家乡。”“我热爱大海的辽阔、壮美和力量，黄海之滨的盐城就是我人生新的疆场……”

高邮。兰州。盐城。这三个地方原本互不相干，是你用为祖国奋斗的辛勤脚步而丈量的生命岁月，把她们如此深情地联系在一起。你说过：“她们都是与水结缘的城市，也是我人生中留下的最刻骨铭心的生命印记。”“生命啊！既有水的柔性，也有钢的韧性……每次返乡，远眺水网密布、烟波浩渺的高邮湖，脱口而出的就是王勃那句‘落霞与孤鹜齐飞，秋水共长天一色’。”

如此说来，似乎不难理解，你为什么会将你人生这第一本正式出版发行的报告文学集命名为《水乡铁警》了——在盐城这片水润的沃土上，当年有铁军威震敌胆，如今有铁警横扫邪恶；一方充满着诗情画意和动人故事的土地，总是与水结缘。显而易见，《水乡铁警》的寓意里，分明有人民警察铁的信念、铁的意志、铁的坚韧，也有作家笔下人物水的柔情、水的温润、水的灵动。在我看来，这里更蕴藏着你的人生情怀——浓浓的警察情怀、深深的军人情怀、热热的文学情怀……

（一）

你是警察。“警察情怀”注定是本书最靓丽的底色。这不仅仅因为本书中你选定的6个主人公都是在执法为民岗位上默默奉献的平凡警察，也不仅仅在于你所讲述的一个个故事都是从他们平凡工作和生活的岁月长河里捞取的一颗颗珍珠，而且还在于你从文学的视角对公安工作的深刻理解、对人民警察的由衷赞美及对其喜怒哀乐的深情解读，还有对人民至上、公平正义、文明善良的大力彰显和热情讴歌。当然，更可以小中见大、“滴水见太阳”，通过你作品的文学穿透功能，辐射人心、辐射社会、辐射时代，成为盐城、江苏乃至中国公安阔步前进昂扬伴奏曲里的优美旋律和宏大叙事诗中的绚丽篇章。

光荣的人民警察，是特殊材料制成的人。你的作品主人公都是普普通通的人民警察，但是他们在平凡的岗位上勤奋、上进，忠诚、奉献，又是那么的和蔼可亲、事迹感人。在你的笔下，他们人生经历的过往、矢志不渝的追求、酸甜苦辣的日常、喜怒哀乐的情感，活生生地呈现在我的面前，并以一股自然流动的力量撼动我的心灵。例如：3 位刑警、网警、巡特警智勇双全，除暴安良；1 位交警和 1 位机关民警爱岗敬业，默默奉献；社区民警张红霞，扎根社区，服务群众，宛如一朵温暖的红霞；“中国好人”刘婵心系群众、体贴入微，特别是与杨汇文等“母子”“母女”情深、催人泪下。刘婵的事迹也告诉我们：生活不易，生命本多磨难，唯有身处卑微的人，最有机缘看到世态人情的真相；人民的警察时刻体味世间冷暖，始终与人民群众休戚与共……

从文学角度揣摩，尽管初看上去你的作品似有单线条构思和人性的复杂性挖掘不够深入之嫌。但我更想说，相对于警营这个蕴藏警察故事的富矿，能有像你这样的辛勤劳作者以息息相通的真情意，把默默奉献的他们从习以为常的生活里挖掘出来，并把他们被淹没在日常里的精彩描绘出来，这已经是警营之幸、时代之幸了。更何况你的讲述如此真实生动，你的文字如此深情厚重，其实这两者的有机结合，恰恰是新时代警察队伍中一个个热血儿女平凡人生的真实写照。

以《儒警神探》为例，从记录有 399 个与死者生前有债务关系人员名单的账本里被撕走的那一页，使两起涉赌命案水落石出；从意外发现一根带血迹的棉签，揭开了一个帕金森病人摔死事件背后谋害亲夫的罪恶阴谋；从一个神秘的报警电话识破谎言，使罪行累累的涉黑团伙被绳之以法；寻迹追踪、蹲坑守候、吃尽辛苦，最终使涉案30多户、失窃金额累计20多万元的系列盗窃案尘埃落定，并带破盐城市公安局挂牌系列入户盗窃案件80余起；从嫌疑人闪闪烁烁的目光中明察端倪，装聋作哑的雷某最终开口说话，交待其强奸害命的犯罪事实，并供述了由他所为的3起故意杀人案……这几起案件的大起底，无疑是暗藏机缘的心理较量，是峰回路转的斗智斗勇，更是百折不挠的破案心路、一路凯旋的刑警赞歌。而刑警钟旭在追击持枪绑架犯罪嫌疑人过程中，面对黑洞洞的枪口，他始终挺起胸膛冲在最前沿。那一刻，“我什么也没有想，只知道一定要把坏人抓到手。”

至此，你在娓娓道来中有血有肉地完成了对一个被誉为“儒警神探”“罪犯克星”“百姓守护神”的成功塑造，而大凡怀有正义感的人们回味这样的生动故事，于掩卷沉思中谁不为刑警破案的睿智神勇而称奇，谁不为忠诚儿女的出生入死而动容……显而易见，你那浓浓的警察情怀便也浸润在其中的字里行间。

公安队伍是平安中国的生力军。一篇好的公安文学纪实作品，就是新时代人民公安事业发展的真实记载。基于这样的重大责任，客观上要求公安报告文学作品既要是适用文学创作的一般原则，更要遵循公安工作的基本规律。最起码要会说“内行话”、不做“门外汉”，其“警察语境”便是公安报告文学最基本的特征之一。

虽然你加入警察队伍已经有11年时间了，但是你的工作性质决定了不可能对所有警种都了如指掌，可有趣的是当创作需要的时候，你总是尽力把自己变成你所描写的那个警种的“内行”：

“网络犯罪成本很低，一部终端机、一张上网卡加一部电话，就可能实施违法犯罪行为……网络没有疆域，对手、地点不明，而且少有受害人报案，破案难度较大。海量信息的甄别，不仅要有眼力、脑力，还要有相当的定力……紧抓战机，主动出击，争分夺秒是办理网络案件的关键。(《一“网”情深》)

细品这段专业性极强的文字，或许会有很多人相信，你就是网警或曾经干过网警，要不然你说得不会这么“在行”，这么简单明了地让人们领略了网络警察的神秘和艰辛。

这，就是警察语境的魅力。

“假相永远是局部的，只要抓住真的部分，用相互联系的思维，从不同角度去思考琢磨，离真相就不远了……不放过任何一个细节，对每一句话保持警觉，是他解开很多命案的“钥匙”。当刑警，就是要当一个杂家，不仅要掌握业务知识，其他方面的知识也要懂一点，说不定在关键时候就会成为破案的钥匙。”(《儒警神探》)

咀嚼这样的纯专业语言，谁能怀疑你是刑警工作的“圈外人”？

在这里，我想借用你上面的话说：当作家，就是要当一个杂家，不仅要掌握写作知识，也要广泛涉猎其他方面的知识，说不定在关键时候就会成为打开创作之门的钥匙。当然，当“杂家”并不要求成为专家，或者成为“万事通”，但是适应创作的需要，写到什么就钻研什么、了解什么，这是必要的。看得出，你懂得这其中的奥妙，也为此付出了极大的努力，这是我所钦佩的。

（二）

军人，是一份情结。这份情结编织着保家卫国的凌云壮志和随时准备牺牲的生死考验。

你和我，曾经都是共和国军人。穿过军装的人，都会想起生命里那一段军旅生涯。即使在平时，只需一声熟悉的军号，或一首嘹亮的军歌，或一弯边关的明月，就会唤醒贮藏在记忆中当兵的岁月。

我们都不会忘记，中国人民解放军军人誓词是军人的郑重承诺和终身保证。其中最核心的是忠于党、忠于祖国，平时多做贡献，全心全意为人民服务；战时英勇顽强，不怕牺牲，随时准备为祖国而献身……

这，就是军人情怀。

报告文学作品是对客观事实的还原，是对人物、事件的忠实记录，而这一切都是在创作者主观意识支配下完成的。创作者的人生经历和生活阅历、经验积累和“三观”集聚，无不浸润其中，一如浸入骨髓的军人情怀，自觉或不自觉地在你的作品中随处呈现出来：

> “季自发7年军人生涯穿上了警服，将部队那种‘见红旗就扛，站排头不让’的作风带到了警营。”（《季自发从警记》）

> “当听到‘正步走’的口令后，左脚向正前方踢出约75厘米（腿要绷直，脚尖下压，脚掌与地面平行，离地面约25厘米），适当用力使全脚掌着地，同时身体重心前移；右脚照此法动作；上体正直，微向前倾……（《一介武夫亦书生》）

> “在挖河筑坝铺路基施工中，谢栋华和学员们同吃同住，一起挖土，一样参加施工竞赛，并且每天工作讲评，争上“龙虎榜”……

军旅20年的淬火磨练历程，可以说就是谢栋华一辈子的财富。”（《一介武夫亦书生》）

“见红旗就扛，站排头不让”，是军中特有的战斗口号，多少次鼓舞我们力争上游；关于“正步走”的动作要领，又是多么的熟悉，因为在军中队列训练听过千万遍；而在军事施工和生产劳动中展开竞赛，争上“龙虎榜”，那热火朝天的场面我们永远不会忘怀。由此可见，你总是把对军营生活眷恋和军人的情怀寄予笔端，既让你笔下主人公始终呈现军人的特质，也以此尽情挥洒你对军营的依依不舍和无限美好的回忆。

本书中，你有两篇作品是描写主人公从部队转入警察行列的。生命里有一段当兵的历史，注定永远是祖国和人民的忠诚儿女。军人的特质，在季自发、谢栋华他们身上体现得淋漓尽致。尽管已经脱下军装成为警察队伍的一员，但他们仍然以一颗“兵心”忠于祖国、忠于人民；以一颗“兵心”热爱群众、热爱他人；以一颗“兵心”爱岗敬业、恪守职责；以一颗“兵心”关注生命、关注平安；以一颗“兵心”护佑苍生、志愿奉献。

你善于从军人的视角、军人的过往，审视一个普通警察平凡人生的不平凡经历和示范效应，就这一点已经足够一切善良的人们去回味、去咀嚼、去学习、去仿效。军队的高贵和荣耀、军人的作风和品质，永远不失为社会的楷模。一如你笔下的季自发、谢栋华，流淌在他们身躯里的军人血脉，深藏在他们灵魂中的一颗“兵心”，加之用行动再现军人的忠诚、神勇和无私奉献，他们的事迹是那么的令人感叹、荡气回肠。

这也让我们有理由相信一位哲人说过的话：人当了一回兵，就像土烧成了陶，永远不会回到那土的状态。即便后来破成了碎片，但永远区别于土，每一个颗粒依然坚硬，依然散发着特殊的光彩！而土，就算是捏成了形，涂上了绚丽的色彩，一旦受压，又回归松散，其间的差距，就是一场火的历练。

我坚信，你已经是“土”烧成的“陶”。真挚的军人情怀将是你一生的荣光，滋润你的生命，并使你的作品得到升华。

（三）

文学，确有天赋。天赋生来具有，禀受于天，古往今来天才文学家不乏其例。

文学更要有情怀。文学情怀是后天形成和集聚发展的过程，说到底是一种人文情怀，而文学的力量正源于此。一个人的阅历和人文认知到了一定阶段，情感喷发出的文字是挡不住的，而经过思考的文字，便是会飞翔的翅膀。

那种深藏你心底、越来越热烈的文学情怀，正是你完成本书创作的源动力之一，而你为此也确实铆足了劲、尽到了力。纵观全书，在收集材料与采访、提炼主题和标题、作品构思与写作等方面都有较好的呈现——

报告文学的材料来源于生活。社会生活作为人类物质生活和精神生活的总和，极为丰富和宽广，必须通过有目的性地收集、整理、甄别、取舍，使之成为特定的文学素材。而收集材料，主要靠采访。

报告文学的采访一般类似于人们常说的新闻采访，即作家为取得第一手创作材料而进行观察、调查、访问、记录、摄影、录音、录像等搜集、寻访活动。

材料是作品的血肉。作为同行，我懂得其中的周折——报告文学的材料收集与采访，需要能力和基本功，更要付出艰辛的劳动。我无法知道你在为创作本书的采访中经历了那些辛劳，但可以从全书的字里行间感受你付出的心血，也足以说明你的采访是到位的。

谢栋华，是你倾注心血打造的一个出生清苦、来自军营的警察。通过对他艰辛的童年、好学的少年、淬火的军营、奋斗的警营及其各个人生阶段的辛勤追踪，最终把一个平凡如斯、忠诚奉献、勤奋好学、多才多艺的主人公，真实且立体地呈现在读者的面前。这其中讲述的每一件事、每一个人、每一个场景、每一个细节的背后，你要费多少的心、跑多少的路、访多少的人。我数了一下，你在《一介武夫亦书生》中提及的与谢栋华有关联（其家人除外）的人，有名有姓的就有60位之多。

仅从进入你视线的这些众多的人和事当中，不难看出，你对这篇作品的创作如此用心、如此倾心。这，让我真的很感动！

一部作品由内容和形式两大要素构成。内容是作品的内部表现，形式是作品的外部展现。作品的内部要素包括主题和材料。材料靠搜集采访，主题靠挖掘提炼。

我们在创作过程中，常常因为探索不出生活事件的深刻思想意义，虽然有了大量的素材，但还是鼓不起创作的冲动。而当我们明白了它的内在意义，找到了应该表达的主题，获得了一个深刻而新颖的思想，就会燃起思想的火光，一部作品的轮廓就会渐渐明晰起来，形成活跃的写作思路。这就是为什么会在动笔之前苦思冥想、动起笔来洋洋千言的道理。你的创作实践生动体现了这样一个看似复杂的过程。

主题是作品的灵魂。长期以来，铁军精神代代相传，盐阜公安一路高歌，先进人物、英雄模范层出不穷。你选取了儒警神探钟旭、伏枥老骥季自发、一“网”情深陆立海、“马到成功”徐志良、“社区红霞”张红霞、人民公仆“刘大姑”、武文兼备谢栋华等七个普通警察作为作品中的艺术典型，以此揭示主题，热情讴歌“水乡铁警”的崭新风貌。

为此，你可谓煞费苦心。本书中七篇作品围绕“水乡铁警”各有千秋的布局、主题思想的提炼、醒目标题的制作，都体现了你的独到匠心。尤其是作品中小标题的设置，不仅引导读者理解作品的主题和内容，而且画龙点睛、先声夺人，上来就给读者以鲜明深刻的印象。

例如，《季自发从警记》的几个小标题：

冬青树，无论是寒流摧残，还是烈日炙烤，它始终四季常青，并保持着旺盛的生命力。季自发如同冬青树——

一颗小石子很不起眼，甚至微不足道，但千万颗小石子聚在一起，就能铺就一条宽阔平坦的大道。季自发甘当铺路石——

斩妖剑，是传说中的神器，拥有着斩妖除魔的神力，凡阴邪之物闻之丧胆。季自发就是这把剑——

篱笆是人与人之间一道必要的界限，不是为了把人分开，而是为了使人相安。季自发筑起铁篱笆——

家，是一个温暖的港湾。需要有人守望和付出，还需要相互信赖和扶持。季自发岂能不爱家——

“冬青树”“小石子”“斩妖剑”“篱笆”和“家”，多像5盏聚光灯，不由分说地把读者视线和心灵的关注一下子聚拢过来。

例如《儒警神探》的小标题：

赌鬼杀人夜遁逃，狡狐输招落法网；
投毒杀夫谋房产，慧眼识破蛇蝎心；
神探布网捕蛇鼠，真情留在百姓家；
色魔行凶小树林，刑警破案大智慧；
铁骨柔情一儒警，不忘初心是神探……

在我眼里，这样的小标题有意境、有暗示，有情感、有爱恨，有底蕴、有才气。

同样有才气的，还有《马蹄声声》的小标题：警营传来马蹄声；嘶风啸月向征程；烟蹄爽健赛云龙；笑看大地羃驹奔；踏花归去马蹄香……

这里的每一个小标题，都巧妙地暗合了一个“马”字。当然，不仅仅因为主人公徐志良属马，而且还因为这其中弥漫着马的勤恳、忠诚、憨厚、纯朴的品质，马的只求付出、不求回报、甘当坐骑的性格，马的任劳任怨、负重而行、勇往直前的精神。而且，“在盐阜热土上，在火热警营中，有许多像马儿一样不断奋蹄奔跑的人。”——我相信，这，才是你最想要表达的意境。并且以这样鲜活的典型服务、揭示、升华你作品的主题，确实获得不错的效果。

作品构思与写作，是报告文学创作最具体、最务实，也是最难操作、最见功底的重要阶段，行云流水、下笔千言的状态，那只是理想中的想象，其实非得下苦功不可。品读你的作品，我能感觉到，你为构思作品和写作，是做足了功课、花费了心血的。

文学是客观社会生活的再现。但是，它是艺术的再现，而不是呆板的记录和复制；它是用具体、生动的艺术形象来反映社会生活，再现社会生活中最本质的、最典型的东西。按照我的体会，要塑造具体、生动的艺术形象，最有效的文学呈现是细节、情感和审美。

细节描写，是指作品中对人物动作、语言、神态、心理外貌、以及自然景观、场面气氛等细小环节或情节的描写。南师大文学院院长何永康教授曾经就细节描写有过一个非常生动的比喻：好的细节描写，就像萤火虫的屁股，总是一闪一闪的，吸引读者的注意。

在商业机制里，细节决定产品的优劣和营销的效益。在文学原理中，细节的选择和描写决定作品的质量和最终的影响力。或许你和我都有一个同样的体会：很多情况之下，阅读者就是因为对其中的一个细节念念不忘，才有了对那部作品的好感和记忆。这，就是作品细节的魅力，也是你作品的魅力之一——

“汗水顺着他的帽檐直往下滴落，警服前襟后背湿漉漉的，由浅蓝色变成了深蓝色。”这是老交警季自发三伏天执勤时的一个雕塑般的画面。

“寒冷的冬夜里，呼啦啦的风儿从墙缝、门缝直往屋里钻，破旧的木门咣当、咣当地响个不停，屋里不时传出谢晋安因刀口疼痛发出的虚弱呻吟声。”瞧，冬夜的“风”、破旧的“门”、夜风袭扰的“咣当”声和父亲痛苦的“呻吟声”……每一个细节都让我们为小小谢栋华的苦涩童年而心酸不已。

“逢到雨雪天……他都是脱了布鞋，光着脚走过泥泞的乡间小路去上学。到学校后，在河边码头将脚洗干净，再穿上布鞋去课堂上课。”原来，他是“舍不得穿母亲含辛茹苦做的布鞋，心疼弄脏弄坏。”这里的细微处，又让我们看到了一个孝顺、懂事、节俭的少年谢栋华。

“小书房有点挤，被书籍和艺术品占满了，书桌上是文房四宝，书橱里占比重较大的是有关书画篆刻的书籍，还有一大摞子的荣誉证书，以及谢栋华的书画、篆刻作品。”室雅何须大，花香不在多。小书房里、书桌上面、文房四宝、证书和作品……好一处“古驼精舍”，我们分明可以看到，勤奋耕耘的谢栋华“像骆驼一样默默无闻地在沙漠上行走”。

“初识，黑黑的皮肤，胖胖的身材，憨憨的笑容，却是一副稳重笃定的模样；再会，依然是黑黑的皮肤、胖胖的身材、憨憨的笑容，却有着一股为工作、为兄弟奋不顾身的倔强；相知，刚正不阿的性格下别有一番侠骨柔情，沉醉于篆刻、书法，喜好钻研、满腹才情，这又让人多了一份钦佩与赞赏！可谓，一介武夫亦书生！”“初识”“再会”“相知”，还是那同样“黑黑的皮肤、胖胖的身材、憨憨的笑容”，却赋予不一样的认知，由表及里、层层推进……透过这样的细节，谁能怀疑这不是一个同行间心服口服的真实感受？！

从文学理论和文学原理的视角，文学是作家情感的体验。这是因为文学作品历来承载着作家个体内在的某些精神现象及其思维活动，任何作品总是和人以及人的社会生活密切相关，它总是作家用以抒发其思想感情、表达其对客观世界某种感受的一种手段，而所有作品都凝聚着作家对生活的主观认识和评价，渗透了作家自己的情感——

“莫道桑榆晚，为霞尚满天。”秋意绵绵的季节，聆听季自发从警的故事，你说：“平凡的老民警季自发也该得到人们的‘礼赞’！”

讲述谢栋华的故事，解读主人公的人生，你说：“一段看似普通的凡人岁月，让我久久感佩在怀；一段五彩缤纷的生命过往，让我悠悠感慨万千；一段默默谱就的人生传奇，让我深深感悟于心……”至于你的“感佩、感慨、感悟”是什么，你没有说下去，而是意味深长地把问号留在了作品里，留给了读者们。

“谢栋华驻足良久，手抚老树，遥望四野，感叹物是人非。诗人艾青的诗句里有过这样的表述：为什么我的眼里常含泪水，因为我对这片土地爱得深沉……”你留下的这些段落同样深沉凝重、重情重义。当然我懂，这里，也有你的影子。是的，心里装着爱，总比装着恨要轻松得多。

我一直认为，文学的情感美往往是最能打动读者的。这是因为适时而出、情不自禁的宣泄和抒发，一定是作家情感的自然流露和迸发。基于这样的情形，有时候甚至连书中很多恰到好处的数字、符号也具有了生动讲述、娓娓道来、抒发情怀的意味。

例如，在《马蹄声声》中，你写道：“咣当当”，笔记本落在桌上的声音不断传进我的耳中。一摞笔记本近 1 米高，整整两摞子的笔记本摆在眼前。粗略地数了一下，大约 140 本。唯有惊愕。情不自禁地翻看起来……一本本泛黄的笔记，刻印着徐志良不忘初心、砥砺前行的人生足迹；一行行刚劲的字迹，跳跃着徐志良果敢行事、践行使命的赤胆忠心；一篇篇动人的故事，揭示着徐志良扎根警营、心系百姓的火热情怀……看着看着，笔者的眼前仿佛出现了一匹马儿，阵阵马蹄声传遍警营。

这样的自然过渡，这样的自然抒情，实在是情感所至、脱口而出，感人至深又让人心服口服，而那承载着一个普通刑警峥嵘岁月的 140 本工作笔记，也就有了自然的温度。

文学是以语言文字为工具，再现一定时期或一定地域的社会生活，形象化地反映客观现实的艺术。作家对生活的体验是一种审美的体验，文学本身就是人类审美的产物。隐藏在作品中的审美特性，往往使文学的审美世界具有了更为广阔的空间和深邃的内涵。

而且，我历来主张：军事文学、公安文学，因为职业使然，一般具有“硬”的特质，如何在文字呈现时尽可能“软”一些，给读者以喘息的空间和柔软的氛围，这应该是我们追求的方向，而所有对“软”的青睐都与具有审美意味的句子和段落有关。围绕这个观点，记得和你交流过，你也是赞同的。阅读本书，让我感觉到，你对作品中的趋“软”表达是在意的，而且在努力尝试着——

> 黄海，辽阔苍茫。
>
> 海面上涌起层层波浪，汹涌澎湃的海水击打着岩石发出阵阵声响，喷溅出雪白的泡沫，好似在演奏一首气势磅礴的交响曲。
>
> 滨海，就是这首交响曲中一个美妙的音符。(《儒警神探》)

> 十月的秋天，是一幅诗意浓郁的水彩画。

一片又一片金黄色的稻菽，手挽着手在秋风中婆娑起舞，丰盈中积蓄了几许深沉，低调地展示着秋的辉煌和温煦……

一条东西走向的大河，从农宅前经过，默默携带着东流之水沿小村昼夜流淌。这终年不息的水流同样轻缓、低调，清澈而绵长，而沿岸肥沃的土地，也因为这水流吟唱的旋律，记忆了村里人所有的逝水年华……(《季自发从警记》)

“初秋。晚风轻拂着四野，温柔地抚慰着喧闹了一天的城市，美丽的水乡在夜色里显得格外静谧。华灯初上，倦鸟归林，看不见摸不着的网络在辛勤工作，它覆盖在千家万户之中。”(《一“网”情深》)

秋高气爽，红霞映日。

一道道霞光洒落在盐城市亭湖区毓龙街道洋西社区，使位于人民北路的红霞警务室高悬着的庄严警徽愈发熠熠生辉。(《社区红霞》)

既有油画般的浓墨重彩、景象万千，也有素描画一般的洁净——或单色线条、或涂抹成面，给人以简洁明快、清新温馨的阅读享受，扑面而来的是一股淡淡的美、浓浓的情。如果借用你作品里的文字来感叹，那就是“轻缓、低调，清澈而绵长。”

在这些段落里，事物与状物、事态与情态、写人与写景天衣无缝地融合在一起。看得出，你在尝试将散文写作手法揉入报告文学创作之中，也在尝试运用影视剧中情与景交替、场面与画面自然切换的表现手段，于不经意间将那种彻骨的美呈现在人们的眼前。

再看下面——

建湖。古色古香的茶社中，氤氲着淡淡的茶香。

袁哲元，花白头发，精神矍铄，谈吐得体。

袁老师轻呷了一口茶，兴致勃勃又略带欣慰地谈起了得意门生谢栋华。(《一介武夫亦书生》)

20 余名警力，对嫌疑人消失地点周边公园、桥梁涵洞、废弃厂房等场所开展地毯式秘密搜捕；

在嫌疑人继续向北的行走路线上设立两道查缉关卡；

组织 4 组力量开展流动观察搜索；

侦查员连续奋战 38 小时之后，终于发现嫌疑人出现在灌云 204 国道东门河大桥上。(《儒警神探》)

目标终于锁定了：一个嫌疑电话号码，一个送水地址，一个“自编 7 号 401 室”的住处。

“咚咚咚”，三声轻微的敲门声响了起来。

“谁啊？”一个女子的声音在问。

“送水。”网安大队的民警小刘，冒充“送水哥”敲开了房门。

民警们进门后，陆立海一眼便认出了嫌疑人“胡艳丽”。

此时，“胡艳丽”还没回过神来，就被手铐“咔嚓”一声铐上了双手。房间里另一个光着上身的男子企图夺门而逃，但插翅难飞。(《一“网”情深》)

人物，场景，声响，对白，台词，节奏，似乎还隐隐约约有点意识流，蒙太奇……这，简直就是影视剧脚本的翻版。

关于报告文学，著名文学家茅盾曾做过这样的表述：“‘报告’的主要性质是将生活中发生的某一事件报告给读者。”但他强调，“好的‘报告’必须具备小说所有的艺术上的条件。”在今天全媒体传播语境中，报告文学越来越具有类似小说、剧本创作的艺术品相和审美要素。欣喜的是，你在这方面勤于学习、善于借鉴、勇于实践，而且有所斩获。为此，我打心眼里为你高兴。

以上只是从几个侧面鉴赏你的作品，表达我一孔之见。其实我还想说，这本书虽然是你潜心报告文学创作的第一个产儿，但你的文学素养和写作功底在此窥见一斑。单单从写作的表现方法考量，本书就有许多可圈可点之处。例如，细细研读发现，你的作品多处关注到“前后照应、承上启下、开门见山”，体现出“点面结合、动静结合、虚实结合、叙议结合、抑扬结合”；叙述中不乏“联想、想象，比喻象征、衬托对比”等常见表现手法的巧妙运用，而你习惯运用、反复出现的“设问与反问、悬念与伏笔、背景与铺垫”等，总是恰到好处；当然，你也善于“烘托渲染、白描细描、正面侧面描写”，以及“托物言志、直抒胸臆、借景抒情、融情于景”等；另外，还有譬如创设意境、引经用典、诗赋俗语、名人名言等，每每以连连佳句显现画龙点睛、升华主题之功效，这也是值得称道的。

（四）

报告文学是一种迅速反映客观真实现实生活的新兴文学样式。我把它概括为：用文学的口吻讲述真实的故事，按照一定的文学章法来叙述真实。具体地说就是借助个人体验方式（比如亲历、采访等）或使用历史文献（比如日记、书信、档案、新闻报道等），以非虚构方式反映现实生活或历史中的真实人物与真实事件。

非虚构，标志着把握事实、笃定真实是报告文学创作所必须。为此，就必须融入现实生活、深入调查研究，而这样的过程必然要有更多的劳作和付出。

对此，你是专注而投入的。你的勤奋与刻苦，我一直看在眼里、记在心里。

不是每个努力的人都会成功，但成功的人一定很努力。此刻，更令我欣慰的是，你才出道，便像模像样地捧出了这样一本厚重的书。这样一个“开门红”，值得我为你而骄傲。

当然，这只是迈出了第一步，凭你的文学实力、底气和灵气，在报告文学创作上诸如主题思想的提炼、谋篇布局的锤炼、叙事方式的历练、文学素养的修炼等方面，自然还有很多拓宽的空间。我们一起努力，好吗？

报告文学创作之路，充满艰辛。道险路长，唯有真正的勇者才能披荆斩棘。

放眼望去，这是一个日新月异的伟大年代，文字、音像资料层出不穷，但是在未来的日子里真正值得品味的，可能还是那些留有时代履痕的文学作品。

作家的心灵是一个时代最敏感的神经，比一般人更加深刻地体验着一个时代的喜怒哀乐。当默默的文字变成无声的文学，当无声的文学汇成一部完整的书，便有了自然的温度和无穷的魅力，必将潜移默化地感染一切靠近的灵魂。

我们要立足自己的现有条件和能力，展开理想和务实的双翼，在文学的天空展翅飞翔。这就需要有坚定不移的人生理想、锲而不舍的追求精神、甘于寂寞的空灵境界、甚至生死无常的微笑面对；还需要有知识渊博的深厚功底、运用娴熟的创作技巧、游刃有余的写作能力，甚至稍纵即逝的机遇把握。

前者是说，要有展翅的信心和勇气，核心是怎样做人的问题。后者是说，要有高飞的本领和技艺，核心是怎样做文的问题。而怎样做人、怎样做文，又怎样正确认识和处理这两者的关系，永远是一个真正意义上的作家必须要领悟、破解、并持之以恒去践行的重大课题。

然而，谈何容易？那需要自觉的坚持、不断的攀登，勇敢的拼搏、毕生的修炼啊……

从公安作家队伍的工作性质、分布情况和创作环境来看：大多数生活在公安基层，担负着繁重的工作，从事的是业余创作，且这样的创作大多是结合工作任务完成的。因此，警察所具有的社会人的社会属性，使公安作家承载着比其他人更重的社会责任。

我们警察也是人，也有七情六欲，也要锅碗瓢勺、成家立业、养家糊口，也要赡养老人、抚育孩子、照顾家庭。因此，警察所具有的自然人的自然属性，使公安作家承载着比其他人更重的做人担当。

我们有生动的社会实践，但大多学的不是文学专业，文学基础理论的单薄和文学创作能力的缺乏，是我们的短板。而且写作时间少、作品发表难，使公安作家比其他专业作家承载着更大的创作艰辛。

当然，创作能力和写作技巧问题，更是一个知识积累、潜移默化的过程，最需要的是对基本创作规律和一般写作方法的真正把握和灵活运用，而所有的方法和技巧只为我所用，才能赋予自己的作品以鲜明个性，达到你想要的文学境界。

我们应该做的是，好好修炼人生，好好经营文学。哪怕没有精彩绝伦的最终，但或许能拥有自己的风采。

在报告文学创作的长途跋涉中，虽然我和你不是起步于同一个起跑线，但同在文学的路上奋力奔跑着。很荣幸，我们是“战友、警友、文友”，这算不算“岁寒三友”？好在有如此诚挚的友情链接彼此的生命，于你、与我，都是一件有意义的事情。

这里情怀依旧。我，愿与你一起成长！

是为评。并以此与你和诸多文友以及能读到本书的读者朋友们共勉。

2020 年 11 月 10 日于南京

赵长国，中国报告文学学会会员、江苏省作家协会会员、江苏省散文学会理事，江苏公安作家协会副主席，原《江苏警方》副主编，江苏省公安厅退休干部。